LA VYRLE SPENCER

Ein Traum von einem Mann

Buch:

Allison hat die Nase voll von schönen Männern! Nach ihrem letzten Fehlgriff, so schwört sie sich, wird sie die Finger von jeder Art Schönling lassen. Denn Allison macht Fotos für Buchumschläge, vornehmlich für romantische Liebesromane, und hat daher schon aus beruflichen Gründen genügend Einblick in die unangenehmen Seiten männlicher Schönheit. Aber jetzt ist sie endlich resistent! Wenn da nur nicht ihr aktueller Auftrag wäre, für das Cover des neuesten Verlagsbestsellers einen Traummann abzulichten – und wenn nicht ausgerechnet Rick Lang durch die Tür ihres Fotostudios marschieren würde: ein echter Adonis, bei dem es ganz danach aussieht, als ob hinter der makellosen Fassade diesmal tatsächlich ein interessanter Mann stecken würde …

Autorin

LaVyrle Spencer begann ihre Karriere als Schriftstellerin im Jahr 1979. Seitdem hat sie sich mit ihren Büchern über Frauen, die mit Courage, Schwung und Humor das Leben und die Liebe meistern, einen festen Platz auf den Bestsellerlisten der New York Times erobert und zahlreiche Auszeichnungen gewonnen. Sie lebt mit ihrer Familie im ländlichen Minnesota.

Bereits bei Goldmann erschienen:

Vorbei und nie vergessen. Roman 42611
Wildnis des Herzens. Roman 41472
Wo der Traum die Nacht verläßt. Roman 41558
Vergib, wenn du kannst. Roman 41580

LaVyrle Spencer

Ein Traum von einem Mann

Roman

Deutsch von
Dinka Mrkowatschki

GOLDMANN

Die Originalausgabe erschien unter dem Titel
»Forsaking All Others«
bei Berkley Publishing Group, Inc., New York.

Umwelthinweis:
Alle bedruckten Materialien dieses Taschenbuches
sind chlorfrei und umweltschonend.
Das Papier enthält Recycling-Anteile.

Der Goldmann Verlag
ist ein Unternehmen der Verlagsgruppe Bertelsmann

Deutsche Erstveröffentlichung Februar 1997

Umschlaggestaltung: Design Team München
Umschlagfoto: Bavaria / FPG
Satz: Uhl + Massopust, Aalen
Druck: Elsnerdruck, Berlin
Verlagsnummer: 42986
Lektorat: Silvia Kuttny
Redaktion: Sabine Dolt
Herstellung: Heidrun Nawrot
Made in Germany
ISBN 3-442-42986-2

1 3 5 7 9 10 8 6 4 2

In Liebe für
meine Freundin
Dorothy Garlock

1. KAPITEL

»North Star Agency«, meldete sich die Stimme am Telefon.

Allison Scott verschränkte die Beine, legte einen Fuß auf den Schreibtisch und lehnte sich in dem uralten, ächzenden Drehstuhl zurück. »Ich brauche den Mann mit dem größten Sexappeal der Welt, und zwar sofort«, sagte sie lächelnd.

»He, wer braucht das nicht?« kam prompt die Antwort. »Allison, bist du das?«

»Ja, Mattie, ich bin's, und das ist mein voller Ernst. Ich brauche einen Traummann. Er muß toll aussehen, fit sein, mit Haaren wie wogender Weizen, blauen Augen – braun ginge auch –, einem Kinn wie Dick Tracy, einer Nase wie ein griechischer Gott, einem Körper wie –«

»He, he, he! Mach halblang, Mädchen. Wofür brauchst du den überhaupt? Für Probeaufnahmen?«

»Nicht direkt. Für einen Buchumschlag.«

»Einen was?«

»Einen Buchumschlag.« Allisons Stimme kickste vor Fröhlichkeit. »Ich habe das Angebot vor einem Monat gekriegt und habe gesagt, ich würde meine Meinung dazu äußern, sobald ich das Buch gelesen habe. Gestern kam es mit der Post, und ich hab's abends mit nach Hause genommen, es durchgelesen und mich entschlossen, es zu versuchen. Ich hab gerade in New York angerufen und – oh, Mattie, das könnte der Durchbruch sein, auf den ich gewartet habe. Sie schicken mir noch in dieser Woche den Vertrag. Jetzt brauch ich von dir nur noch Mr. Wunderbar für das Cover.«

»Wenn du mir die wichtigsten Daten gibst, notier ich sie mir und schau dann in der Kartei nach, was ich zu bieten habe. Okay, schieß los.«

Allison ließ die Füße auf den Boden fallen, griff nach dem Manuskript, suchte die richtige Seite und folgte den Worten mit dem Finger: »Blond, blaue Augen, sehr männlich, gutaussehend, etwa fünfundzwanzig Jahre alt, ein Meter neunzig groß, sehnig... Mein Gott, Mattie, ist das denn zu fassen? Wie können die nur glauben, daß ein Typ, der so aussieht, auch nur einen Pfifferling wert ist?« Allison schlug angewidert das Manuskript zu.

Matties Stimme hatte einen scharfen, kritischen Unterton. »Haben sie dich als Buchkritikerin oder als Künstlerin engagiert?«

»Okay. Das habe ich verdient. Es geht mich ja wirklich nichts an, was diese bekloppten Autoren in ihre Bücher schreiben. Ich habe schließlich auf genau so eine Chance gewartet. Sie wollen ein Bild von mir, das die Leser davon überzeugt, daß es Liebe auf den ersten Blick tatsächlich gibt und die Helden glücklich bis in alle Ewigkeit leben. Und genau das werden sie kriegen. Schick mir einfach den Rohstoff und laß dich überraschen!«

»Okay. Beschreib mir die Frau.«

»Ah, warte mal...« Wieder strich ein schlanker Finger die Zeilen entlang. »Oh, da ist es. Anfang Zwanzig, rote Haare, blaue Augen, groß, gertenschlank. Und, Mattie, die Haarfarbe ist sehr wichtig: anscheinend merken es die Leser, wenn sie falsch ist, also bitte schulterlang und rot, ja?«

»Rot, dein Wunsch ist mir Befehl. Ich werde sehen, was ich auftreiben kann, morgen kriegst du die Fotos per Post.«

»Okay, Mattie, ich bin dir wirklich dankbar.«

»He, Allison?«

»Ja?«

Nach einer kurzen Schweigepause fragte Mattie vorsichtig: »Ist er schon zurück?«

Allison sank in sich zusammen. Sie ließ die Ellbogen auf den Tisch fallen und rieb sich die Stirn, als müsse sie einen plötzlichen stechenden Schmerz vertreiben. »Nein, ist er nicht. Ich rechne auch nicht mehr wirklich damit, daß er zurückkommt, Mattie.«

»Hast du etwas von ihm gehört?«

»Kein Wort.«

Allison glaubte, Mattie seufzen zu hören. »Tut mir leid, daß ich gefragt habe. Verzeih mir, ja?«

Allison seufzte selbst. »Mattie, es ist doch nicht deine Schuld, daß Jason Ederlie sich als erstklassiger Bastard erwiesen hat.«

»Ich weiß, aber ich hätte trotzdem nicht fragen sollen.«

»Ich bin wesentlich härter im Nehmen geworden, seit er verschwunden ist.«

»Das weiß ich auch. Und gerade das macht mir ja Sorgen.«

»Was willst du damit sagen!?«

Allisons scharfer Ton ließ Mattie sofort zurückstecken.

»Nichts. Vergiß, was ich gesagt habe, okay? Die Fotos sind morgen in der Post.«

Das Klicken am anderen Ende der Leitung unterband jede weitere Frage, die Allison hätte stellen können, aber ihre euphorische Stimmung war dahin, wie weggewischt durch die Erwähnung von Jason Ederlies Namen. Sie verdrängte energisch die Erinnerung an ihn, drehte abrupt den Stuhl, schwang sich hoch und rammte kriegerisch die Hände in die Taschen ihrer khakifarbenen Jeans. Sie stand mit gespreizten Beinen da und schaute durch die Fensterwand hinaus auf die Innenstadt von Minneapolis. Das Gebäude war alt und zugig, aber geräumig und hell und somit sehr geeignet für ein

Fotostudio. Früher einmal waren hier die Büros einer Mehlfabrik gewesen, die sich längst auf Teppiche, indirekte Beleuchtung, gut isolierte Wände und Musikberieselung umgestellt hatte.

Die einzige Musik, die Allison hörte, während sie ins Leere starrte, war die der uralten Wasserrohre in der Decke, das Knacken des Metalls betagter Heizkörper, die es nie so richtig schafften, Wärme zu produzieren.

Durch die Januarkälte hatte sich die Feuchtigkeit an den Fenstern in Richtung Norden kondensiert. Hin und wieder lief ein Rinnsal nach unten und vereinte sich mit der Eiswehe, die sich an den Ecken der kleinen Scheiben gebildet hatte. Allison wischte mit der Kante ihrer geballten Faust die Mitte der Scheibe frei, aber die Aussicht blieb vernebelt.

Ihre Faust rutschte am kalten Glas ab, dann schlug sie erbost gegen den eisigen Rahmen.

»Verdammt sollst du sein, Jason, verdammt!« rief sie. Sie ließ die Stirn gegen den Arm fallen, und Tränen liefen ihr über die Wange. Sie gab sich der Erinnerung an sein Gesicht, seine Stimme, seinen Körper hin, all diesen Dingen, denen sie gelernt hatte zu vertrauen.

Doch dann riß sie den Kopf hoch, schüttelte trotzig ihre rostfarbene Mähne, fuhr sich mit dem Handgelenk über die Nase, schniefte, wischte sich die verräterischen Tränen aus den Augen und schluckte den Kloß der Erinnerung gewaltsam hinunter. »Ich werde dich vergessen, Jason Ederlie, und wenn es das letzte ist, was ich tue!« versprach sie dem leeren Studio, der Skyline, sich selbst. Dann wandte sich Allison Scott wieder dem heilenden Balsam der Arbeit zu.

Das Buch war sehr simpel, die unkomplizierte Geschichte eines Mannes und einer Frau, die sich im Urlaub auf Sanibel Island begegnen, sich ansehen und sofort entflammen, sich innerhalb von fünfzig Seiten in den Armen liegen, nach hundert getrennt sind, ihre Mißverständnisse in weiteren fünfzig klären und am Ende des Buches den Himmel auf Erden finden. Allison hatte sich wohl so völlig in dem Buch verloren, weil die Beschreibung des Helden genau der von Jason Ederlie entsprach. Vielleicht war das auch der Grund gewesen, warum sie anfangs gezögert hatte, den Vertrag für den Titel anzunehmen. Ohne Jason als Model würde etwas fehlen. Aber ihr war klar, wie wichtig dieser Auftrag für ihre Karriere und ihren Geldbeutel war, und deshalb hatte sie akzeptiert, obwohl ihr sauer aufstieß, daß Frauen solche Aschenbrödelgeschichten verschlangen, als wären es Tatsachenberichte...

Allison Scott wußte es besser. Ein Happy-End gab es nur in den Taschenbuchromanzen, die man in den Regalen der Buchhandlungen fand.

Am Ende des Tages, als sie nach einer Dose Spaghetti mit Fleischklößchen in das Regal des Supermarktes griff, wurde ihr diese Tatsache noch einmal schmerzlich bewußt. Sie haßte den Gedanken, die Leere, die sie zu Hause erwartete, seit Jason fort war, zu betreten.

Zu Hause. Sie dachte über das Wort nach, während sie von der Innenstadt von Minneapolis um die »Seen« herumfuhr. Es waren fünf an der Zahl – Calhoun, Harriet, Nokomis, Lake of the Isles und Cedar –, sie bildeten das Herz der »Stadt der Seen.« Allison lebte am Westufer des Lake of the Isles, in einer Wohnung im ersten Stock eines ehrwürdigen alten Hauses, das Anfang des Jahrhunderts gebaut und sehr gut erhalten war.

Die Fenster im Erdgeschoß des Hauses waren kaum erkennbar, als sie in die Einfahrt einbog und ihren Chevy Van vorsichtig zur Garage ganz hinten durchmanövrierte. Die Schneefälle waren in diesem Jahr ungewöhnlich heftig gewesen, und die aufgetürmten Schneeberge neben der Einfahrt waren schulterhoch. Sie schloß die Garagentür und sah hinüber zur gefrorenen Oberfläche des Sees. Sie zitterte, steckte ihr Kinn tiefer in den Kragen ihrer warmen Jacke und machte sich auf den Weg zu der privaten Treppe, die außen am Haus hochführte.

Zu Hause. Sie drehte den Schlüssel im Schloß, hatte aber Angst davor einzutreten, ein Gefühl, gegen das sie seit sechs Wochen ankämpfte. Schließlich ging sie in die Wohnung und machte die Tür zu. Ihr Blick schweifte durch das Wohnzimmer, in dem sie mit soviel Mühe versucht hatte, ein bißchen Sommer in die Winter Minnesotas zu bringen – glänzende Hartholzböden, ein Parkett, wie es schon lange nicht mehr gelegt wird, der skandinavische Teppich, nach dem sie so lange gesucht hatte, mit seiner raffinierten Mischung verschiedener Grüns, Gelb und Weiß in unaufdringlichem Design; leichte Rattan- und Korbmöbel, die an warme tropische Regenwälder erinnerten, eine Vielzahl von Pflanzen: Palmen, Scheffleras, Philodendrons und viele andere, die auf Fensterbänken, Tischchen und einer kleinen weißen Leiter vor vier langen schmalen Fenstern gediehen. Die tropische Stimmung wurde noch verstärkt durch limonengrüne und weiße Rolladen aus geflochtenem Holz und die Glasdoppeltür, die zur Veranda mit Aussicht auf den See führte. Eine Hängelampe mit weißem Korbschirm baumelte über ihrem Lieblingsschaukelstuhl aus Korb, den sie hatte restaurieren lassen, mit geschwungenen Armlehnen und dicken Kissen. Ein Raum voller Licht mit viel Platz.

Ja ... es war wie ein Hauch von Sommer. Oh, wie sie diese Wohnung geliebt hatte ... bis Jason.

Wenn sie jetzt nach Hause kam, war da immer die Erinnerung an ihn, wie er in der großen Korbschaukel lümmelte, die in einer Ecke von der Decke hing, sich mit der Ferse abstützte und das Ding kreisen ließ und sie dabei ständig mit diesen prachtvollen, grinsenden Augen neckte, oder diesen sinnlichen Lippen, die sich fotografierten wie keine anderen, die sie je vor der Linse gehabt hatte.

Jason... Jason... er war überall. Gebeugt über seinen morgendlichen Kaffee am Eßtisch mit der Glasplatte und den Chrom- und Korbstühlen. Meist mit einem Bein lässig über der Armlehne baumelnd, barfuß, im Takt mit der Musik schwingend, die er immer in seinem Kopf zu hören schien, gleichgültig ob die Anlage lief oder nicht. Jason... quer über dem knarzenden alten Bett liegend, den Blick an die Decke gerichtet, die Arme hinter dem Nacken verschränkt, und wie er davon redete, den großen Wurf zu machen. Jason... in der Kleidung wühlend, die neben ihrer im Schrank hing, auf der Suche nach dem richtigen Look, der endlich einem Produzenten auffallen würde. Jason... der seinen Kurzhaarschnitt im Bad fönte, nur mit einem Handtuch um die Hüften geschlungen, leise vor sich hin pfeifend, während sie in der Tür lehnte und ihn ansah... nur ansah. Jason... mit ausgebreiteten Armen und Beinen auf dem Boden im Wohnzimmer, neckend, verlockend, während The Five Senses sangen: »When I'm stretched on the floor, after loving once more, with your skin pressing mine, and we're tired and fine... «

Jason mit dem Gesicht und dem Körper eines Adonis. Allison hatte nie begreifen können, wieso er sich ein so gewöhnlich aussehendes Mädchen wie sie ausgesucht hatte. Er war die personifizierte Schönheit, eine atemberaubende Kombination von Muskeln, Anmut und symmetrischen Gesichtszügen, die die Künstlerin in Allison Scott genauso berührte wie die Frau. Wenn Jason vor der Kamera stand, gab es keine schlechten Aufnahmen – es war gar nicht möglich, sein Gesicht unvorteilhaft abzulichten. Deshalb hatte ihr

Geschäft geblüht, weil sie ihn hatte. Sportsakkos, Lederkleidung, Schokoriegel, Straßenbaumaschinen – es gab anscheinend kein Produkt, das Jasons Gesicht nicht verkaufen konnte, zumindest war die Twin Cities Werbeagentur davon überzeugt.

In der Zwischenzeit wuchs sein Fotoalbum, und sie machten Pläne für eine Modebeilage im *Gentlemen's Review* Magazine. Das war immer schon Allisons Traum gewesen. Aber um an das GR zu verkaufen oder auch nur in Verhandlung mit ihnen zu treten, brauchte Allison zwischen drei- und viertausend Fotos. Also fotografierte sie ihn überall, bei jedem Licht, in jeder Pose, vor jedem Hintergrund, lernte ihn mit jedem Klicken des Auslösers noch mehr lieben.

Und dann war sie vor sechs Wochen nach Hause gekommen und hatte den halben Schrank leer vorgefunden, der Rasierer war aus dem Bad verschwunden, ein feuchtes Handtuch hing über dem Waschbecken, und die gesamte Kollektion von Negativen war ebenfalls weg, und mit ihnen ihre Träume. Nur eins hatte er ihr gelassen, ihr Lieblingsfoto von ihm, auf Postergröße aufgeblasen stand es auf der Staffelei im Wohnzimmer. Und an den unteren Rand hatte er gekritzelt: »Sorry, Babe ... Love, Jason«.

Die Staffelei stand jetzt in der hintersten Ecke des Zimmers, gegenüber dem hängenden Korbstuhl. Sie war leer, seit Allison sich endlich eingestanden hatte, daß Jason nicht mehr zurückkommen würde. Sie hatte das aufgeblasene Egosymbol hinter ein Bündel nicht verkaufter Arbeiten, die sich an einer Schlafzimmerwand stapelten, gestopft. Das Foto konnte sie verstecken, aber den Schmerz offenbar nicht. Er war so heftig wie am Anfang, entstanden durch einen billigen Kitschroman, für den sie damals das Cover machte.

Sie wandte sich ab, ging zu der kleinen Kochnische,

machte die Spaghetti warm und aß sie im Stehen, an den Küchenschrank gelehnt. Sie hatte Angst davor, sich allein an den Tisch zu setzen, mit Jasons Bild vor Augen, als wäre er immer noch da, säße ihr gegenüber, wie er es fast ein Jahr lang getan hatte.

Dieses verfluchte Buch! Dieser verdammte Held, der die Erinnerung an Jason wieder hatte aufleben lassen! Diese verdammte Mattie und ihre unschuldigen Fragen!

Die Spaghetti schmeckten wie Tapetenkleister, aber sie füllten die Leere, und mehr wollte Allison nicht. Mahlzeiten waren jetzt etwas, was man ertragen mußte, nicht mehr genießen, wie zu den Zeiten, als sie beide noch zusammen waren.

In der Wohnung gab es keine richtige Trennung zwischen Küche und Eßzimmer, das dann nahtlos zum Wohnzimmer überging. Allison lehnte am Schrank, mit dem Topf in einer Hand, musterte die leere Staffelei und fragte sich, wo er war, mit wem er zusammen war, ob er wieder als Model arbeitete. Tränen stiegen ihr in die Augen, und sie dachte: Verflucht sollst du sein, Jason Ederlie, wenn du je zurückkommst im frommen Glauben, daß dein prachtvolles Gesicht und dein Körper mich immer noch von der Ecke des Wohnzimmers aus verfolgten, dann wirst du eine herbe Enttäuschung erleben!

Doch dann fiel die Gabel in den Topf, der Topf ins Spülbecken und ihr Kopf auf die Arme, und Verzweiflung schnürte ihr erneut den Hals zu.

Der folgende Tag war einer dieser entsetzlich mühsamen, an denen sie ihren Lebensunterhalt verdiente. Allison verbrachte sechs Stunden damit, Grundschulbilder von zahnlückigen Zweitkläßlern zu machen, mit fest justierter Kamera, wo die Entfernung von Kamera zu Nase mit einer

Schnur gemessen wird, die vom Stativ baumelt. Es war keine Kunst, aber davon ließ sich die Miete des Ateliers bezahlen.

Um drei Uhr nachmittags, als der Auftrag in der Schule beendet war, sank draußen bereits die Temperatur. Allison zog sich eine dicke flauschige Wollmütze über den Kopf, wickelte sich einen passenden Schal zweimal um den Hals und machte sich auf den Weg zu ihrem Auto, um dann Richtung Innenstadt zu fahren.

Die Scheiben des Ateliers waren dick mit Eis verkrustet, der Boden zugig. Aber die versprochene Mappe mit Fotos war in der Post. Eine kurze Überprüfung des Auftragsdienstes ergab, daß nichts Dringendes vorlag, also machte sich Allison auf den Heimweg, mit etwas besserer Laune als am Tag zuvor.

Zu Hause machte sie sich eine Tasse heißen Kakao, schob eine Kassette in den Recorder und kuschelte sich in die weichen Kissen des Sofas, um sich anzuschauen, was Mattie aufgetrieben hatte.

In dem senffarbenen Umschlag fand sie eine Notiz in Matties Handschrift: »Tut mir leid, daß nicht alle in Farbe sind, aber ich hab ein paar rausgezogen, die aussehen, als ob die Haarfarbe richtig wäre. Bussi, M.«

Die Mädchen kamen zuerst, eine Ansammlung von fünfzehn Gesichtern, einige in Farbe, ein paar in Schwarzweiß, alle mit schulterlangen Haaren, wie Allison verlangt hatte. Sie legte die Fotos der Reihe nach auf den Beistelltisch und die Sofakissen. Einige der Gesichter waren ganz annehmbar, aber es war keins dabei, das Allison umwarf. Etwas besorgt nahm sie sich jetzt die Männer vor.

Ein lächelndes Gesicht mit einem etwas schiefen Zahn, wodurch es etwas Anrührendes hatte, ähnlich wie das Gesicht eines kleinen Jungen. Ein weiteres, ernstes Bild, irgendwie fade. Als nächstes ein Glamourknabe, dessen Gesicht wirklich sehr schön war, aber irgendwie wußte Allison instinktiv, daß er keine Haare auf der Brust hatte – was für die Einstellungen, die sie plante, aber sehr wichtig war. Dann ein hartes, kantiges Gesicht, das gut zu einem Stetson und einer Zigarre passen würde.

Aber als der harte Typ mit dem Gesicht nach unten zu den anderen fiel, erstarrte Allisons Hand mit der Kakaotasse auf dem Weg zum Mund, sie starrte wie gebannt auf das nächste Bild und richtete sich langsam auf. Einen kurzen Augenblick war sie total hypnotisiert, dann führte sie die Tasse zum Mund, und ehe sie sich's versah, hatte sie sich die Zunge verbrannt.

»Aua, verdammt noch mal!« Sie stellte Tasse und Teller auf den Glastisch, stand auf, und eine Flut männlicher Gesichter ergoß sich aus ihrem Schoß zu Boden, während sie das beeindruckende Gesicht auf Armlänge betrachtete.

»Heiliger Strohsack«, hauchte sie betroffen. Das Gesicht schien zu perfekt, um echt zu sein, die Haare zu gekonnt zerzaust, um zufällig zu sein, die Augen so voller Wärme, daß sie das wechselnde Licht unter der Tischlampe zu reflektieren schienen. Die Nase war gerade, mit herrlichen Nüstern. Er hatte langgezogene Backenknochen und ein starkes Kinn. Und der Mund – ah, was für ein Mund. Sie musterte ihn als Künstlerin, reagierte aber als Frau.

Die Oberlippe war absolut vollkommen, der Umriß klar, zwei perfekt symmetrische Bögen – eine Rarität, egal, wie der ungeschulte Laie darüber dachte. Die Unterlippe war etwas voller als die obere, und das angedeutete Lächeln schien seine amüsierten Gedanken zu verraten. Anliegende Ohren, kräftiger Hals – aber nicht zu dick –, gute Schultern, eine davon etwas nach vorne ins Bild gebeugt. Er trug ein zerknittertes Smokinghemd mit schiefem Kragen, nicht die üblichen aalglatten Klamotten. Sie lächelte.

Ich gehe jede Wette ein, daß er Haare auf der Brust hat, dachte sie.

Allison drehte das Bild um.

Richard Lang... 4. 11. 57... blond... blau.

Sie las die Worte noch einmal, aber irgendwie war ihr das zu wenig. Richard Lang... 4. 11. 57... blond... blau. Großer Gott, war das alles, was sie zu einem Gesicht wie diesem zu sagen hatten? Wer war er? Warum hatte sie sein Foto noch nie zuvor in der North Star Kartei gesehen? Er hatte die Art Gesicht, von dem Fotografen träumen. Knochenbau, der Kanten und Höhlen schuf, wunderbar für Schattenzeichnung. Die Kinnpartie schien förmlich lebendig, der Mund wie geschaffen zum Ausdrücken verschiedener Stimmungen. Sie stellte ihn sich schmollend, lächelnd, vorwurfsvoll vor. Sie fragte sich, ob er im echten Leben wirklich so beweglich war, wie es auf dem Papier schien. Etwas flüsterte »Grübchen«, obwohl in Wirklichkeit keine existierten, nur attraktive Lachfalten zu beiden Seiten des Mundes, als würde er gerne lachen.

Richard Lang.

Fünfundzwanzig Jahre alt, blondes Haar, blaue Augen, Gesicht so faszinierend wie das von... aber Allison bremste sich gerade noch, ehe sie mit »Jason« endete.

Richard Lang, du bist es!

Sie lehnte das Glanzfoto gegen den Fuß der Tischlampe und trat ein paar Schritte zurück, während sie ihre Manschetten und ihr Hemd aufknöpfte. Sie griff nach ihrer Tasse, begab sich in den richtigen Abstand, während sie vorsichtig daran nippte, musterte das Gesicht und stellte ihn im Geist bereits in verschiedene Posen, überlegte den richtigen Kamerawinkel, die Beleuchtung, den Hintergrund, der nicht zu aufdringlich sein durfte, um nicht von diesem Gesicht abzulenken.

Bei dem ganzen Fotostapel war kein einziges Mädchen, das hübsch genug für ihn war. Das Mädchen, soviel war jetzt schon klar, würde ihr einige Schwierigkeiten bereiten. Für Allison gab es keinen Zweifel, auf dem Foto müßte der Held von der Heldin überwältigt sein. Aber wie sollte sie das mit einem Gesicht wie dem seinen bewerkstelligen? Es würde jedes andere Gesicht in den Schatten stellen!

Allison, bleib auf dem Teppich.

Sie mußte Richard Lang wieder in die richtige Perspektive rücken. Allison stellte ihre leere Tasse in die Spüle, stapfte ins Schlafzimmer, riß sich ihr Hemd vom Leib, schlängelte sich aus den Jeans und kuschelte sich in einen blauen flauschigen Morgenmantel, fest davon überzeugt, daß sie bei ihrer Rückkehr ins Wohnzimmer bei ihm einen Fehler entdecken würde, den sie bis jetzt übersehen hatte.

Aber da lehnte er am Fuß der Lampe, noch attraktiver, als sie ihn in Erinnerung hatte, so daß sie wie in Trance den Reißverschluß des Morgenmantels zuzog.

Wenn doch das Foto bloß in Farbe wäre. Vielleicht war seine Haut nicht so makellos, wie das schwarzweiße Foto einen glauben machte. Vielleicht hatte er Sommersprossen, rötliche Haut oder eine fahle Gesichtsfarbe. Aber irgendwie wußte sie, daß seine Haut so glatt und gesund wie die eines Rettungsschwimmers sein würde. Aber womöglich ist er ekelhaft launisch, überlegte sie auf der weiteren Suche nach Makeln. Genug, sagte sie sich, das spielt doch keine Rolle, Allison Scott! Du willst schließlich nur Fotos von ihm machen und ihn nicht heiraten. Selbst wenn er hinterlistig wie ein Wiesel ist, geht dich das gar nichts an.

Trotzdem hatte sie an diesem Abend Schwierigkeiten einzuschlafen. So begeistert von ihrer Arbeit war sie seit Jasons Verschwinden nicht mehr gewesen.

Am folgenden Morgen rief sie Mattie an und bat sie, ihr

noch mehr Bilder von Mädchen zu schicken. Die beiden verabredeten sich zum Mittagessen. Über dampfenden Schüsseln mit Hühner- und Klößchensuppe in Peter's Grill merkte Allison, daß sie tatsächlich Hunger hatte – zum ersten Mal seit Wochen.

Als Mattie fragte, für welches männliche Model sie sich entschlossen hatte, holte Allison das Foto von Richard Lang heraus und legte es auf den Tisch zwischen sie beide.

»Der!« Mattie deutete mit einem kurzen Finger auf das Bild. »Ich hab's gewußt! Ich hab gewußt, daß du den nehmen wirst. Al! Ich brauchte bloß blond und blauäugig zu hören, da war mir alles klar. Er ist genau der Typ, mit dem man auf Film Wunder vollbringen kann.«

»Ich werd es auf jeden Fall versuchen, da kannst du Gift drauf nehmen«, sagte Allison nachdenklich. Dann musterte sie noch einmal das Foto, fasziniert von soviel Perfektion und fragte: »Was weißt du über ihn?«

»Nicht viel. Anscheinend ist es ihm schnurzpiepe, was er anhat. Die paarmal, die ich ihn gesehen habe, trug er immer Tennisschuhe, verwaschene Jeans und verknitterte Hemden, die aussahen, als wär ihnen noch nie eine Frau mit Bügeleisen zu nahe gekommen. Schon ein bißchen seltsam, wenn man bedenkt, daß die meisten unserer Klienten zuviel des Guten machen, wenn sie sich für ein Casting anziehen.

»Mmm... das ist mir auch aufgefallen. Sein Hemd sieht aus, als hätte es den Hundertjährigen Krieg mitgemacht, und seine Haare... mein Gott, Mattie, schau dir doch seine Haare an! Sie sind... sie sind... «

»Alles Natur.«

»Ja.« Allison legte den Kopf zur Seite und musterte das Foto. »Alles Natur, genau wie der Rest von ihm. Ich frage mich, wo der Pferdefuß versteckt ist, wenn ich ihn persönlich kennenlerne.«

»Wahrscheinlich ein Egotripper, wie die meisten schönen Buben, die wir vertreten.«

Der Gedanke war deprimierend. »Wahrscheinlich«, stimmte ihr Allison zu und steckte das Bild in die Tasche. »Mir brauchst du nichts über das Ego männlicher Models zu erzählen. Nicht nach Jason Ederlie.«

»Tut mir leid, daß ich von ihm angefangen habe ges –«

»Nein, Mattie, ist schon okay.« Allison hob beschwichtigend die Hände. »Wenn ich nicht erwachsen genug bin, mich damit abzufinden, daß er weg ist, hätte ich ihn gar nicht erst bei mir einziehen lassen dürfen. Es war ... es war eine Idylle, ein Traum. Aber es ist vorbei, und die Wunden verheilen so langsam. Ich werde mich in meine Arbeit stürzen und mir einen Namen machen; und wenn das passiert ist, werd ich mir den Mann aussuchen, mit dem ich leben will, nicht umgekehrt.«

»Also, wenn du das tust, Schätzchen, wie wär's dann mit einem netten, soliden Installateur, einem Gemüsehändler oder Buchhalter? Jemandem, der für etwas mehr als nur sein eigenes Spiegelbild ein Lächeln übrig hat.«

»Keine Sorge, Mattie. Ich hab meine Lektion gelernt. Wenn ich ihn finde, wird er großzügig, demütig und ehrenhaft sein und mir jeden Wunsch von den Augen ablesen.«

Mattie lachte. »He, wo immer du ihn findest, könntest du nicht gleich zwei mitnehmen – einen für mich?«

Beide mußten lachen, Mattie mit ihren Hosen in Größe 44 und Allison mit ihren zerstörten Illusionen. Aber am Ende fragte sich Allison, ob solche Männer überhaupt existierten.

2. KAPITEL

Das alte Genesis Gebäude hatte zwei Aufzüge, einen für Fahrgäste, den anderen für Lasten. Natürlich waren beide Altertümer außer Betrieb, als Allison dort ankam, so daß sie völlig außer Atem war, als sie die Studiotür aufsperrte, nachdem sie die sechs Stockwerke hochgestapft war.

Das Telefon schrillte, sie rannte quer durch den Raum, riß den Hörer an sich und keuchte völlig außer Atem: »Ph... Photo Images.«

»Hallo, Rick Lang am Apparat. Ich sollte diese Nummer anrufen, weil Sie möglicherweise einen Job für mich haben.«

»Rick... L...« Plötzlich ging ihr ein Licht auf. »Oh! *Richard* Lang! Der auf dem Foto aus der Kartei von North Star.«

»Richtig, aber alle nennen mich Rick.«

Allison war völlig überrascht von der angenehmen, unaffektierten Stimme am anderen Ende der Leitung. Sie war tief, maskulin und ganz locker. Auch in seiner Stimme war kein Hinweis auf irgendwelche Makel zu entdecken.

»Rick... in Ordnung. Hören Sie, ich treffe nie Entscheidungen nur nach Fotos. Ich möchte Sie gerne sehen, bevor wir einen Vertrag machen, okay?«

»Klar, das ist verständlich.«

Vor Allisons innerem Auge tauchte sein Gesicht auf, und plötzlich kam sie sich vor wie ein Idiot, das von ihm zu verlangen. Welchen Makel wollte sie denn in einem Gesicht wie diesem finden?

»Sie müssen mich verstehen, für mich ist dieser Job sehr wichtig, weil ich dadurch ähnliche Aufträge kriegen will. Wenn da irgend etwas an Ihnen –«

»He, klar, ich versteh schon. Manchmal können Schwarzweißfotos sehr irreführend sein.«

Ausgerechnet jetzt merkte Allison, wie sie rot wurde. Rot werden! Am Telefon, wo er sie nicht einmal sehen konnte, stammelte sie und wurde rot, während er die Ruhe in Person war.

»Wann haben Sie denn Zeit?«

»Ich kann es mir einteilen. Wann wollen Sie mich sehen?«

»Wie wär's denn morgen um ein Uhr?«

»Wunderbar.«

»Können Sie in mein Atelier kommen?«

»Klar, wenn Sie mir sagen, wie ich da hinkomme?« Sie sagte ihm, wo er parken sollte und was er zu tun hatte, falls der ächzende alte Aufzug immer noch streikte, und noch genauere Instruktionen, was er tun mußte, falls er nicht streikte. Jetzt hörte sie zum ersten Mal sein Lachen, ein heiteres, tiefes Geräusch, kurz darauf meinte er: »Dann sehen wir uns um ein Uhr.«

Nachdem sie sich von ihm verabschiedet hatte, ließ sie sich in ihren Drehstuhl zurückfallen und verschränkte die Hände über dem Kopf. Das war einfach lächerlich. Sie war schon richtig paranoid, versuchte Fehler bei ihm zu entdecken, noch bevor sie ihn gesehen hatte, hoffte auf einen weibischen Unterton in seiner Stimme, schlechte Grammatik, ein Lispeln... irgend etwas!

Scott, setz deinen Hintern in Bewegung! ermahnte sie sich und sprang auf. Er ist nicht Jason, und er wird nicht bei dir einziehen, also wirst du jetzt eine Sand- und Kiesfirma anrufen und dir eine Zusage für eine Lieferung Sand frei Haus gegen Werbefotos ihrer Firma oder Fotos der Enkel des Eigentümers holen oder was immer du machen mußt, um den Sand hier raufzukriegen. Aber vergiß Rick Lang!

Am folgenden Tag betrat Rick Lang Photo Images und sah eine Frau, die mit dem Rücken zu ihm saß und telefonierte. Sie hatte sich weit in dem uralten Eichendrehstuhl zurückgelehnt, ein Absatz eines braunen Lederstiefels war in den Rahmen einer riesigen Wand von Fenstern gestemmt, das andere Bein hatte sie darüber verschränkt. Glänzendes braunes Haar hing bis zur Schulter, gehalten von einer riesigen Sonnenbrille, die sie über den Kopf hochgeschoben hatte. Sein Blick folgte der straffen Linie ihrer Bluejeans über dem ausgestreckten Bein, bis zu einem übergroßen Pullover und einem passenden Schal, den sie zweimal um den Hals gewickelt hatte. Plötzlich gestikulierte sie wild, wie ein italienischer Obstverkäufer, der um den Preis eines Apfels feilscht.

»Aber was, wenn ich mich einschreibe und einen Tiefenkoller kriege oder so was, krieg ich dann mein Geld zurück?« Sie gestikulierte wieder, diesmal etwas erboster, und der Fuß, der über dem Knie lag, wippte ungeduldig. Rick stand lächelnd da und hörte zu. Der Fuß hörte auf zu wippen, das Kinn senkte sich. »Oh, das kann man nicht?« fragte sie. »Nicht in einem Swimmingpool?« Die Sonnenbrille rutschte an ihren richtigen Platz, und ihre Stimme wurde ganz unschuldig. »Nun, um ehrlich zu sein, eigentlich will ich gar nicht tauchen lernen. Ich brauche die Ausrüstung nur für zwei Tage für eine Fotoproduktion, die ich plane –«

Sie riß den Hörer vom Ohr weg, und Rick hörte auf der anderen Seite des Zimmers Gesprächsfetzen der wütenden Antwort eines Mannes. »Lady … jeder neugierige … tauchen versuchen … aus dem Geschäft … in kürzester Zeit … Unterricht wollen.«

Der Stuhl schaukelte nach vorn, die Stiefel klatschten auf

den Boden. »Deshalb brauchen Sie doch nicht gleich so –« Sie hielt inne, hörte noch einen Augenblick zu, dann knallte sie den Hörer auf den Apparat in ihrem Schoß, machte eine äußerst obszöne Geste in seine Richtung, verschränkte kriegerisch die Arme und zischte: »Das ist für dich, Süßer!«

Rick Lang grinste übers ganze Gesicht, machte dann schnell eine ernste Miene und sagte: »Verzeihung.«

Der Stuhl wirbelte so schnell herum, daß ihr die Sonnenbrille von der Nase rutschte und der Hörer von der Gabel fiel. Sie erwischte ihn an der Schnur, stellte den Apparat auf ihren Schreibtisch und richtete sich mit hochrotem Kopf auf.

»Wie lange stehen Sie schon da?« sagte sie in scharfem Ton.

»Ein Weilchen.« Er beobachtete, wie die Röte über ihr Gesicht zog, die Lippen schmal wurden und musterte die übergroßen Gläser, die ihre Augen versteckten. »Tut mir leid, ich bin zu früh dran.« Er ging lächelnd mit ausgestreckter Hand auf sie zu. »Rick Lang«, sagte er schlicht.

»Allison Scott«, erwiderte sie, während seine warme Hand die ihre umfaßte, einmal drückte und dann in der Tasche eines völlig abgetragenen Kleidungsstückes, das wohl einmal eine Lederjacke gewesen war, verschwand.

»Sie wollten mich in Augenschein nehmen.« Er trat zurück, total entspannt, verlagerte sein Gewicht ohne eine Spur von Nervosität. Sein spontanes Lächeln verzauberte seinen Mund, und Allison wurde das Gefühl nicht los, wenn einer hier in Augenschein genommen wurde, dann sie.

»Ja ... ich ...« Ihre Wangen glühten förmlich. »Hören Sie, ich bin keine Betrügerin.« Sie zeigte auf das Telefon, fest überzeugt, daß er ihre beleidigende undamenhafte Geste am Ende des Gesprächs mitbekommen hatte. »Sie haben doch gehört, daß ich ihm sagte, ich wolle eigentlich gar keine Tauchstunden, nicht wahr? Ich besorg mir keine Sachen unter Vorspiegelung falscher Tatsachen. Manchmal ist es nur sehr schwierig, die richtigen Requisiten für bestimmte Bilder zu kriegen, und ich brauche eine Taucherausrüstung für ein Projekt, das ich plane, also dachte ich ... ich dachte, ich würde es mal mit dem Tauchen versuchen, wenn ich dadurch die Ausrüstung kriegen würde und sie mir nach der ersten Lektion mein Geld zurückgeben. Aber dann ist der Kerl ekelhaft geworden und ich ... « Plötzlich wurde ihr klar, daß sie einfach drauflosplapperte, um zu kaschieren, wie peinlich ihr das alles war. Sie verstummte. Für Allison war es ein ganz neues Gefühl, sich im Nachteil zu fühlen, und daß sie es zeigte, war noch rarer.

Rick lachte freundlich, mit einem bewundernden Blick für ihr lässiges Outfit, die engen Jeans und den Pullover, der fast bis zu den Knien reichte, und auch ihr Gesicht, das jetzt vor Scham rosa war.

»Ich bin nicht gekommen, um ein Urteil über Sie zu fällen, Sie sollen mich beurteilen, also vergessen Sie einfach, daß ich es gehört habe.«

Sie versuchte, sich zu beruhigen, sagte sich, daß er nur ein weiteres attraktives Gesicht sei, wieder so ein Egomane, ein weiterer Jason. Aber sie spürte den Unterschied bereits beim ersten Blick. Die arrogante Selbstsicherheit fehlte. Selbst seine Kleidung war tiefgestapelt. Er war genauso angezogen, wie Maggie angedroht hatte – die abgetragene Jacke mit dem total fadenscheinigen Kragen, ausgebleichte Jeans, weitgereiste, abgestoßene Beinahe-Cowboystiefel. Die Jacke war halb geöffnet, darunter war ein violettes Sweatshirt mit der Nummer 12 in Weiß zu sehen. Ihr Blick wanderte zurück zu seinem Gesicht, das sie erneut wie ein Stromschlag elektrisierte.

Attraktiv gerötete Haut vom scharfen Wind draußen, glatt, ohne jeden Makel, gerade Nase, die von der Kälte glänzte. Sein Haar war vom frechen Januarwind frisch gestylt und tatsächlich blond, eine üppige Farbe, die wie ein Geschenk schien inmitten dieses schneeverwehten Januars, in dem die meisten Leute ihre Köpfe unter dicken Mützen verbargen. Die leicht gelockten Strähnen drapierten sich wunderbar zerzaust um Stirn, Ohren und Schläfen. Es wäre Irrsinn, sie zu kämmen, dachte sie.

Mit einemmal wurde ihr klar, daß sie ihn hemmungslos anstarrte, und sie senkte den Blick. Er war, ohne Zweifel, noch besser als auf dem Foto.

»Hat Ihnen die Agentur gesagt, wofür die Fotos sind?« fragte sie.

»Nein, nur, daß ich Sie kontaktieren soll, und Sie würden mir dann alles weitere sagen.« Er ließ den Blick kurz durch das Atelier schweifen – volle Rupfensäcke lehnten an einem alten, verkratzten Schreibtisch, ein uralter Eisschrank, Rollen von Hintergrundpapier, die von den Röhren an der Decke baumelten, ein Sammelsurium von Stühlen, Hockern, künstlichen Pflanzen, Kissen und Sahnedosen in einer Ecke, Kameras auf Stativen, Schirmreflektoren, Stroboskope, eine Vielzahl fotografischer Ausrüstungsgegenstände. Aber hauptsächlich war da Raum – ungeheuer viel Raum –, und helles Nachmittagslicht flutete durch die mit Eisblumen übersäten Fenster. In der Ecke mit dem Schreibtisch war ihr »Büro«, abgeteilt durch zwei metallene Aktenschränke an einer Wandseite. Daneben führte eine Tür in einen fensterlosen Raum, in dem kein Licht brannte.

Während er das Atelier musterte, musterte sie ihn und wünschte, er würde ein offenes Hemd tragen, damit sie sehen könnte, ob er Haare auf der Brust hatte. Sie wußte nicht, wie sie ihn fragen sollte, ob er welche hatte. Seine Augen wanderten zurück zu ihren, und sie spürte, wie die Röte erneut ihre Wangen überzog.

»Für ein Buchcover, und sie brauchen zwei Bilder, eins für vorne, eins für hinten.«

»Was für ein Buch?«

»Ein Liebesroman.«

Seine Augenbrauen hoben sich kurz, fragend, dann hob er die Schultern und nickte.

»Haben Sie schon mal mit einem anderen Model posiert?«

»Ein paarmal.«

»Mit einer Frau?«

»Einmal.«

»Wofür war die Anzeige?«

»Jogginganzüge für ihn und sie oder so was.«

Sie hatte richtig geraten, als sie das schwarzweiße Foto studiert hatte. Er hatte schier unglaublich bewegliche Lippen und Augenbrauen. Sie drückten seine Stimmung aus, noch ehe er die Worte gesprochen hatte.

»Würden Sie mir einen Gefallen tun?« fragte Allison.

»Wenn Sie mir auch einen tun.« Sein Blick konzentrierte sich auf sein eigenes Spiegelbild in ihrer Sonnenbrille. »Nehmen Sie die Brille ab, damit ich Sie sehen kann.«

»Oh!« Sie schob die Brille auf den Kopf hoch. »Das habe ich gar nicht gemerkt.«

»Schon besser. Also, wo waren wir stehengeblieben?«

»Sie wollten mir einen Gefallen tun.«

Seine Hände kamen mit der Handfläche voraus aus diesen durchhängenden Taschen. »Ihr Wunsch ist mir Befehl.«

Sie kam hinter dem Schreibtisch hervor, stellte sich in etwa zwei Meter Entfernung vor ihn, streckte die Hände in die engen Taschen ihrer Jeans, zog die Schultern hoch und musterte ihn.

»Machen Sie ein wütendes Gesicht.«

Wieder dieser Zauber. Im Bruchteil einer Sekunde senkten sich seine Augenbrauen, zogen sich gerade so weit zusammen, daß der Betrachter noch Mitgefühl empfand, aber der Blick war trotzdem böse.

»Verschlagen«, warf sie ihm zu.

»Was?«

»Schaun Sie hinterhältig drein«, forderte sie ihn auf und zeigte mit dem Finger auf seine Nase.

Sofort senkte sich sein Blick, und er schielte aus den Augenwinkeln den Eisschrank an, als wolle der sich ihm widersetzen, vergeblich, weil er nämlich ein paar sehr schädigende Informationen über ihn hatte.

Allison lächelte, klatschte einmal in die Hände vor Freude, dann befahl sie: »Müde!«

Sein Mund öffnete sich leicht, ein Mundwinkel hing etwas herunter, und das Funkeln verschwand aus seinen Augen mit den verklebten Wimpern, er schaute traurig auf den Boden zwischen ihnen... Perfekt, dachte sie.

Ihr Herz machte einen Satz vor Freude. Er war ein Naturtalent. Sie ging in die halbe Hocke und packte ihre Knie mit den Händen wie ein Lineman im Footballteam.

»Ich will kriegerisch sehen!« warf sie ihm zu.

Die schönen Lippen zogen sich zusammen wie ein Einkaufsnetz. Die Augen dräuten. Die Haut schien sich plötzlich über die fein modellierten Wangenknochen zu spannen. Sie vergaß seinen Namen, sein Alter, seine Haarfarbe, seine Attraktivität und sah nur noch den Zauber, der sich vor ihren Augen entfaltete. Sie war so fasziniert, so vertieft in diese Entdeckung, daß sie gar nicht merkte, wie ihre eigenen Augen tanzten, wie ihr Gesicht zum Leben erwachte, die Reaktionen spiegelte, die er so mühelos bei jedem neuen Befehl von ihr lieferte. Gleichgültig, was es war, sein Gesicht veränderte sich mit Leichtigkeit bei jedem neuen Befehl, den sie gab. »Bedroht... amüsiert... ratlos... befriedigt... « Sobald sie die Worte ausgesprochen hatte, drückte er sie aus.

»Leidenschaftlich«, sagte sie rasch.

Zum ersten Mal richtete er jetzt den Blick auf sie, ließ ihre Augen nicht mehr los und beugte sich zu ihr, als würde nur ein seidener Faden von Zurückhaltung ihn daran hindern, sie nicht zu berühren. Seine Augen sprachen Gedichte, seine Lippen versprachen Küsse, und seine Haltung war so suchend, daß sie sich unwillkürlich aufrichtete und einen Schritt zurück machte.

Sofort ließ er die Pose fallen, nahm wieder seine lässige Haltung ein und sah sie fragend an: Wie war ich?

Sie atmete so heftig aus, daß sich ihr seidiger Pekinesenpony von Stirn und Schläfen erhob, dann lachte sie, etwas nervös, aber ungeheuer befriedigt.

»He, machen Sie das ständig?« fragte sie.

»Was?«

»Daß Sie schlagartig auf alles anspringen?«

Er sah überrascht aus. »Ich, schlagartig?« Er lachte kurz.

»Schlagartig!« Sie war ganz aus dem Häuschen, lief mit klackenden Stiefelabsätzen vor ihm auf und ab. »Sie sind geradezu elektrisch schlagartig! Wissen Sie, wie lang es manchmal dauert, diese Art von Reaktionen einem Model zu entlocken?«

»Ich hab mir darüber nie Gedanken gemacht. Ich bin noch nicht so lange in diesem Geschäft. Ich hab einfach gemacht, was man von mir verlangt hat.«

»Das kann man wohl sagen.« Sie stellte sich direkt vor ihn, lächelte und schüttelte ungläubig den Kopf. Dann machte sie unwillkürlich ein paar Schritte zurück.

Heiliges Kanonenrohr. Der wußte gar nicht, was er hatte, Es war mehr als nur Aussehen, mehr als nur gute Knochen, strahlende Haut und Augen, die verlockten. Es war ... Charisma! Das, was Fotografen immer suchen und selten finden. Er erfaßte blitzschnell die genaue Stimmung, die sie schaffen wollte, und drückte sie nicht nur mit dem Gesicht aus, sondern mit einer so anrührenden und natürlichen Körpersprache; sie merkte kaum, wie er von einer Pose in die andere wechselte, bis seine Stimme ihr einen Schlag in die Magengrube versetzte.

Mit einemmal bemerkte sie, daß sie dastand und sich den Kopf hielt, als könne er wegfliegen. Sie ließ die Arme sinken, ging zu ihrem Schreibtisch, verschränkte sie mit starrem Blick auf das Fenster und stammelte. »D... Da ist noch etwas, worum ich Sie bitten möchte. Es ist vielleicht ein bißchen ungewöhnlich, aber... ich... ich... «

Er registrierte, wie verunsichert sie ihm den Rücken zudrehte. »Sie haben mich noch nicht laufen sehen, stimmt's? Also, was soll ich als nächstes machen?« Er lächelte.

Sie warf ihm einen Blick über die Schulter zu. »Ziehen Sie Ihre Jacke aus.«

»Schon passiert«, behauptete er. Die Verschlüsse klackten, und er ließ die Jacke achtlos auf eine Ecke ihres Schreibtischs fallen.

Das Sweatshirt schmiegte sich um beachtliche Arme und Schultern. Sie schluckte und ermahnte sich, daß er schließlich nur ein Model sei.

»Jetzt das Sweatshirt.«

Das ließ ihn den Bruchteil einer Sekunde zögern.

»Das Sweatshirt, klar.« Er zog es aus, etwas langsamer als die Jacke.

Er stand in einem weißen T-Shirt mit V-Ausschnitt da, das Sweatshirt hielt er in einer Hand zusammengerafft, als schicke er sich an, es gegen das erste, was ihm zu nahe kam, zu schleudern.

»Das T-Shirt auch«, befahl sie.

Er mimte den Mißtrauischen, ohne dazu aufgefordert worden zu sein. Seine prachtvollen Augen streiften sie, den

Schreibtisch, die Wand, an der ein paar völlig unbedenkliche Fotos von ihr hingen. Schließlich richteten sich die Augen mit gerunzelter Stirn auf sie. »He, Lady –«

Sie wirbelte herum und sah ihm direkt in die Augen. »Ich heiße Scott. Allison Scott.«

»Okay, Miss Scott. Ich mach keine schrägen Sachen wie –«

»Ich auch nicht, Mr. Lang!«

»Also, was für ein Buch ist das denn überhaupt?«

»Es ist keine Pornographie, wenn Sie das denken sollten. Aber wenn Sie Angst davor haben, das Hemd auszuziehen, ich hab eine Kartei voller Gesichter, die den Zweck genauso erfüllen wie das Ihre.«

»Ich möchte nur gerne wissen, warum.«

»Ich hab es Ihnen doch gesagt. Es ist ein Liebesroman. Ort der Handlung ist Sanibel Island.« Warum hatte sie nur das Gefühl, sich verteidigen zu müssen. Weil sie sich plötzlich angesichts dieses prachtvollen Exemplars von Männlichkeit fragte, wie er wohl mit nacktem Oberkörper aussehen würde – und das nicht nur als Künstlerin und Profi, sondern aus bloßer weiblicher Neugier. Aber sie erkannte sofort ihren Fehler – es war amateurhaft und kindisch, die Sache vor sich herzuschieben. Sie hätte ihn sofort fragen und die ganze Geheimniskrämerei vergessen sollen. Allison beschloß, ehrlich zu sein.

»Ich muß nur wissen, ob Sie Haare auf der Brust haben, aber ich kam mir albern vor, Sie zu fragen.«

Er zog ohne ein weiteres Wort sein T-Shirt aus und stand vor ihr, in diesen engen, ausgewaschenen Jeans, seine Brustwarzen zogen sich in der Eiseskälte des alten Gebäudes zusammen, während kleine Brisen allzu frischer Luft den Boden entlangschlichen. Sein Oberkörper war der erste nackte, den sie sah, seit Jason weg war, und Allison merkte, daß sie bei diesem Anblick ihre Gedanken mit Gewalt in geregelte

Bahnen lenken mußte. Aber es war wirklich schwer, sich dagegen abzuschotten, daß er – als Mann – ein Prachtexemplar war. Allison spürte, daß ihr Körper genug Hitze ausstrahlte, um das Eis von allen Fenstern zu schmelzen, wie er so vor ihr stand, zitternd vor Kälte, und sich begutachten ließ.

Er warf einen Blick auf seine Brust, hob dann wieder den Kopf und sah sie an. »Genug?« fragte er.

Einen Augenblick lang kam sie sich vor wie ein neugieriger Teenager, der heimlich die Buben durch ein Astloch im Umkleideraum betrachtet, während er ganz unbekümmert dastand.

»Ja«, erwiderte sie, und sofort zog er sich die Hemden der Reihe nach wieder über den Kopf und fragte aus den Tiefen des einen: »Und was werde ich für diese Aufnahmen anziehen?«

»Badehosen. Haben Sie welche?«

»Klar.« Sein Kopf tauchte auf, die Haare jungenhaft zerzaust, ganz im Gegensatz zu dem reifen, wohlproportionierten Körper, den sie gerade begutachtet hatte.

»Welche Farben haben die?« fragte sie und ging zurück hinter den Schreibtisch.

»Weiß.«

»Perfekt. Wir werden nämlich nachts fotografieren, dann sind sie besser zu sehen.«

Seine Augenbrauen zogen sich zusammen, und sein Blick wurde wieder mißtrauisch, während sie sich, ganz die Geschäftsfrau, ihren Stift und ihr Klemmbrett griff, etwas notierte und fragte: »Haben Sie irgendwelche Narben an ihren Beinen oder ihrem Rücken?«

»Nein.« Er streifte sich jetzt das Sweatshirt über, sichtlich zitternd.

»Haben Sie irgendwelche Skrupel, eine fremde Person zu küssen?«

Er erstarrte wie vom Donner gerührt mit einem Arm in seiner Jacke.

»Eine fremde Person küssen?«

»Ja.« Sie sah ihm ernst in die Augen, versuchte mit aller Gewalt, ruhig zu erscheinen.

»Wen?«

Allison nahm das Foto des auserwählten weiblichen Models von dem Stapel auf ihrem Schreibtisch und reichte es ihm. »Sie.«

Er musterte es kurz. »Die andere Person auf dem Bild, nehm ich an?«

»Ja, wenn Haarfarbe und Augen so sind, wie ich es mir vorstelle.«

Er drehte das Bild um und las den Namen auf der Rückseite. »Vivien Zuchinski.« Er lachte und schüttelte den Kopf, was die Spannung im Raum etwas linderte. »Mit einem solchen Namen weiß sie ja hoffentlich, wie das mit dem Küssen geht.«

Das Eis war gebrochen. Ihre Blicke begegneten sich, und er lachte zuerst leise, dann lauter, ein tiefes, weiches Lachen.

»Ich komm mir vor wie ein Idiot«, gab sie zu, endlich konnte sie ihm unverkrampft in die Augen sehen.

»Nun, einen Moment lang war mir auch nicht so ganz wohl in meiner Haut.«

Sie wanderte am Fenster vorbei zum hinteren Teil des Studios, weg von ihm. »Ich habe noch nie jemanden für einen solchen Auftrag angeheuert. Ich bin es ganz falsch angegangen. Es tut mir leid, wenn ich Sie verunsichert habe.« Sie warf einen kurzen Blick über die Schulter zurück. Er stand immer noch neben dem Schreibtisch.

»Ist schon okay ... solange ich meinen Kuß kriege von ...« Er schaute noch einmal auf die Rückseite des Fotos »Vivien Zuchinski«, endete er mit einem Grinsen. Er warf das Foto auf den Tisch zurück und folgte Allison zum anderen Ende des Ateliers.

»Haben Sie etwas dagegen, wenn ich *Sie* ein paar Dinge frage?« sagte Rick Lang.

»Nein, schießen Sie los.«

»Also, warum fotografieren wir nachts?«

Sie konnte sich ein Lächeln nicht verkneifen. »Wie ich sehe, sind Sie immer noch mißtrauisch, Mr. Lang.«

»Sie müssen doch zugeben, daß das komisch klingt.«

»Nicht, wenn man einen Nachteffekt haben will. Ich will eine Szene mit offenem Feuer haben. Deshalb brauche ich draußen totale Dunkelheit, damit ich das Licht unter Kontrolle habe. Wie Sie sehen, besteht der Raum hier fast nur aus Fenstern.« Sie zeigte auf die Glaswand und richtete dann den Blick wieder auf ihn.

»Ein Feuer?« wiederholte er zweifelnd.

»Genau.« Sie hatte die Hände in die Hosentaschen gesteckt, eine Augenbraue war hochgezogen, und sie sah ziemlich selbstzufrieden aus.

»Hier drin?« fragte er skeptisch.

»Hier drin. Sie glauben, das krieg ich nicht hin?«

Er hob die Schultern. »Wär sicher ein guter Effekt, wenn Sie es hinkriegen. Wie viele Aufnahmen wollen Sie denn machen?«

»Ach, vielleicht fünfundsechzig... für das Cover und für die Rückseite.«

Er stieß einen leisen Pfiff aus. Wenn sie so viele Bilder machte, war sie ernsthaft, gewissenhaft und gründlich. Er sah sich um, suchte offensichtlich einen Strand.

»Vertrauen Sie mir«, sagte sie. »Wenn Sie zu den Aufnahmen kommen, wird ein Strand da sein. Und Sie brauchen nichts zu tun, außer eine Badehose zu tragen und ein hübsches Mädchen zu küssen. Ist das denn so schwer?«

»Überhaupt nicht.«

»Wollen Sie also den Job, ja oder nein, Mr. Lang?«

»Und alles ist wirklich ganz straight, nichts Schräges?«

»Also wirklich, Sie sind vielleicht ein Skeptiker, stimmt's? Ich gebe zu, daß die Posen sehr sinnlich sein müssen. Es ist doch schließlich ein Liebesroman. Aber das Endergebnis wird in jedem Fall geschmackvoll sein.«

Ricks Augen funkelten boshaft. »Hmm, je mehr ich davon höre, desto neugieriger werde ich.«

»Dann werden Sie's machen?«

»Wann fotografieren wir?«

»Donnerstag nacht, wenn alles gutgeht. Ich muß erst das Set bauen, und dabei könnte es einige Schwierigkeiten geben.«

»Wegen der Taucherausrüstung?«

»Nein, nicht deshalb. Das ist für die nächste Serie, die ich mache. Ich wollte nur im voraus planen. Der Strand wird mir hier bei dieser Geschichte Schwierigkeiten machen. Die Taucherausrüstung nehme ich mir später vor.«

»Würde es Ihnen helfen, wenn ich mir eine von einem Freund ausleihe?«

Sie schien angenehm überrascht. »Könnten Sie das wirklich?«

Er warf einen Blick auf die verschneite Stadt unter ihnen. »Ich glaube, im Moment braucht er sie nicht so ganz dringend, meinen Sie nicht auch?«

»Und ich müßte keinen Tauchkurs machen, inklusive Tiefenkoller.« Sie mimte Erleichterung, dann wurde sie wieder ernst. »Die Bilder zu machen, ist meist der leichteste Teil. Nur der Aufbau läßt mir manchmal graue Haare wachsen.«

»Hab ich gar nicht bemerkt.« Er musterte ihren Kopf, dann wanderte sein Blick wieder zurück zu ihrem Gesicht, er lächelte.

Sie zog sich sofort hinter ihren geistigen Schutzwall zurück. Solche Bemerkungen hatte Jason immer gemacht, hinterlistige, schmeichelnde Anspielungen, durch die sie sich hatte breitschlagen lassen und eine ihrer Standardregeln gebrochen hatte: sich nie mit einem männlichen Model einzulassen.

Rick Lang hatte ihr nicht schmeicheln, sondern nur einen Scherz machen wollen, aber sobald er es gesagt hatte, merkte er, wie sich ihre verschränkten Arme verkrampften. Sie sah wirklich Klasse aus, besonders wenn sie nicht auf der Hut war. Aber sie errichtete ständig unbewußt Barrieren – die verschränkten Arme, die Sonnenbrille, die Flucht hinter den Schreibtisch. Er mußte sich einfach fragen, warum sie so abweisend war.

»Ich bring das Zeug irgendwann nachmittags vorbei.«

»Oh, das brauchen Sie nicht. Ich kann es abholen, egal, wo er lebt.«

»Es macht mir nichts aus.«

»Ich bin Ihnen wirklich dankbar. Vielen Dank.«

»Kein Problem.« Er öffnete die Tür, drehte sich um und sagte grinsend: »Solange ich Vivien Zucchini küssen darf.«

»Zuchinski«, verbesserte sie ihn, konnte sich aber selbst ein Grinsen nicht verkneifen.

»Zuchinski.«

Dann war er fort.

Allison ließ langsam die Arme fallen. Sie starrte die Tür an, stellte sich sein Gesicht, seine Gestalt vor, die zu schön, um wahr zu sein, schien. Sie streckte unbewußt eine Hand unter ihr langes Haar und massierte ihren Nacken, wo angenehmes Kribbeln die Vernunft verdrängte.

Hast du deine Lektion immer noch nicht gelernt, Scott? Er ist nur ein weiterer schöner Knabe, der seine Abschußliste vergrößern will, und vergiß das ja nicht!

3. KAPITEL

Wie sich herausstellte, hatte Vivien Zuchinski genau die richtige Haarfarbe und -länge. Ihr Gesicht war nicht ganz so schmal, wie es auf dem Werbefoto schien, aber sie hatte makellose Haut, hatte sich einen Rest Bräune vom letzten Sommer bewahrt, und ihren Mund konnte man wirklich nur als wollüstig bezeichnen. Ihre Augen waren unglaublich blau, groß wie Markstücke, Augen, die sich, wie Allison wußte, wunderbar fotografieren würden, da ihre rauchschwarzen Wimpern so dicht waren, daß die Lider sie kaum tragen konnten. Ihre Brüste hatten scheinbar ähnliche Probleme. O ja, Vivien Zuchinski hatte, weiß Gott, alles Erforderliche. Ihr größter Makel war, wie Allison sofort feststellte, daß das Mädchen dumm war, was man aber – dem Himmel sei Dank – auf den Fotos nicht erkennen könnte. Sie kaute Kaugummi wie ein Traktor, war lipgloßsüchtig, denn ständig zog sie das Döschen aus ihrer Schultertasche und bemalte ihren Schmollmund ohne jede Rücksicht darauf, daß sie gerade ein Gespräch führte. Ihr Lieblingswort war zu Allisons großem Leidwesen »Spitze«.

»He, *Spitze*studio«, sagte Vivien, kaum hatte sie einen Fuß über die Schwelle gesetzt. »He, *Spitze*stiefel! Woher ham Sie die? Ich hab auch solche, aber so *Spitze* sind die nicht. Die hier sind wirklich *Spitze.*«

Allison wand sich innerlich. Die meisten Models, mit denen sie arbeitete, waren intelligent, optimistisch, viele waren Studenten, die auf einem anderen Gebiet Karriere machen wollten und sich ihr Studium mit Modeljobs verdienten. Vivien Zuchinski war definitiv die Ausnahme, die diese Regel bestätigte.

»He, ah, wie sieht denn der Typ aus? Ist er ein Süßer, ich meine, hat er einen *Spitze*körper?«

»Ausgesprochen Spitze«, erwiderte Allison sarkastisch. »Fast so Spitze wie Ihrer, Vivien.«

»He, wirklich? Ich mag's, wenn Typen einen *Spitze*körper haben.«

Allison mußte sich schwer am Riemen reißen, um nicht mit den Augen zu rollen. »Haben Sie einen Badeanzug?«

»Oh, klar, hab einen ganzen Haufen, sind *spitze*mäßige dabei.«

»Wär es möglich, daß Sie die mitbringen, wenn Sie kommen?«

»Klar, da können Sie drauf wetten.«

»Das Mädchen in dem Buch trägt einen blauen Bikini.«

»He, kein Problem! Ich hab da diesen wirklich *spitze*blauen Bikini. Hab ihn letzten Sommer gekauft, als dieser Rettungsschwimmer in Maddens irgendwie auf mich abgefahren ist, hat mir immer zugezwinkert und so, verstehen Sie? Und ich hab mir gedacht, zieh doch 'ne kleine Show für ihn ab und komm jeden Tag mit einem anderen Bikini an den Strand. Aber ich hatte bloß fünf und sollte sechs Tage dableiben, also, was hätte ich tun sollen?« Sie warf die Hände hoch. »Und da hab ich diesen *spitze*blauen Bik –«

»Vivien, bringen Sie doch einfach alle mit, ja?«

Vivien war so klischeehaft, daß es kaum zu fassen war. Sie legte eine Hand auf die Hüfte, sah Allison mit großen unschuldigen Augen an und erwiderte: »Oh, klar... ja, kein Problem.«

»Dann sehen wir uns Donnerstag.«

»Ja, klar. Wo, sagten Sie noch, haben Sie diese Stiefel her?«

Als es Allison endlich gelungen war, Vivien loszuwerden, fragte sie sich noch einmal, ob es ein Fehler gewesen war, sie zu engagieren. Allison stemmte die Fäuste in die Hüften und sah kopfschüttelnd die Tür an, durch die Vivien gerade gegangen war, dann warf sie einen Blick auf ihre Stiefel mit den hohen Absätzen und sagte leise: »Spitze-Stiefel, he.«

Am folgenden Nachmittag stand Allison verärgert in ihrem Atelier und verteilte mit Besen und Schaufel Sand um ihre Füße, als Rick Lang mit Sauerstoffflasche, Flossen, Schläuchen und Mundstück auftauchte.

»Hi.«

Sie schaute überrascht hoch und merkte, wie sehr sie sich freute, ihn zu sehen. »Oh, hi... oh, Sie haben's gebracht!« Sie ließ Schaufel und Besen fallen, wischte sich die Hände an den Schenkeln ab und lief fröhlich auf die Tür zu.

»Wo wollen Sie das Zeug hinhaben? Es ist schwer.«

Sie zeigte auf die Wand, seufzte und fuhr sich mit der Hand durchs Haar. »Danke. Das ist wenigstens eine Sache, die heute nicht schiefgegangen ist.«

»Haben Sie Probleme?« Jetzt sah er den Sand und ihr angewidertes Gesicht. Sie registrierte, daß er wieder die Jeans und die alte Lederjacke trug, gar nicht die Art Kleidung, die ein Typ anzieht, um einem Mädchen den Kopf zu verdrehen.

»Und ob ich Probleme habe.« Sie warf einen wütenden Blick auf das Chaos. »Am liebsten würde ich für diese Aufnahmen nach Florida fliegen! Aber ich bin fest davon überzeugt, daß Vivien Zuchinski mich schon auf dem Weg dorthin zum Wahnsinn treiben würde.«

»Vivien war nicht das, was Sie wollten?«

»Vivien ist...« Allison suchte nach dem richtigen Wort, dann grinste sie ihn ironisch an und sagte: »Vivien ist... *Spitze.*«

Er sah, wie ihre Mundwinkel amüsiert zuckten. Wenn sie lächelte, lächelten ihre Augen mit. Sie trug elfenbeinfarbene Cordhosen und dazu sehr schicke militärgrüne Gummischuhe mit genoppten weißen Sohlen und dicken Schnürsenkeln. Sie sahen aus wie etwas, das eine Jetsetterin für die Entenjagd trägt. Süß, dachte er, genau wie die modische Kapuzenjacke und der Rollkragenpullover. Sie trug auch wieder eine Sonnenbrille, die sie auf den Kopf hochgeschoben hatte.

»Was ist denn faul mit Vivien?«

»Nichts!« aber es klang sehr sarkastisch. Sie hob mit unschuldiger Miene die Hände gen Himmel und wiederholte: »Nichts. Sie hat ein hinreißendes Gesicht und einen sehr guten Körper.«

»Wie schön für mich«, sagte er grinsend. »Wann kann ich sie küssen?«

»Wann immer sie wollen... Ich bin mir sicher, daß sie nichts dagegen haben wird. Sie müssen wissen, daß Miss Zuchinski mich bereits darauf hingewiesen hat, daß sie Typen mit einem, ich zitiere, ›Spitzekörper‹, Ende des Zitats, mag. Und sie mag ihre Männer *süß*.«

Er lachte, lehnte sich zurück. Ein angenehmes Geräusch, nicht das übliche ›steht mir sowieso zu‹. »Kann ich helfen?« fragte er.

»Na endlich. Diese verdammten Rupfensäcke wiegen einen Zentner, und der erste ist auf halbem Weg gerissen, da, wo ich ganz bestimmt keinen Strand haben wollte.«

Er hatte sich bereits seine ärmliche Jacke abgestreift und legte sie jetzt auf den Kühlschrank. »Zeigen Sie mir einfach, wo das Zeug hin soll.«

Sie zeigte auf eine Stelle, wo das Hintergrundpapier in riesigen Rollen von der Decke hing, dann ging sie voran, rollte ein paar Scheinwerfer beiseite, während er den ersten Rupfensack packte und ihn hinüberschleifte. Sie kehrte den losen Sand auf und ließ ihn die restlichen Säcke bringen, wobei sie heimlich das Spiel seiner Rückenmuskeln beobachtete.

»Treiben Sie bei jedem Job solchen Aufwand?« Er ließ stöhnend den ersten Sack an seinen endgültigen Platz rollen.

»Manchmal. Ich mache, was immer nötig ist, besorg mir alle notwendigen Requisiten. Sie wären erstaunt, was ich so alles beim Suchen erlebe.«

»Das hab ich mir gedacht, als ich neulich hier war.«

»Ein wahrer Gentleman wäre so taktvoll, neulich nicht zu erwähnen«, sagte sie, den Blick krampfhaft auf ihren Besen gerichtet. »Also dieser Sand … den hab ich von einer Sand- und Kiesgrube. Ich hab sie sogar dazu gekriegt, das Zeug umsonst hier raufzuschleppen. Dafür mach ich nächsten Sommer umsonst eine Serie Fotos von ihrer Produktion, wenn sie voll arbeitet. Fotos, die sie für ihren Weihnachtskalender verwenden können oder so was.«

Er ließ den Blick durch das Studio schweifen. »Ich hab nie geahnt, wieviel hinter dieser Fotografie steckt. Bei mir sind die Hintergründe schon da.«

»Sie sind auch Fotograf?« fragte sie überrascht.

»Nein, ich bin Tiermaler, aber ich male nur von Originalfotos.«

Sie hätte nicht erstaunter sein können, wenn er behauptet hätte, daß er auf dem Jahrmarkt als fetter Mann schwarz arbeitete.

Ein Künstler? Aber die Kleidung paßte, die Gradlinigkeit, sein Stil.

»Es ist kein sonderlich lukratives Geschäft, wenn man sich noch einen Namen machen muß. Ich arbeite nur als Model, um meine Rechnungen zu bezahlen.«

»Wie ich mit meinen Schulfotos.«

»Ihren was?«

»Ich mache Schulfotos... Sie wissen schon – kleine Kinder, Hocker, Schnur zur Nase, lächeln und *cheeese* sagen!« Sie schnitt eine Grimasse, neigte den Kopf zur Seite, legte die Hände an die Ohren und wedelte damit, den Besenstiel an die Brust gelehnt. »Damit bezahl ich hier auch meine Rechnungen.«

»Ich dachte, Sie wären schon auf dem besten Weg nach oben, schließlich arbeiten Sie für einen Verlag aus New York.«

»Noch nicht so ganz, aber das kommt noch«, sagte sie, dann packte sie den Besen und kehrte entschlossen weiter. »Ich war schon einmal auf dem besten Weg, aber...« Mit einemmal wurde ihr Gesicht wieder verschlossen, und sie verstummte. Er wartete ab, sah zu, wie sie sich in das Kehren stürzte, diesmal etwas zu intensiv.

»Aber was?« Er konnte sich die Frage nicht verkneifen.

»Nichts.« Plötzlich ließ sie den Besen fallen und wandte sich ihrer Kartei zu. »He, wollen Sie ein paar von den Sachen sehen, die ich für die hiesigen Werbeagenturen gemacht habe?«

»Klar, sehr gerne«, erwiderte er freundlich und folgte ihr.

Rick Lang brauchte nicht einmal dreißig Sekunden, um festzustellen, daß hinter diesen Fotos ein ungeheures Talent steckte. »Sie sind gut«, sagte er und blätterte fasziniert durch die Fotos. »Ihre Konzepte sind frisch und lebendig.« Es stimmte. Reglose Objekte schienen in Bewegung zu sein, die in Bewegung hatten Tempo, duftende Objekte schienen zu riechen und eßbare zu schmecken. Er bemerkte, daß sie zwei Lieblingsmodels hatte – eins weiblich, eins männlich –, die sie vorwiegend einsetzte, wie die meisten Berufsfotografen.

»Danke. Ich liebe meine Arbeit von ganzem Herzen.«

»Das sieht man.« Er hob den Kopf, aber ihr Blick war auf

das oberste Foto gerichtet, eins ihres männlichen Lieblingsmodels. Der Mann trug ein in sich gemustertes Hemd und posierte vor ausgebleichten Scheunenbrettern und einem grobbehauenen Steinfundament. Das uralte Gebäude war der perfekte Gegensatz zu dem schönen Gesicht des Mannes und der klassischen Kleidung. Das war kein künstliches Studioset. Die Aufnahme war entstanden, als die Sonne tief am Himmel stand, entweder frühmorgens oder bei Sonnenuntergang; die Schatten, selbst die auf den Steinen und Brettern, waren dunkel und intensiv. Aufnahme für Aufnahme zeigte die Seele eines Künstlers, ein beneidenswertes Talent hinter dem Sucher.

Während Rick Lang die Vergrößerungen durchblätterte, sah Allison immer wieder Jasons Gesicht. Der Verlust schmerzte immer noch heftig, diesmal der professionelle, denn die Fotos mit ihm waren die besten. O ja, sie hatte wesentlich mehr als einen Liebhaber verloren, als sie Jason Ederlie verlor.

Rick schaute hoch und sah die Trauer in ihrem Gesicht. Als sie seinen Blick bemerkte, erröteten Allisons Wangen. Sie packte rasch die Bilder und suchte ihm eins heraus, das ihr besonders gefiel. »Das hab ich an das Magazin *Bon Appetit* verkauft.« Es war ein Foto von frisch geschnittenen Äpfeln und Käse durch eine Flasche mit blaß bernsteinfarbenem Wein aufgenommen.

»Mmm... Sie lassen mir das Wasser im Mund zusammenlaufen«, sagte Rick.

Sie warf ihm einen vorwurfsvollen Blick zu, aber er sah nur das Foto an. Wie oft hatte Jason solche Dinge gesagt – aalglatte, schnelle, gedankenlose Komplimente, unterstützt von seinem unwiderstehlichen ironischen Grinsen. Sie hatten nur ein Ziel, sie einzuseifen, während sie eine beeindruckende Mappe von Modeaufnahmen nur mit ihm produzierte. Und wie ein Narr hatte sie alles geglaubt, während er sie nur an der Nase herumführte.

Sie schluckte, versuchte die Erinnerung zu verdrängen, ließ abrupt die Brille über die Augen fallen, steckte die Hände in die Hosentaschen und entfernte sich von ihm.

»Hören Sie, ich möchte mich bedanken, daß Sie mir den Sand getragen haben«, sagte sie. »Ich bin wirklich sehr dankbar.« Die kühle Abfuhr war unmißverständlich. Das Studio wurde merklich kälter. Überrascht von diesem plötzlichen Stimmungsumschwung kniff Rick die Augen zusammen, ging aber sofort zu seiner Jacke.

»Keine Ursache. Noch irgendwas, bevor ich gehe?«

»Nein. Ich werde sowieso für heute Schluß machen.«

»Wie wär's mit einer Tasse Kaffee? Hier drin ist es kälter als draußen.«

»Das ist es immer, obwohl ich die Heizung aufgedreht habe, daß die Rohre fast platzen. Ich hab mich inzwischen daran gewöhnt.«

Er wartete ab, hatte bemerkt, wie geschickt sie seine Einladung ignoriert hatte, ohne ja oder nein zu sagen. »Vielleicht sollte ich mir besser einen von diesen altmodischen Badeanzügen suchen, die, die aussehen wie lange Unterwäsche, wenn es hier oben immer so kalt ist.«

»Oh, keine Sorge. Vivien wird sie schon aufwärmen.«

»Sie machen mich wirklich neugierig auf Vivien.«

Es war ihm gelungen, Allison wieder ein Lächeln zu entlocken, aber ihre Fröhlichkeit war scheinbar versickert, das Lächeln wirkte aufgesetzt.

»Oh. Ich hätte keinen Kommentar über Vivien abgeben dürfen. Sie ist bloß ein bißchen... naiv, das ist alles«, sagte Allison voller Bedauern.

»Was eine höfliche Umschreibung dafür ist, daß sie nicht besonders helle ist.«

»Kann ich das beurteilen?« Sie selbst war auch nicht gerade helle gewesen, als sie monatelang auf Jasons Tour hereingefallen war. Vielleicht war's sogar besser, wie Vivien Zuchinski zu sein und einen Mann mit einem schönen Körper zu suchen, Spaß mit ihm zu haben, solange beide willig waren, und tiefschürfende Beziehungen zu vergessen.

Rick Lang hatte seine alte Jacke zugemacht, steckte die Hände in die Taschen und sah sie an.

»Warum verstecken Sie sich dauernd hinter dieser Brille?«

»Was? Oh... die!« Sie schob sie mit gekünsteltem Lächeln hoch. »Ich hab gar nicht gemerkt, daß ich sie anhabe.«

»Ich weiß.«

Ihre Blicke begegneten sich, jetzt ernst, der seine stetig, blauäugig und entschlossen. Er stellte sich zwischen Allison und die Tür.

»Vor einer Minute hab ich Sie gefragt, ob Sie einen Kaffee trinken wollen. Ich dachte mir, Sie verstecken sich vielleicht, damit Sie nicht antworten müssen.«

Ein leichtes Kribbeln jagte über ihren Rücken, sie unterdrückte es aber sofort und überlegte, warum er das gefragt hatte. Mein Gott, er war wirklich Spitze – Viviens Wort, aber im Moment sehr passend – und wirklich attraktiv genug, um bei jeder Frau in der Stadt landen zu können. Doch egal, wie einladend das klang, Allison hatte ihre Lektion gelernt.

»Danke, aber ich habe heute noch zu arbeiten. Ich muß noch einen Baumstamm finden.«

Er schüttelte den Kopf, als müsse er einen Nebel vertreiben. »Einen was? Da ist mir irgend etwas entgangen.«

»Einen Baumstamm. Ich brauche einen Baumstamm für den Strand, und ich hab's immer wieder vor mir hergeschoben, weil es so kalt war. Und jetzt muß ich irgendwo raus in den Wald – wenn ich einen finden kann – und dort einen Baumstamm abschleppen.«

Er deutete zur anderen Seite des Zimmers. »Sie konnten diese Sandsäcke nicht von A nach B tragen, und jetzt wollen Sie einen Baumstamm aus dem Wald schleppen, in Ihr Auto hieven –«

»Es ist ein Van.«

»In ihren Van hieven und dann mit dem Lastenaufzug nach oben bringen, der nur funktioniert, wenn ihm danach ist, und dann hier rein und das alles ganz allein?«

Sie zuckte mit den Schultern. »Ich werd's versuchen.«

»Nein, das werden Sie nicht. Sie werden sich die Bandscheibe ausrenken, und dann komm ich nie dazu, Vivien Zucchini zu küssen.«

Sie mußte laut lachen. »Zuchinski«, verbesserte sie ihn. Und ich bin mir nicht sicher, ob es so ein großer Verlust wäre, wenn Sie diese Chance verpassen.«

»Ach ja? Das lassen Sie mich besser selbst beurteilen. Ich werde Ihnen beim Holzholen helfen, weil Miss Zucchini sich so vielversprechend köstlich anhört. Vielleicht mag ich auch Frauen mit tollen Körpern und süßen Gesichtern.« Aber seine Augen blitzten boshaft. Er stand da mit seinen dreckigen alten Stiefeln, total zerzausten Haaren, ganz gewöhnlich, wie irgendein Installateur, ein Maurer oder ein Buchhalter. Und, verdammt noch mal, sie mochte ihn. Nicht nur, weil er ein Gesicht hatte, das danach schrie, auf Film gebannt zu werden, sondern weil er überzeugend war, ohne sie zu bedrängen, und außerdem der erste Mann, der Allison seit mehr als einem Jahr auf einen Kaffee eingeladen hatte – inklusive Jason Ederlie, der nur ihren getrunken und noch nicht einmal seine Tasse abgewaschen hatte!

»Vielleicht könnten wir uns einen Kaffee unterwegs holen und ihn im Van trinken«, schlug sie vor. Dann gab sie zu: »Ich friere tatsächlich, und wir haben nicht mehr viel Tageslicht, wenn wir einen Baumstamm finden wollen.«

Er lächelte – nicht übertrieben, nicht aufgesetzt, nicht einmal in ihre Richtung – und deutete mit der Schulter in Richtung Tür. »Geh'n wir.« Sie griff sich ihre Jacke von der Garderobe hinter der Tür, aber er nahm sie ihr einfach aus der Hand und half ihr beim Anziehen. So etwas hatte Jason nie getan. Und in diesem Augenblick wurde Allison plötzlich bewußt, daß es sogar einige Male passiert war, daß sie sein Jackett gehalten hatte, damit er seine makellosen Hemdsärmel hineinstecken konnte. Hinterher hatte sie ihn oft umarmt, die Jacke als Ausrede benutzt, um ihn zu berühren, zu streicheln.

Sie hatte vergessen, was für ein Gefühl es war, wenn einem ein Mann in den Mantel half. Das machte ihr die Nähe von Rick Lang noch bewußter, während sie mit dem klappernden alten Lastenaufzug nach unten fuhren. Sie starrte das alte Messinggitter an, dann den alten Stockwerkanzeiger, sehr verunsichert, da sie merkte, wie er sie musterte.

Am Van angelangt, ging er zu ihrer Überraschung mit zur Fahrerseite, nahm die Schlüssel aus ihrer behandschuhten Hand, zog seine eigenen Handschuhe aus und sperrte die Tür auf. Ihr blieb der Mund offen. Machten Männer heutzutage so etwas tatsächlich noch?

Er reichte ihr lächelnd die Schlüssel, wartete, bis sie eingestiegen war, damit er die Tür zuschlagen konnte, dann lief er zur anderen Seite, sprang ins Auto, kauerte sich zusammen und rieb sich die Arme.

»Es gibt nicht viele Männer, die das noch machen«, bemerkte sie.

»Was machen?«

»Einem in den Mantel helfen, Türen aufhalten und so weiter.«

»Meine Mutter hat mir immer eine Kopfnuß verpaßt, wenn ich es vergessen habe. So etwa nach der neunundzwanzigsten Nuß hab ich mir's dann gemerkt. Und das ist irgendwie hängengeblieben. Wahrscheinlich glaub ich immer noch, daß sie mich erwischt, wenn ich es vergesse.«

Sie mußte lachen. Die Geschichte machte ihn mit einem Mal viel menschlicher.

»Mein Gott, ist das kalt.« Er erschauderte, dann deutete er auf die Windschutzscheibe, während der Motor stotternd zum Leben erwachte. »Fahren Sie Richtung Süden, auf den Highway 12. Ich zeige Ihnen einen Platz mitten in der Stadt, wo Sie Ihren Baumstamm kriegen können.«

»Mitten in der Stadt?«

»Na, beinahe. Im Theodore Wirth Park.«

»Im Theodore Wirth Park! Aber das ist ein öffentlicher Park! Es ist gegen das Gesetz. Wenn sie uns erwischen, kriegen wir eine Strafe!«

Er grinste, ein schiefes, jungenhaftes Grinsen. »Meine Mutter hat mir wahrscheinlich doch nicht genügend Kopfnüsse gegeben. Ich glaube, es macht Spaß, dem Gesetz eins auszuwischen. Natürlich liegt es ganz bei Ihnen... ich meine, ich will nicht verantwortlich dafür sein, daß Ihr Name auf die FBI-Liste der zehn meistgesuchten Verbrecher kommt.«

Sie mußte wieder lachen. »Wenn Sie das machen, werde ich persönlich dafür sorgen, daß Sie Vivien Zucchini nie küssen dürfen.«

»Zuchinski«, er erwiderte ihr Lächeln mit einem, das tief aus seinem hochgestellten Kragen und den hochgezogenen Schultern kam. »Das wird nicht ganz leicht sein aus Ihrer Gefängniszelle.«

Jeder der beiden fühlte sich sichtlich wohl in der Gesellschaft des anderen, während sie weiter in Richtung Theodore Wirth Park fuhren. Allison blieb an einem Imbiß stehen, und Rick sprang aus dem Auto und kehrte ein paar Minuten später mit zwei heißen Kaffees zurück. Die spätnachmittägliche Sonne zeichnete ein Zickzackmuster in Wasserblau und Pink in die Wolken, die sie umhüllten. Aber mit einemmal war Allison das eisige Wetter egal.

Rick reichte ihr eine Tasse Kaffee und beobachtete bewundernd, wie sie die Finger ihrer Handschuhe zwischen die Zähne nahm und sie herunterriß. Er grinste übers ganze Gesicht, als sie sich eine der schlimmsten Mützen, die er je gesehen hatte, über den Kopf zog.

»Ich hab vergessen zu fragen, ob Sie Sahne oder Zucker wollen«, sagte er.

»Normalerweise Zucker, aber heute trink ich ihn, wie er kommt.«

»Tut mir leid. Nächstes Mal werd ich dran denken.« Er nippte an seinem Kaffee und sah sich um. »Netter Van.«

»Ja, nicht wahr? Nur noch eineinhalb Jahre, dann ist er bezahlt. Ich brauche ihn. Ich muß dauernd irgendwelchen Krempel ins Studio und wieder zurück fahren. Diesen Van kaufen war das Klügste, was ich je gemacht habe.«

»Ich hab's nicht so mit Autos«, sagte er. »Mir ist es egal, was ich fahre – Hauptsache es fährt.«

Es war immer Jasons Traum gewesen, einen eleganten silbernen Porsche zu haben, einen, der sein Aussehen mit dem nötigen Flair versehen würde. Wie erfrischend es doch war, einen Mann zu finden, dessen Werte so anders waren.

»Schau'n Sie sich bloß diesen Himmel an«, sagte Rick Lang bewundernd, als könne er Gedanken lesen.

»Wunderschön, was?« Beide schwiegen sie zufrieden, während der Van weiter in Richtung Westen fuhr. Sie mußten die Augen zukneifen, so grell war die langsam sinkende Sonne, die jedem Gegenstand etwas Kühnes, klar Schwarzes, Atemberaubendes gab. Selbst die Telefonleitungen, die Strommasten und Straßenschilder wurden vor diesem strahlenden Himmel zu künstlerischen Kreationen.

Wie lange war es her, seit sie eine Fahrt durch einen eisigen Winternachmittag genossen und sich nicht über die Kälte beklagt hatte, fragte sich Allison. Sie war ganz hingerissen von den Silhouetten der Eichen, die sich schwarz gegen den Himmel abzeichneten, als sie mit dem Van in den Wirth Parkway einbog und in den weitläufigen, bewaldeten Park einfuhr.

Kinder rutschten die riesigen Hügel zwischen den bewaldeten Bereichen hinunter. Skifahrer in fröhlicher bunter Kleidung tummelten sich auf den Abfahrten. Sogar ein Jogger war zu sehen, sein keuchender Atem hing eingefroren in der Luft.

Die Straße wand sich in das Herz des öffentlichen Geländes, vorbei am zugefrorenen Wirth See, dem Ski Chalet, der Sprungschanze und vielen Morgen unberührten Waldes. Allison war überrascht und hingerissen von dieser freien Natur mitten im Zentrum einer geschäftigen Stadt. Der Van bewegte sich vom Schatten ins Licht, während die späte Sonne im Westen immer tiefer und tiefer sank, hinter die Bäume, die lange, knochige Schattenfinger über die Straße zeichneten.

Rick dirigierte Allison einen steilen Hügel hoch, nach einem Wegweiser, auf dem Eloise Butler Wildflower Garden and Bird Sanctuary stand.

»Jeder, der heute nach Blumen sucht, wird eine herbe Enttäuschung erleben«, bemerkte er. »Ich glaube, hier oben können wir unseren Stamm klauen, ohne daß uns einer erwischt.«

Am oberen Ende der Straße war ein gepflasterter Parkplatz, den die Pflüge einfach links liegen gelassen hatten. Nur Spuren von Langläufern waren im Schnee zu sehen.

»Werden Sie denn nicht frieren?« fragte Allison, als Rick seine Tür öffnete.

»Bestimmt nicht!« Er holte ein Paar warme Lederhandschuhe aus der Tasche, stellte seinen Kragen hoch und stieg aus.

Die Dunkelheit senkte sich rasch, als sie den Wald betraten, den Fußwegen folgten, deren Wegweiser mit kleinen Schneehäubchen gekrönt waren. Die Wege waren gut erkennbar, und als Allison und Rick kaum acht Meter vom Van entfernt waren, entdeckten sie einen länglichen Buckel unter einer dicken Schneedecke. Rick bürstete den Schnee ab, und ein etwa ein Meter zwanzig langes Stück Stamm kam zum Vorschein.

»Wie wär's mit dem?« fragte er, ging in die Hocke und hob den Kopf.

Sie prüfte die Entfernung vom Stamm zum Van. »Ziemlich gut, aber zu schwer, glaube ich.«

Er ging zum Ende, trat den Schnee beiseite, kniete sich hin und hob ihn hoch. »Muß halb verfault sein, genau richtig, damit wir schnell laufen können, wenn die Verfolger kommen.«

»Glauben Sie, ich kann den heben?« fragte sie.

»Ich weiß es nicht. Versuchen Sie's mal.«

Sie stapfte durch den Schnee zum anderen Ende des Stamms, suchte nach einem Ansatz, stöhnte übertrieben und hievte ihr Ende hoch. »Ich hab's geschafft! Ich hab's geschafft!« Sie taumelte ein bißchen, um zu zeigen, wie sehr sie sich anstrengte.

Rick richtete den Blick auf einen Punkt hinter ihrer Schulter und sagte mit ernster Miene: »Oh, Wachtmeister, ich war das nicht! Ich wollte gerade diese Dame wegen Baumstammdiebstahl einliefern. Neunundneunzig Jahre wären eine angemessene Strafe, jawohl, was immer Sie sagen.«

Allison stieß den Stamm mit aller Macht nach vorne, so daß er wie ein Rammbock gegen seinen wunderbar muskulösen Bauch prallte und dann zu Boden knallte, als Rick sich mit dramatischer Geste an den Bauch griff. Er stolperte herum wie nach einem mächtigen Schlag, hielt sich den Bauch und stöhnte: »Ich… Ich nehm das zurück… Wacht… Wachtmeister, lassen Sie sie gehen. Ich bezahl den verdammten Baumstamm!«

Sie stieg sofort in seine Farce ein und mimte die Hochnäsige. »Wachtmeister, dieser Mann redet von nichts anderem als Mädchen küssen. Kann man es da einer Frau verdenken, wenn sie sich den ersten besten Gegenstand greift, um sich zu verteidigen?«

Rick hob beide behandschuhten Hände, so als wäre der Lauf einer Pistole auf seine Brust gerichtet. »Oh, nein… oh, nein, nein, nein. Ich bin unschuldig. Und außerdem können Sie nach diesem Auftritt den verdammten Baumstamm alleine in den Van hieven! Ich geh spazieren!«

Er drehte sich um und stapfte los, ließ sie lachend bis zu den Knien im Schnee zurück.

»He, das ist unfair, Sie haben hohe Stiefel an, und meine Schuhe reichen nur bis zum Knöchel… Sie überzeugte sich davon, indem sie einen Fuß hob, dann schrie sie ihm nach: »Nicht mal bis zum Knöchel!«

»Kommen Sie, ich trete eine Spur«, sagte er und ging einfach weiter. Aber er ließ seine Füße schleifen und legte eine Spur für sie. Das war schon etwas besser, aber sie mußte immer noch durch reichlich Schnee stapfen. Sie versuchte schneller zu gehen, um ihn einzuholen.

»He, warten Sie, Sie Wahnsinniger!« brüllte sie.

Er blieb stehen und warf einen Blick über die Schulter zurück. Als sie nahe genug war, stapfte er weiter, dicht gefolgt von ihr.

Es war schon Jahre her, seit Allison zu dieser Tageszeit im Wald gewesen war. Der Himmel färbte sich lavendelblau, während die Sonne versank. Der Schnee hatte alles eingehüllt, dämpfte Geräusche, verdeckte harte Kanten, wärmte – auf seine besondere Art – alles, was sie umgab.

Mit einemmal blieb Rick reglos stehen, mit dem Rücken zu ihr. Sie blieb auch stehen. Spatzen zwitscherten aus den Ästen über ihren Köpfen, klare Töne in klarer Luft. Rick deutete wortlos. Dort, im Schnee unter einem riesigen Baum, saß ein scharlachroter Kardinal.

»Solche Sachen fotografiere und male ich«, flüsterte er.

Beim Klang seiner Stimme flatterte der Kardinal davon. Allison sah ihm nach, als er wie ein roter Pfeil durch die Äste verschwand. Plötzlich fühlte sie sich seltsam erfrischt und erneuerte. Sie drehte sich im Kreis, den Blick auf die weißgeränderten Äste über ihrem Kopf gerichtet. »Kaum zu glauben, daß wir hier mitten in der Stadt sind.«

»Waren Sie denn noch nie hier!« Er hatte ihr immer noch den Rücken zugewandt, und sie schaute hoch zu seinen blonden Haaren, die sich über dem hochgeschlagenen Kragen ringelten, dann ließ sie den Blick wieder durch den friedlichen Wald schweifen.

»Nein. Nicht hier oben. Ich war schon im Park, aber ich hab mir nie die Mühe gemacht, hier raufzukommen und zu sehen, wo der Fußweg aufhört.«

Er blieb schweigend stehen, musterte den Himmel, den Kopf weit nach hinten gelegt. Eine lange Weile später sagte er: »Ist friedlich hier, nicht wahr?«

»Mmm–hmmm.« Sogar die Vögel hatten aufgehört zu zwitschern. Sie merkte, daß sie Rick Lang tatsächlich atmen hören konnte. Sie verstummten, zwei Menschen, deren geschäftiges Leben ihnen zu wenig Gelegenheit gab, so elementare Freuden wie diese zu genießen. Ein leichtes Knacken war zu hören, als würde sich die Rinde im Schlaf recken, rastlos auf den Frühling wartend.

»Das fehlt mir, seit ich nicht mehr da wohne, wo ich geboren und aufgewachsen bin.«

»Sind Sie ein Junge vom Land?«

»Ja.« Mit einemmal wurde ihm scheinbar bewußt, wie lange sie schon reglos da standen, knietief im Schnee. »Ihre Füße müssen ja inzwischen Eisklumpen sein.«

»Das war die Sache wert«, erwiderte sie und stellte fest, daß es stimmte.

»Aber jetzt sollten wir besser umkehren und den Stamm stehlen.«

»Da haben Sie wohl recht.« Sie zögerte aber dennoch, wollte nicht gleich zurück zum Lärm der Autos, die hier überhaupt nicht zu hören waren, zu den Straßenschildern anstelle von Bäumen und Ästen.

»Spüren Sie denn Ihre Füße überhaupt noch?«

Sie schaute grinsend auf ihre Füße, dann wieder hoch zu ihm. Sein Gesicht war in der einbrechenden Dämmerung kaum noch erkennbar. »Welche Füße?«

Er lachte. »Eine Sekunde, bleiben Sie, wo Sie sind«, befahl er, joggte vom Weg weg, kreiste einmal um sie, dann blieb er stehen, beugte sich vornüber und sagte: »Steigen Sie auf.«

»Was?«

»Steigen Sie auf.« Sein Hintern zeigte in ihre Richtung. »Ich hab Sie in diesen Schlamassel reingeritten, jetzt hol ich Sie auch wieder raus.«

»Das wird Ihnen überhaupt nichts nützen. Sie sind weg. Die Füße sind weg. Da unten fühl ich überhaupt nichts mehr«, sagte sie mit weinerlicher Stimme und sah hinunter auf ihre schneebedeckten Waden.

»Los jetzt, mein schlechtes Gewissen wird von Minute zu Minute schlimmer.«

»Gott, wenn ich das mache, kriegen Sie einen Bandscheibenvorfall.«

»Von einem Leichtgewicht wie Ihnen? Daß ich nicht lache.«

Also kletterte sie auf Rick Langs Rücken, und er packte mit starken Armen ihre Beine. Und dann hing sie auf seinem Rücken, die Wange an seine Jacke gepreßt, die behandschuhten Hände umklammerten seinen Hals, und er trug sie huckepack zurück zum Parkplatz. Kindisch, idiotisch... aber es macht Spaß, dachte sie.

Er roch nach kalter Luft und einem Hauch Parfum, wie von Seife oder Rasierwasser. Und während sie so dahinholperte, versuchte sie nachzuvollziehen, wie sie dazu kam, hier auf seinem Rücken zu hängen, und konnte sich kaum erinnern. Sie wußte nur, daß es schmerzlos und lustig gewesen war, und daß es ihm irgendwie gelungen war, sie wieder zum Lachen zu bringen.

Am Van angelangt, rutschte sie herunter, und sie luden den Baumstamm ohne weitere Mißgeschicke ein. Leider zitterte Allison inzwischen wie ein nasser junger Hund.

»Wollen Sie, daß ich zurückfahre?« fragte Rick. »Sie könnten ihre Füße unter die Heizung stecken und langsam auftauen lassen.«

»Nein, sie sind zu kalt. Wenn ich sie zu schnell auftaue, verlier ich sie ganz sicher.«

»Die Mädels aus Minnesota!« rief er angewidert. »Haben keine Ahnung, wie sie sich für dieses Wetter anziehen sollen, obwohl sie damit geboren und aufgewachsen sind.«

»Woher wissen Sie denn, daß ich hier geboren und aufgewachsen bin?«

»Sind Sie's?«

»Nein. In South Dakota.«

»He, wollen Sie die ganze Nacht hier rumstehen und Volksreden schwingen, oder wollen Sie zurück in die Stadt, damit Sie auftauen können?«

Auf halbem Weg zurück in die Stadt, während sich die Scheinwerfer durch die Nacht tasteten, fragte sie: »Sind Sie immer so?«

»Wie bin ich denn?«

Sie zuckte mit den Schultern. »Ich weiß nicht... so amüsant.«

Sie spürte, wie er sie einen Moment lang musterte, sich dann abwandte und erwiderte: »Wenn ich glücklich bin.«

Erinnerungen an Jason brandeten über sie, warnten sie erneut, wie sehr sie schon einmal von so süßen Worten verletzt worden war, die sie in eine Falle gelockt hatten, die so plötzlich zuschnappte, daß sie den Schmerz immer noch nicht überwunden hatte. Dieser Mann war zu neu, zu unwiderstehlich, zu perfekt. Sie stilisierte Rick Lang zu einem Fantasiehelden nach ihrem Geschmack, das war eine Reaktion auf den Verlust von Jason.

Sie parkten den Van auf der praktisch menschenleeren Straße in der Stadt und luden den Baumstamm ab. Auf dem Weg durch den Gang des Genesis Gebäudes begegnete ihnen der Nachtwächter. Rick nickte dem alten Mann ganz selbstverständlich zu, als wäre der Stamm ein Zahnstocher, und fragte: »He, wie läuft's denn?« Dann marschierte er weiter und brachte es tatsächlich fertig, nicht zu lachen.

Nachdem sie in den uralten Aufzug eingestiegen waren und den sperrigen Baumstamm in die Ecke gelehnt hatten, zwischen sie beide, drehten sie sich um und sahen, wie das mißtrauische Gesicht des Nachtwächters hinter den sich schließenden Türen verschwand.

Allison und Rick sahen sich an und ließen sich lachend gegen die Wände des Aufzugs fallen.

»Er steht wahrscheinlich immer noch da und zeigt seine Mandeln«, keuchte sie lachend.

»Das war wahrscheinlich sein größtes Abenteuer, seit er

den Job gekriegt hat. Er wird noch Monate darüber nachgrübeln, was wir mit einem so großen Baumstamm im sechsten Stock eines Bürogebäudes mitten in der Stadt machen.«

Sie lachten sich immer noch krumm, als sie den sperrigen Stamm den Gang entlang und dann ins Atelier schleiften, taumelnd unter der schweren Last, die mit jedem Meter größer wurde. Nachdem sie ihn neben den Sandsäcken abgeladen hatten, ließ sich Rick schwer atmend darauf fallen.

»Ich hatte ja keine Ahnung, was da noch alles dazugehört, als ich diesen Job angenommen habe.«

»Ich muß Ihnen wirklich danken. Jetzt ist mir klar, daß ich das nie alleine geschafft hätte.«

»Stets zu Diensten.«

Es wurde still im Raum. Irgendwo dröhnte der Aufzug auf seinem Weg durch das schweigende Gebäude.

»Wahrscheinlich der Nachtwächter, der rauffährt, um nachzusehen, was die beiden Wahnsinnigen vorhaben«, meinte Rick.

»Ich werd's ihm irgendwann erklären.«

Rick stemmte die Hände auf die Knie und sprang auf.

»Na denn, ich hab ein Date auf einem Baumstamm mit Vivien Zucchini Donnerstag abend. Ich muß nach Hause, sonst krieg ich nicht genug Schönheitsschlaf.«

Allison brachte ihn zur Tür, drehte die Lichter aus, sperrte ab und ging mit Rick zum Aufzug. Der Nachtwächter stand wieder da und sah sie neugierig an.

Als der Käfig außer Sichtweite verschwand, winkte Rick ihm zu. »Gute Nacht.«

Allison konnte nicht widerstehen und winkte ebenfalls.

»Er hat einen zweiten Schlüssel. Wetten, daß er jetzt ins Atelier geht und versucht, sich auszumalen, was das alles soll?«

Darauf blieb nicht mehr viel zu sagen, aber seltsamerweise

hatte Allison keine Lust, ihn gehen zu lassen. Er brachte sie zum Van und öffnete ihr wieder die Tür.

»Alsdann, vielen Dank für den Ausflug«, sagte er.

»Ich hab zu danken.« Sie lächelte.

Er grinste, schlug die Tür zu und salutierte kurz. Allison fuhr los und fragte sich erneut, wo bei ihm der versteckte Bocksfuß war. Sicher würde er bald zum Vorschein kommen. Der Mann war zu gut, um wahr zu sein.

4. KAPITEL

Am folgenden Tag hatte Allison eine Auseinandersetzung mit einem sturen Idioten vom Anderson Lumberyard, der sich weigerte, einen Teil einer Palette mit Ziegelsteinen zu liefern, weil der Wert unter fünfzig Dollar lag. Als sie ihm ihre Situation erklärte, wurde er noch streitsüchtiger und sagte mit heiserer, unverschämter Stimme: »Lady, wir liefern keine Ziegel in den sechsten Stock eines Bürogebäudes. Wenn wir sie nicht mit dem Gabelstapler abladen können, laden wir sie überhaupt nicht ab. Wenn Sie die Ziegel haben wollen, müssen Sie sie selbst rauftragen!«

»Aber –«

Die tote Leitung war Antwort genug. Sie knallte den Hörer auf die Gabel und trat gegen die Ecke ihres Schreibtisches, wütend wie so oft über Dinge, die sie nicht unter Kontrolle hatte.

Das Telefon klingelte, und ohne zu überlegen, riß sie den Hörer hoch und brüllte hinein: »Ja, hallo!«

Ein paar Sekunden herrschte überraschtes Schweigen, dann sagte eine Männerstimme: »Oh, ich hab wohl falsch gewählt.«

Erst jetzt wurde ihr klar, wie unmöglich sie sich benahm, sie packte den Hörer fester und sagte mit wesentlich freundlicherer Stimme: »Nein, warten Sie, tut mir leid, Photo Images hier. Was kann ich für Sie tun?«

»Miss Scott?«

»Ja, wer… o Gott, ist da Rick Lang?«

»Gut geraten. Hab ich Sie schon wieder dabei erwischt, wie Sie unhöflich am Telefon sind.« Sie ließ sich in ihren Drehstuhl fallen und hakte sich mit den Stiefeln am Schreibtisch ein. »Tut mir leid. Sie müssen mich ja für eine richtige Megäre halten, aber manchmal krieg ich eine solche Wut auf... auf... na, auf Männer!«

»He, was hab ich getan?«

»Oh, das ist nicht gegen Sie, aber haben Sie was dagegen, wenn ich ein bißchen Dampf ablasse? Ich meine, ich wollte doch nur eine kleine Ladung Ziegelsteine, und glauben Sie etwa, dieser Idiot würde es fertigbringen, seinem Transporterfahrer zu sagen, daß er mit dem Laster vorfährt und sie auf dem Gehsteig ablädt? Ich hab ja nicht mal verlangt, daß er sie per Hand die sechs Treppen hochschleppt! Aber nein, die Ladung ist es nicht wert, daß sie darauf Benzin verschwenden. Wenn sie sie nicht mit einem Gabelstapler abladen können, dann wollen sie sie gar nicht abladen!«

An seinem Ende der Leitung hörte Lang etwas, das wie das Knurren eines wütenden Bären klang.

Allison kam sich etwas dämlich vor, als sie sein verständnisvolles Lachen hörte und er fragte: »So ist's gut. Fühlen Sie sich jetzt besser?«

»Nein, verdammt noch mal. Ich muß immer noch diese blöden Ziegelsteine alleine hochtragen... ja, irgendwie... ach, zum Teufel, ich weiß es nicht«, sagte sie erbost. Aber kurz darauf stellte Allison fest, daß ihre Wut verpuffte und sie schließlich lachen mußte. »He, tut mir leid, daß ich es an Ihnen ausgelassen habe. Sie haben doch keine Schuld. Und was, wenn Sie ein zahlender Kunde gewesen wären, der mich anheuern wollte? Ich hätte Sie schon mit dem ersten Wort verjagt.«

»Vielleicht haben Sie das ja. Sie wissen immer noch nicht, warum ich anrufe.«

Allison ließ ihre Füße auf den Boden fallen, verschränkte die Beine, stützte sich mit dem Ellbogen auf den Tisch und flötete mit zuckersüßer Stimme: »Guten Morgen, Süßer, hier spricht Photo Images – heißer Kaffee, herzliche Umarmung zur Begrüßung und für die erste Sitzung umsonst Make-up, Schätzchen, du wirst doch kommen, oder?«

Sie wickelte sich neckisch eine Strähne um den Zeigefinger, und Langs herzliches Lachen schallte aus der Muschel. Sie stellte sich ihn vor, wie er gestern nacht im Wald mit dem Stamm herumgealbert und sie dann huckepack zum Wagen getragen hatte.

Doch jetzt erinnerte er Allison: »He, mich hat keiner zur Begrüßung umarmt, und wenn ich mich recht erinnere, habe ich den Kaffee bezahlt.«

»Aber Sie werden umsonst geschminkt, wenn ich die Aufnahmen mache, und dann lad ich Sie zu einer Tasse Kaffee ein, dann sind wir wieder quitt.«

»Und die Umarmung?«

Ein heftiges Flattern wärmte Allisons Herz. Sie wußte, daß sie sich da auf einen belanglosen Flirt einließ, was sie nicht tun sollte. Sie suchte nach einer flotten Antwort, lehnte sich zurück und sah zur Decke. »Mmm, wie war denn das, als Sie mich huckepack trugen? Wie würden Sie das nennen?«

»Sie sind mir zu schlagfertig, Miss Allison Scott. Diesmal werde ich das noch durchgehen lassen. Ich habe angerufen, um zu sehen, wie es um Ihre werte Gesundheit steht, nachdem Ihnen gestern nacht in diesen komischen Entenschuhen die Füße abgefroren sind.«

»Gelobt sei, was hart macht.«

»Nicht mal ein Schnupfen?«

»Nicht mal das.«

»Gut, wenigstens hab ich nicht noch weitere Munition für Ihre Liste von Beschwerden gegen Männer geliefert.«

Allison spielte lächelnd mit der Wählscheibe ihres Telefons. Seine Fürsorge war wohltuend, obwohl sie das eigentlich nicht dulden sollte. Aber es war schon so lange her, seit irgend jemand außer Mattie um ihr Wohlbefinden besorgt gewesen war. Jason hatte sich ganz bestimmt nicht darum geschert. Bei Jason war sie immer die Fürsorgliche gewesen.

»Sagen Sie, was war das mit diesen Ziegeln? Kann ich helfen?« bot er an.

»Nein, das ist mein Problem, nicht Ihres. Ich brauch sie, um das Plastik zu beschweren, damit ich einen See bauen kann.«

»Sie wollen mich auf den Arm nehmen!«

»Nein, will ich nicht! Haben Sie schon je von einem Strand ohne Wasser gehört?«

»Wäre es denn nicht einfacher, die Bilder im Sommer zu machen, mit einem richtigen See?«

»Das ist keine echte Herausforderung.«

»Oh, Sie mögen Herausforderungen, stimmt's, Miss Scott?«

»Das kann man wohl sagen. Außerdem wird bei Aufträgen wie diesen nicht immer die Jahreszeit berücksichtigt. Ich hab gewußt, daß es Probleme gibt, als ich ihn annahm, aber es war eine zu gute Chance, um ihn abzulehnen. Dieser Titel ist für eine neue Bücherreihe, die nächstes Jahr erscheinen soll, und wenn ich denen gebe, was sie wollen, dann hab ich die berechtigte Chance, einen Fuß in die Tür zu kriegen. Es wäre wirklich zu schön zu wissen, wo das Geld für den Supermarkt nächsten Monat herkommt... und den nächsten und den nächsten.«

»Das kann ich nur zu gut verstehen, und ich bewundere ihren Mut, aber ich glaub es erst, wenn ich es mit eigenen Augen gesehen habe – ein See, ein Strand und ein Lagerfeuer?«

»Zweifeln Sie an mir, Mr. Lang?«

»Ich habe das unbestimmte Gefühl, daß ich es nicht sollte, aber ich tu es. Es hört sich unmöglich an.«

»Nichts ist unmöglich, wenn man es wirklich will, und ich will, daß das das beste Cover wird, das der Verlag je gesehen hat, damit sie mir die Tür eintreten, daß ich noch hundert mehr machen.«

Rick Langs Bewunderung für die Lady wuchs immer mehr. Er konnte es kaum erwarten zu sehen, wie in aller Welt sie diesen See bauen wollte. »Also, was ist mit diesen Ziegelsteinen? Kann ich helfen? Ich hab zwar keinen Gabelstapler, aber zwei kräftige Arme.«

»Sie haben wirklich schon genug getan, als Sie mir geholfen haben, den Stamm hier raufzukriegen, den Rest schaff ich schon alleine. Das einzige ist, wenn ich dazu länger brauche als geplant, müssen wir die Aufnahmen um einen Tag verschieben. Aber ich werde Sie anrufen und Sie wissen lassen, wann das Set fertig ist. Wenn wir die Aufnahmen Donnerstag nicht machen können, ginge es dann auch am Freitag?«

»Klar... wann immer Sie wollen.«

Eine kleine Pause unterbrach jetzt das Gespräch, und mit einemmal wollte Allison nicht, daß es hier endete. Rick Lang war einer der freundlichsten und herzlichsten Männer, die sie je kennengelernt hatte.

»Also... noch mal vielen Dank für die freundliche Nachfrage, aber wie ich schon sagte, es ist noch nicht soweit, daß Sie Hühnersuppe kochen müssen.«

»Da wird meine zahme Henne aber froh sein.«

Beide lachten, und die Leitung schien vor Erwartung zu summen.

»Ich werde anrufen«, versprach Allison. »Wir seh'n uns entweder Donnerstag oder Freitag abend um sechs Uhr.«

»In Ordnung. Tschüs.«

Aber nachdem das Wort ausgesprochen war, wartete Allison auf das Klicken, das ihr sagte, Rick Lang hat aufgehängt. Volle zehn Sekunden verstrichen, und sie hörte nichts. Sie spürte, wie es ihr vor Freude die Kehle zuschnürte, wie damals in der High-School, wenn der Junge, in den man verknallt war, einen zum ersten Mal quer durchs Klassenzimmer ansah. Fünf weitere Sekunden Schweigen verstrichen summend, und endlich hörte Allison das Klicken. Sie ließ den Hörer auf die Gabel fallen, als hätte das Telefon plötzlich angefangen zu glühen, warf sich zurück, rammte die Hände in die Hosentaschen und starrte mit hämmerndem Herzen den Apparat an.

Scott, du bist eine unverbesserliche Närrin! schimpfte sie wortlos. Los, hol deine Ladung Ziegel!

Sie fuhr mit dem Van in den Baumarkt, wo sie eine Rolle dickes schwarzes Plastik und die Ladung Ziegel kaufte. Als sie begann, sie im Alleingang einzuladen, war es den Männern an der Laderampe doch peinlich, und sie halfen ihr.

Wieder zurück im Genesis Gebäude dauerte es zwei Stunden, bis sie den Hausmeister aufgetrieben und einen Lastenkarren organisiert hatte. Allison war bereits wieder auf Hundert. Wenn es in diesem Tempo weiterging, konnte sie genausogut warten und die Aufnahmen im Sommer am Lake Calhoun machen!

Um vier Uhr nachmittags, als sie den Van rückwärts an die Laderampe fuhr, war es in den Schluchten zwischen den hohen Gebäuden bereits kalt und windig. Die Gasse war trist, bedrohlich, und die Kälte war auch nicht gerade ermunternd. Allison erschauderte, als sie sich die Lederhandschuhe überstreifte und mit der mühsamen Aufgabe begann, die Ziegel paarweise aus dem Van auf die breite, flache Karre umzuladen. Laut Radio hatte der Wind die Temperaturen bis minus fünfundzwanzig gesenkt. Allison zog sich die dicke Strickmütze tiefer über Ohren und Stirn. Die eisige Luft bohrte sich schmerzlich in einen Punkt genau zwischen ihren Augenbrauen. Während sie sich bückte und wieder aufrichtete, schien der Wind jede noch so kleine Ritze zwischen den Schichten von Kleidern zu finden.

Dieser verfluchte knickrige Baumarkt! schimpfte sie leise vor sich hin, knallte zwei Ziegel auf den Wagen und wandte sich dann wieder zurück. Allisons Nase triefte, und ihre Finger hatten sich in Eiszapfen verwandelt. Sie sah aus wie ein übelgelaunter Bär mit ihrer alten, militärgrünen Parka und dem Hut, der ihr bis über die Augenbrauen hing.

»Miss Scott, Sie werden sich einen Bruch heben, wenn Sie nicht langsamer machen.«

Allison wirbelte herum, mit einem Ziegel in jeder Hand, und sah aus den Tiefen des Vans, wie Rick Lang lässig an der Tür neben dem Lastenkarren lehnte, grinsend. Die häßliche, zweckmäßige Mütze war so weit heruntergerutscht, daß sie fast die Augen bedeckte. Sie mußte den Kopf weit zurücklehnen, um überhaupt etwas sehen zu können. In diesem Augenblick spürte Allison zu ihrem Entsetzen, wie ein Rinnsal Schleim von ihrer Nase auf die Lippe tropfte. Hektisch schniefend dachte sie: O nein! Ich sehe aus wie ein Yeti. Und: Verdammt noch mal, warum muß meine Nase ausgerechnet jetzt laufen?

»O Gott, wie haben Sie mich denn bloß hier gefunden?« jammerte sie.

»Das Studio war offen, und das Licht an, also hab ich mir gedacht, Sie laden Ziegel ab – und das macht man am besten an der Laderampe.«

Bevor Sie die Flucht ergreifen und sich irgendwo verstecken konnte, hatte er sich dicke Lederhandschuhe übergestreift und war in den Van gesprungen. Sie beugte sich vornüber, versteckte den Kopf unter den Händen und jammerte kaum hörbar: »Ich sehe aus wie ein Gewitter.«

Er erwiderte das mit einem breiten Lachen, dann spürte sie, wie eine Hand boshaft ihre Mütze nudelte, ihr Gesicht wurde dabei noch näher zum Knie gebeugt.

»He, Sie sehen aus wie eine ehrbare, arbeitende Frau, also los, an die Arbeit.«

Im Frühling, schwor sie sich, werde ich diese häßliche Mütze im Garten begraben!

Sie erhob sich, wohl wissend, daß ihre Nase puterrot war. Gott sei Dank konnte er im schummrigen Licht der Laderampe kaum etwas sehen. Sie schaute hinauf in seine lachenden blauen Augen und schob sich die Mütze noch weiter aus dem Gesicht. Sie rutschte sofort wieder zurück, und jede noch verbleibende Illusion Allisons über ihr Aussehen löste sich in nichts auf. Ich muß ungefähr so anziehend aussehen wie ein siebenjähriger Knabe nach einem Nachmittag Schlittenfahren. Voller Entsetzen merkte sie, daß ihre Nase wieder anfing zu triefen. Rick Lang stand einfach da, mit zwei Ziegeln in der Hand und lachte sie frech an.

»He, Ihre Nase läuft«, informierte er sie fröhlich.

Sie schniefte laut, lehnte sich weiter zurück, betonte absichtlich ihr Rotzlöffelaussehen. Sie wischte sich mit dem Handschuh über die Nase und machte einen Schmollmund. »Ich hab eben kein Tempo, Klugscheißer! Und wenn Sie auch nur ansatzweise ein Gentleman wären, würden Sie das höflich ignorieren!«

Er ließ lachend einen Ziegel fallen. »Das ist ziemlich schwer, wenn sie so heftig rinnt.« Er griff in seine Hosentasche und holte ein zerknülltes Taschentuch heraus. »Es sieht gebraucht aus, ist es aber nicht«, informierte er sie. »Ich mach meine Wäsche selber, und Bügeln gehört nicht zu meinen Lieblingsbeschäftigungen.«

»Ich will ja nicht wählerisch sein«, erwiderte sie, riß sich einen Handschuh herunter, wandte sich ab, vergrub die Nase im Taschentuch und schneuzte sich. Soweit sie sich erinnern konnte, war das das erste Mal, daß sie das Taschentuch eines Mannes benutzte.

»Wie kommt es bloß, daß die Mädchen im Kino, denen so was passiert, immer ganz putzig zerzaust aussehen, mit ein paar pittoresken Strähnen, die verführerisch aus ihrem Haarknoten hängen?« schimpfte sie.

»Ich glaube, da seh ich eine Strähne.« Sie fühlte ein Ziepen hinter sich, als er leicht an einem zerzausten Haarbüschel zog, das anscheinend aus der Mütze hing.

Noch nie in ihrem Leben hatte Allison sich so unfeminin und trampelig gefühlt!

Rick Lang war das völlig egal. Er fand, sie sah einfach entzückend aus. Sie putzte sich die Nase fertig, drehte sich um und wollte ihm gerade das Taschentuch reichen, als ihr ihr Fehler bewußt wurde. Sie riß es zurück. »Oh, ich werd's zuerst waschen.«

Er zog es ihr einfach aus der Hand und steckte es in seine Tasche. »Jetzt sei bitte nicht albern. Ich hoffe, du bist einverstanden, daß wir uns duzen, wenn wir uns schon das Taschentuch teilen. Und jetzt laden wir erst mal die Ziegel ab.«

Er machte sich mit erfrischendem Elan an die Arbeit, ganz anders, als man es von einem Mann mit einem Schaukelstuhljob als Model erwartete. Irgendwie hatte sie nach dem ersten Blick auf sein Foto gedacht, er wäre ein verhätschelter Hedonist, aber dieses Urteil mußte sie schleunigst revidieren.

Ihnen blieb nur wenig Luft zum Reden beim Umschichten der Ziegel vom Van auf den Lastenkarren. Ihr Atem bildete weiße Wölkchen in der eisigen Luft. Als sie damit fertig waren, sagte er: »Wirf die Schlüssel her. Ich stell den Van auf den Parkplatz, aber warte auf mich. Wir bringen die Karre zusammen rauf. Versuch nicht, sie alleine zu schieben.«

Er ging nach vorne, und Allison ließ die große Falltür herunter. Rick Lang war tatsächlich völlig anders, als sie sich ihn vorgestellt hatte. Es war wunderbar, daß ein Mann sich freiwillig anbot, bei der schweren Arbeit zu helfen. Sie machte es schon so viele Jahre alleine, daß sie an so etwas gar nicht mehr dachte. Aber bei seiner Ermahnung, auf ihn zu warten, wurde ihr richtig warm ums Herz.

Er kam zurück ins Haus, reichte ihr ihre Schlüssel und stellte sich ans hintere Ende des Karrens und deutete auf das vordere: »Du steuerst, ich schiebe.«

»Aye, aye, Sir«, erwiderte sie grinsend.

Die Karre füllte fast den ganzen Lastenaufzug aus. Nachdem sie sie hineingeschoben hatten, setzte sich Rick auf die Ziegel und deutete auf den Platz neben sich. »Ihre Kutsche wartet«, sagte er mit schelmischer Miene.

Allison setzte sich lachend im Schneidersitz für die Fahrt zum sechsten Stock neben ihn. Aus dem Augenwinkel sah sie, wie sein Blick vom Stockwerkanzeiger zu ihr wanderte. Zu ihrem Leidwesen wurde ihr klar, daß sie so ziemlich die häßlichsten Stiefel, die je produziert wurden, trug. Sie lehnte sich zurück und richtete den Blick starr auf die Zahlen über der Tür.

»Das ist wirklich eine tolle Mütze«, sagte er spöttisch. Sie zog sich, den Blick immer noch starr auf die Zahlen gerichtet, den anstößigen Hut noch weiter in die Stirn, bis nur noch Augenschlitze unter der Krempe herauslugten.

»Gar nicht so schlecht für ein dummes Mädchen aus South Dakota, das nicht weiß, wie man sich für solches Wetter anzieht.« Sie grinste triumphierend und warf ihm einen raschen Blick aus dem Augenwinkel zu.

»Das nehm ich erst zurück, wenn ich einen Strand, einen See und ein Lagerfeuer im sechsten Stock sehe.«

»Ungläubiger Thomas«, sagte sie tadelnd und grinste.

Sie waren im sechsten Stock angelangt, und sie sprang vom Karren und öffnete das scheppernde Messingtor, dann manövrierten sie gemeinsam das sperrige Vehikel in den Gang. Und wie es das Schicksal wollte, hatte der Nachtwächter gerade seinen Dienst angetreten. Er bog um die Ecke des Korridors und sah, wie die beiden gerade die Ladung Ziegel aus dem Aufzug bugsierten.

Rick hob die Hand zum Gruß und informierte den verdutzt dreinschauenden Mann: »Ich fahr nur mein Mädel spazieren.« Er wies auf die Ziegel, und Allison spielte mit, kletterte wieder auf den Wagen und hockte sich mit ihren Moonboots in ihrer Eskimoverkleidung auf die Ziegel, und Rick schob sie über den Korridor zum Studio.

In der Wohnung angelangt, schlossen sie die Tür hinter sich, sahen sich an und krümmten sich vor Lachen, was ihnen anscheinend mit wachsender Regelmäßigkeit passierte. Rick ließ sich auf den Karren fallen. Allison lehnte an der Tür und hielt sich den Bauch vor Lachen, etwas, das ihr seit Jahren mit niemandem mehr passiert war.

»Oh, du hast das so locker gebracht, er hat dir bestimmt geglaubt!« keuchte sie, erschöpft vor lauter Lachen, und zog sich mit müder Hand die Mütze vom Kopf. Ihr Haar sah aus wie eine Spaghettizucht.

»Du aber auch – wie du einfach raufgestiegen bist und da throntest wie eine indianische Prinzessin auf dem Weg zu einem Fruchtbarkeitsritual. Du warst fantastisch!«

»War ich auch!« Sie warf sich stolz in die Brust.

Sein Blick wurde skeptisch. Er schüttelte gespielt verzweifelt den Kopf. »Ich glaube, das nehme ich zurück. Du bist ein echtes Ein-Frau-Katastrophengebiet.«

»Was hältst du von einem Ziegel, der dir in die Stirn implantiert wird?« Sie nahm einen hoch und schwang ihn bedrohlich.

»He, mach mal halblang.« Er hob die Arme schützend über den Kopf. »Schau doch in den Spiegel.«

»Schau doch selber in den Spiegel. Deine Haare sehen aus, als hätte sie jemand mit einem Kuhschwanz gestylt, also verschon mich bitte.« Sie legte den Ziegel weg und ging zu einer Tür auf der anderen Seite des Zimmers. Rick sah, wie das Licht anging, als sie den Raum betrat, dann ertönte ein markerschütternder Schrei.

Er erhob sich von der Karre und schlenderte zu der Tür, wo er grinsend stehenblieb. Das hellerleuchtete Zimmer war offensichtlich eine Garderobe, und Allison stand vor dem Spiegel und streckte sich selbst die Zunge heraus.

»Siehst du? Ich hab's dir ja gesagt«, stichelte er.

»Ja«, sagte sie resigniert, zog einen Kamm aus der Schublade und versuchte zu retten, was zu retten war.

Er beobachtete sie, bemerkte, wie niedlich rosa die Winterluft ihre Nase gefärbt hatte und wie sich ihre weiblichen Kurven in der riesigen Parka verloren, die sie jetzt geöffnet hatte.

In diesem Moment schlug jemand heftig gegen die Studiotür, dann ertönte die besorgte Stimme des Nachtwächters. »He, alles in Ordnung da drin, Miss?«

Allisons und Ricks Blicke begegneten sich im Spiegel, und sie mußten kichern.

»Der Nachtwächter. Er glaubt, du wirst hier überfallen.«

»Wenn du nicht aufhörst, dich über mich lustig zu machen, sag ich ihm, daß es stimmt.« Sie warf ihm einen warnenden Blick zu.

»Hallo da drin!« dröhnte erneut die Stimme vom Korridor.

Allison rannte an Rick Lang vorbei, öffnete die Tür zum Korridor und stellte sich dem grimmig dreinschauenden großväterlichen Mann, der mißtrauisch über ihre Schulter die Palette mit Ziegeln, den Stamm am Ende des Raums und Rick, der in der Tür der Garderobe lehnte, musterte. »Alles in Ordnung da drin?« fragte er. »Ich dachte, ich hätte jemanden schreien hören.«

»Oh, das war ich.« Sie zeigte über die Schulter. »Er wollte frech werden, aber ich hab einen schwarzen Gürtel in Karate. Danke für die Nachfrage, aber ich werd schon allein mit ihm fertig.«

Der Nachtwächter wandte sich kopfschüttelnd und leise vor sich hinmurmelnd ab.

Nachdem sie die Tür geschlossen hatte, drohte Rick: »Wenn er mir die Bullen auf den Hals hetzt, werd ich ihm von dem Stamm erzählen, den du aus einem öffentlichen Park gestohlen hast.«

»Ich habe den Stamm nicht gestohlen, das warst du!«

»Ach ja? Wie kommt er dann in dein Studio?«

Sie hob mit Unschuldsmiene die Schultern. »Weiß ich nicht. Ist einfach ungebeten hier aufgetaucht, genau wie du.«

Rick richtete sich auf und streifte seine Handschuhe über, während er auf den Karren zuschlenderte, und befahl: »Bewegen Sie Ihren Hintern hier rüber, Lady, bevor ich mir's anders überlege und Sie das allein machen lasse.«

Die nächsten zwei Stunden arbeiteten sie Hand in Hand, stellten die Ziegel in zwei ungefähr konzentrischen Kreisen am hinteren Ende des Studios auf. Während Rick den Lastenkarren zur Laderampe zurückbrachte, rollte Allison das schwarze Plastik aus und schnitt ein riesiges Stück für den Untergrund des Sees aus. Als Rick zurückkam, arrangierten die beiden das Plastik, drapierten es über den inneren Kreis von Steinen und beschwerten es mit dem äußeren Kreis. Sie krochen strumpfsockig auf Händen und Knien herum, um das Plastik nicht zu verletzen, strichen es glatt und versuchten abzuschätzen, wie groß die provisorische Pfütze sein mußte, damit sich der Schweinwerfer, der den Mond, der auf dem See schimmerte, simulieren sollte, richtig spiegelte.

Als nächstes nahmen sie sich den Sand vor. Allison war dankbar, daß Rick da war und die schweren Säcke an den Rand des »Sees« schleppte.

Während sie einen nach dem anderen leerten und die Ziegel damit zuschütteten, nahm die Kulisse allmählich Gestalt an, sah immer weniger künstlich aus. Als letztes wurde der Stamm in Position gebracht. Sie hievten ihn zusammen hoch und stellten ihn in den Vordergrund, wo Allison ihn haben wollte. Sie trat zurück, formte ein Viereck mit den Händen und prüfte, wie das Ergebnis ihrer Arbeit durch die Kamera aussehen würde. Sie hatte noch keine Kamera auf dem Stativ, bat aber Rick: »Würdest du dich bitte eine Minute auf den Stamm setzen, damit ich sehe, wie gut wir waren?«

»Dafür werd ich ja schließlich bezahlt.« Er setzte sich bereitwillig auf den Stamm, die Arme locker um die Knie geschlungen, während sie die Komposition studierte.

Er beobachtete, wie sie dakniete, mit jetzt sehr ernstem Gesicht, und ihn aus Hüfthöhe musterte, da, wo die Kamera am Donnerstag abend stehen würde. Und jetzt, wo sie das tat, was sie am liebsten tat, war sie wieder ganz die selbstsichere Fotografin. Sie hatte ihre Parka schon vor einer Weile abgelegt und trug jetzt ein weißes Sweatshirt und Jeans. Sie beugte sich vor, und die Haare fielen ihr ins Gesicht, aber sie schien es gar nicht zu merken, so vertieft war sie in ihre Arbeit.

Mit einemmal erhob sie sich und nagte nachdenklich an ihrer Oberlippe. Sie warf einen Blick auf die dunklen Scheinwerfer, die an den Rändern des Raumes verteilt waren, überlegte noch einen Moment, dann lächelte sie plötzlich, klatschte in die Hände und verkündete: »Jawohl! Das wird genau richtig!«

»Gut«, erwiderte er, dann seufzte er. Er sah auf die Uhr und sagte: »Weißt du, wieviel Uhr es ist? Es ist halb neun, und ich habe noch nicht zu Abend gegessen. Und du auch nicht.« Er richtete sich auf, deutete mit dem Kopf in Richtung Eingangstür und sagte: »Geh'n wir, ich lad dich zu einem Hamburger ein.«

Auf dem Weg zum Schreibtisch, wo sich ihre Jacken stapelten, sagte sie streng: »O nein, nicht nachdem du mir so viel geholfen hast. Das ist meine Einladung.«

Er griff ganz automatisch zuerst nach ihrer Parka und hielt sie für sie bereit. »Ich hab zuerst gefragt.«

»Ich lade ein, oder ich geh nicht mit«, sagte sie mit trotziger Miene. »Das ist das mindeste, was ich tun kann.«

»Bist du immer so dickköpfig?«

»Nein. Nur wenn ein Typ hereinschneit und meine Bandscheiben rettet.«

»Okay, du gewinnst.« Er schüttelte auffordernd ihre Jacke. »Los jetzt. Ich bin am Verhungern.«

Endlich schlüpfte sie in die Jacke, knöpfte sie zu, nahm ihre Mütze und zog sie wieder tief in die Stirn, während er seine Jacke anzog und sie zumachte.

»Mein Auto oder deins?« fragte er, als sie zum Aufzug gingen.

»Wie wär's mit beiden, dann kann jeder nach dem Essen direkt nach Hause fahren.«

»Gut.«

Im Erdgeschoß wandte er sich in Richtung Eingang, sie zur hinteren Seite, nachdem sie sich auf einen Treffpunkt geeinigt hatten. Aber als Allison zu ihrem Van kam, stellte sie zu ihrem Leidwesen fest, daß sie praktisch kein Bargeld mehr hatte. Sie zählte ihr Geld. Ein Dollarschein und ein bißchen Kleingeld, das reichte nicht mal für einen Hamburger.

Gott, wie peinlich, dachte sie und startete hektisch den Van. Ihr Scheckbuch lag zu Hause auf dem Küchenschrank. Die Straßen der Stadt waren menschenleer, und sie hatte keine Ahnung, wie Ricks Wagen aussah, also blieb ihr keine andere Wahl, als zu dem verabredeten Restaurant zu fahren und auf dem Parkplatz zu warten, bis er kam.

Als sie sein Gesicht hinter der Windschutzscheibe eines Ford Sedan erkannte, sprang sie aus dem Van mit laufendem Motor und wartete, bis er zum Stehen kam. Sie klopfte ans Fenster, und er kurbelte es auf. Sie steckte die Hände in die Jackentasche und sah ihn betreten an.

»Ich komm mir so blöd vor, aber ich hab nicht genug Geld dabei. Wärst du auch mit einem Omelett bei mir zu Hause zufrieden?«

»Hört sich gut an.«

»Es ist nicht weit. Ich wohne am Lake of the Isles.«

»Ich fahr dir nach.«

Sie rannte zitternd vor Kälte zu ihrem Van zurück, und zwanzig Minuten später folgten ihr die Scheinwerfer seines Wagens in die Einfahrt zwischen den hohen Schneewehen.

Als sie aus den Tiefen der dunklen Garage auftauchte, wartete er bereits, um die Tür herunterzulassen, und Allison war erneut beeindruckt von seinen unbeirrbar guten Manieren. Er machte diese Höflichkeitsgesten mit einer Natürlichkeit, die die meisten Männer in dieser Zeit der Unabhängigkeit der Frau anscheinend längst vergessen hatten. Er gab Allison das Gefühl, etwas Besonderes zu sein, wenn er sie so höflich behandelte. Sie mußte sich das Lachen verkneifen bei dem Gedanken, daß sie eigentlich wie ein Kampfsoldat angezogen war und so gar nicht wie eine Lady. Trotzdem zeigte er sich zu jeder Gelegenheit absolut ritterlich, und das mit einer solchen Selbstverständlichkeit, daß sie sich albern vorkam, darüber nachzudenken.

Sie klopften sich den Schnee von den Stiefeln und betraten ihre fröhlich eingerichtete Wohnung. Er zog sich bereits die Stiefel aus, bevor sie sich umdrehen und protestieren konnte. »Oh, das ist nicht nötig.«

Aber er zog sie trotzdem aus, dann sah er sich im Zimmer um, während sie sich die Jacke auszog und darauf wartete, ihm seine abzunehmen.

»He, das ist ja wie ein Hauch von Sommer. Hast du das alles selbst gemacht?« fragte er.

»Ja, wie du siehst, mag ich grün.«

»Ich auch.« Sein Blick schweifte durchs Zimmer von Gegenstand zu Gegenstand, während er sich die Jacke auszog und sie ihr ganz in Gedanken reichte. »Du hast ein gutes Händchen. So wie ich das sehe, kannst du dein Geld als Innenarchitektin verdienen, wenn du die Fotografie aufgibst.«

»Danke, aber du treibst mir die Schamröte ins Gesicht. Bitte, setz dich einfach und fühl dich wie zu Hause.«

Er warf ihr einen spöttischen Blick über die Schulter zu, um zu sehen, ob sie tatsächlich rot wurde, aber sie war damit beschäftigt, die Jacken in einen Schrank hinter der Tür zu hängen.

Sie drehte sich um, erwischte ihn dabei, wie er sie angrinste, und gab ihm einen kleinen Schubs in Richtung Wohnzimmer. »Los ... setz dich hin oder was immer du willst. Ich bin gleich wieder da.«

Während ihrer Abwesenheit ging er durch den Raum, sah sich die Anlage an, die gesunden Pflanzen, die Liege in der Loggia. Das Wohnzimmer war wunderbar, voller Licht und Farbe, der prachtvolle Holzboden glänzte, an den Wänden hingen geschmackvolle Kunstdrucke in Chromrahmen. In einer Ecke stand eine Staffelei, und er fragte sich, warum sie leer war. Dann wanderte er mit den Händen in der Hosentasche in die entgegengesetzte Ecke und studierte den Haken an der Decke, von dem ein Korbstuhl hing, als sie ins Zimmer zurückkam.

»Ungläubiger Thomas?« sagte sie herausfordernd.

Er blickte sich um. Sie hatte etwas Lippenstift aufgelegt und sich die Haare gekämmt. An den Füßen trug sie riesige blaue Plüschpantinen. »So einfach kannst du meine Gedanken lesen?«

»Jeder, der hier reinkommt, geht zu dem Stuhl, schaut nach oben und fragt: ›Hält dieses Ding mich wirklich aus?‹«

»Ich nicht. Ich hab nicht gefragt.«

»Nein. Aber du wolltest es gerade.«

»Nein, wollte ich nicht.«

Sie ging zur Kochnische am Ende des Raumes und öffnete den Eisschrank auf der Suche nach Eiern. Komisch, sie hatte geglaubt, er würde genau diese Frage stellen.

Aber er kletterte bereits in den Korb, nur sehr, sehr vorsichtig, als könne er jeden Augenblick samt Stuhl abstürzen.

»Nein!« erwiderte sie.

Er verschränkte lachend die Arme, stieß sich mit der Ferse ab und rief ihr zu: »He, ich möchte ein Duckmäuschen.«

»Ein was?« Sie tauchte aus dem Schrank auf, in dem sie nach einer Schüssel suchte.

»Ein Duckmäuschen. Du weißt schon ... als du klein warst und auf der Schaukel gesessen bist, hast du da nicht auch Duckmäuschen gesagt, wenn jemand einfach unter der Schaukel durchgerannt ist?«

»Oh, das!« Sie lachte, schlug die Eier in die Schüssel und erinnerte sich. »Nein, ich glaube, das haben wir anders genannt ... « Sie schnitt eine Grimasse, aber der Name wollte ihr nicht einfallen. »Ist das zu fassen, ich kann mich einfach nicht erinnern.«

»Schande über dich. Wie willst du deinen Kindern diese wahnsinnig wichtigen Sachen beibringen, wenn du sie selbst vergißt?«

»Ich habe keine Kinder.«

Rick musterte sie aus den Tiefen seines Korbstuhls, während sie die Eier mit einem Schneebesen schlug. Die Bewegung ließ ihr glänzendes Haar wippen, und unter dem übergroßen Pullover zeichneten sich ihre hüpfenden Brüste ab. Sein Blick wanderte zu ihrem Po, winzige, wohlgeformte Backen, schlanke Hüften... lange, muskulöse Beine.

Du wirst Kinder haben, beschloß er voller Bewunderung für das, was er sah. »Willst du denn Kinder haben?« fragte er.

»Noch nicht. Ich muß erst einmal meine Karriere in Schwung bringen. Ich bin grade dabei, so richtig Dampf zu machen.«

Ihm gefiel die Art, wie sie sich bewegte, rasch und selbstsicher, sich kurz die Handflächen an den Schenkeln abwischte, bevor sie nach dem Salzstreuer im Schrank griff.

Allison spürte seine Blicke, obwohl sie ihm den Rücken zuwandte. Irgendwie beunruhigend, aber auch irgendwie willkommen. Sie stand ratlos vor dem offenen Schrank und mußte zugeben: »Das ist wirklich furchtbar, aber das einzige was ich habe, um das Omelett zu füllen, ist Thunfisch.«

Sie drehte sich um und wich erschrocken zurück. Er stand unmittelbar hinter ihr.

»Thunfischomelett?« wiederholte er und schnitt eine Grimasse. »Du hast mich wegen eines Thunfischomeletts hierhergelockt?«

»Ich hab dich nicht hierhergelockt, und außerdem ist das Experiment die Mutter der Erfindungen.«

»Ich dachte, das wäre die Notwendigkeit.«

»Na, gut... was auch immer.« Sie hob ratlos die Hände. »Im Augenblick muß ich eben experimentieren, okay?«

»Okay, Thunfischomelett. Ich werde es mit einem Lächeln über mich ergehen lassen, aber wir könnten einen wunderbaren Hamburger und Pommes haben, wenn du nicht so stur wärst.«

»Manchmal bin ich eben so... weiblicher Stolz oder so was.« Sie drehte ihm den Rücken zu und suchte nach einem Dosenöffner, seine Nähe ließ ihr Herz bis zum Hals klopfen. Als die Thunfischdose offen war, griff er an ihr vorbei, nahm sich ein Stück Fisch und steckte in den Mund. »Tut mir leid«, sagte er ohne eine Spur von Reue, »aber ich bin am Verhungern. Ich wollte nur schnell einen genießbaren Happen, bevor du alles ruinierst.«

»Wäre dir ein Thunfischsandwich lieber?« sagte sie, wehrte aber dann sofort ab. »Vergiß es. Mir fällt gerade ein, daß ich kein Brot mehr habe.«

»Eins kann man dir wirklich nicht vorwerfen, daß du versuchst, das Herz eines Mannes über seinen Magen zu gewinnen.« Er wandte sich ab und wanderte zur Anlage, ging in die Hocke und sah sich das Angebot von Platten darunter an. »Du magst die Five Senses, was?« bemerkte er.

Bei dieser Frage legte sich ein zentnerschweres Gewicht auf Allisons Brust. Ein Kloß bildete sich in ihrem Hals, und ihr Blick richtete sich ins Leere, auf Ricks Rücken.

Er drehte sich zu ihr um, doch sie wandte ihm sofort den Rücken zu. »Ja«, sagte sie, und das Wort war wie ein Eiszapfen.

Er merkte sofort, daß er ins Fettnäpfchen getreten war. Eisige Abweisung strahlte von ihr aus quer durch den ganzen Raum. »Was dagegen, wenn ich etwas auflege?«

Sie starrte die Bratpfanne an, sah aber nur Jason Ederlies Gesicht vor sich und fragte sich,wie sie reagieren würde im

Falle, daß Rick das falsche Lied auflegte. Sie hatte aber gerade gesagt, sie würde die Five Senses mögen, wie konnte sie also jetzt sagen, was sie dachte: *alles*, aber bitte nicht die Five Senses.

»Wie du willst«, erwiderte sie tonlos, und er fragte sich, was diesen schlagartigen Stimmungswechsel ausgelöst hatte.

Sie konzentrierte sich auf ihr Omelett, und ein paar Minuten später tönte die Musik von Melissa Manchester durch die Wohnung. Sie warf erleichtert einen Blick über die Schulter und sah, wie er neben der Anlage stand und sie musterte.

Frag nicht, bettelte sie stumm. *Frag bitte nicht.* Er tat nichts desgleichen, sondern ging zur Couch und wartete, bis er zu Tisch gerufen wurde. Er streckte sich, verschränkte die Hände über dem Bauch und beobachtete verstohlen, wie sie das Essen auf den Tisch stellte. Er fragte sich, was diesen plötzlichen Rückzug ins Schneckenhaus ausgelöst hatte.

Sicher ein Typ. Wenn's um Musik ging, steckte meist ein Typ dahinter, irgendein Lied, das für die beiden eine besondere Bedeutung hatte. Er schwor sich insgeheim, nie etwas von den Five Senses aufzulegen, wenn er je wieder hierherkam.

»Es ist fertig«, sagte sie leise mit trauriger Miene.

Er richtete sich langsam auf, ging quer durch den Raum und stellte sich neben einen Stuhl neben dem ihren. »Hör mal, es tut mir leid, daß ich etwas gesagt habe, was dich aufregt. Was immer das war, es tut mir leid.«

Ihr Mund öffnete sich,und einen Moment lang sah es aus, als könnte sie weinen. Dann steckte sie die Hände in die Taschen, schluckte und sagte leise: »Es ist nicht deine Schuld, okay. Es ist etwas, das ich noch verarbeiten muß, mehr nicht.«

Er sah sie fragend an, sagte aber nichts mehr, beugte sich

nur wortlos vor und zog ihren Stuhl heraus. »Einverstanden. Jetzt setz dich, damit ich mich auch setzen kann.«

Sie versuchte ein etwas wackliges Lächeln, aber die fröhliche Stimmung des Abends war verpufft. Sie aßen in einer Atmosphäre angestrengten Schweigens, so als würde sie eine andere Präsenz im Raum trennen.

Allison vermied es, Ricks Blick zu begegnen, der sie immer wieder nachdenklich musterte, den bitteren Zug um die Mundwinkel, die traurig herunterhängenden Schultern. Sein Blick wanderte zu ihrer linken Hand – kein Ring. Er sah sich verstohlen im Raum um auf der Suche nach einem Beweis, daß ein Mann die Wohnung mit ihr teilte oder geteilt hatte. Es gab keine Bilder, keine Magazine oder sonstige Hinweise auf einen Mann in ihrem Leben. Sein Blick wanderte wieder zurück zu ihr, zu ihrem wohlgeformten Mund, den Brüsten, dem feinknochigen Geischt, den zarten Muscheln ihrer Ohren, den gesenkten Lidern und der schlanken Hand, die lustlos in ihrem Omelette herumstocherte. Er beugte sich etwas nach vorn und legte die Arme auf den Tisch.

»Unterbrich mich, wenn ich geheiligten Boden betrete«, begann er, »aber bist du jemandem verpflichtet?«

Ihr Kopf schnellte hoch, und es war, als würde sich ein Schutzwall vor ihre Augen senken.

»Ja.« Sie ließ die Gabel fallen. »Mir selbst.«

Seine Augen blitzten kurz vor Wut. »Das habe ich nicht gemeint, und das weißt du auch ganz genau. Gibt es momentan einen Mann in deinem Leben?«

Ihr Herz geriet aus dem Takt, hämmerte schneller, doch die Erinnerung an Jason dämpfte das sofort wieder. »Nein«, erwiderte sie wahrheitsgetreu, »und ich will auch keinen.«

Er musterte sie einen Augenblick lang schweigend mit verkniffenem Mund. »Okay. Aber ich mußte fragen. Ich habe mich die letzten zwei Abende wunderbar amüsiert.« Er ließ sie nicht aus den Augen, während er sich im Stuhl zurücklehnte und seine Ellbogen auf die Chromlehnen stützte.

Sie stemmte ihre Ellbogen auf den Tisch, verschränkte die Hände und legte die Stirn an die Daumenknöchel. Ein leiser Seufzer entwischte ihrem Mund. »Ich auch, aber weiter geht es auch nicht.«

»Wirklich?«

»Ja«, sagte sie giftig, sah ihn aber nicht an. Ihre Lippen zitterten.

»Jemand hat dir weh getan, und du willst ganz sichergehen, daß das nie wieder einer tut.«

»Das geht dich überhaupt nichts an!« Sie richtete sich auf.

»Das werden wir ja sehen«, sagte er mit entwaffnender Überzeugung, sein ernstes Gesicht zeigte keine Spur von Zweifel.

»Ich hab es mir zur Regel gemacht, mich nie mit einem meiner Models einzulassen. Tut mir leid, wenn du gedacht hast... Ihre Lider flatterten verlegen, dann senkte sie den Blick auf den Teller. »Ich meine, ich wollte dir keine falschen Hoffnungen machen.«

»Das hast du auch nicht, du warst immer ganz Dame, okay?«

Ihr Blick begegnete erneut dem seinen – unsichere braune Augen den steten blauen. Gegen ihren Willen war Allison wieder gebannt von seiner makellosen Schönheit, obwohl dies sie mit Mißtrauen erfüllte. Sie hätte nur zu gerne geglaubt, daß er es ehrlich meinte, vielleicht nur für einen Augenblick. Sein Gesicht zeigte Entschlossenheit, eine Warnung, daß er nicht kampflos aufgeben würde.

Sie schluckte. »Es war ein langer Tag –«

»Du brauchst nichts mehr zu sagen. Ich bin schon weg.« Er sprang sofort auf, den Teller in der Hand, und ging zum Spülbecken.

Sie kam sich ziemlich klein und mies vor, weil sie ihn so hatte abfahren lassen, obwohl er der perfekte Gentleman gewesen war. Aber seit Jason war ihr Selbsterhaltungstrieb sehr stark ausgeprägt. Je schneller Rick Lang von hier verschwand, desto besser.

Er tappte zum Eingang, nahm einen Stiefel und lehnte sich zum Anziehen gegen die Tür. Sie holte seine Jacke aus dem Schrank, und ehe ihr bewußt wurde, was sie da tat, hielt sie sie für ihn, wie sie es so oft für Jason getan hatte. Rick sah sie überrascht an, bevor er sich umdrehte und hineinschlüpfte.

Sie konzentrierte sich auf den ausgefransten Kragen, um ihn nicht ansehen zu müssen. Sie wußte, daß er sie musterte, während das Klicken der Mantelverschlüsse eine Ewigkeit zu dauern schien.

Seine Hände waren jetzt am letzten Verschluß angelangt, er zog seine Handschuhe aus den Taschen und streifte sie langsam über, während sie sie krampfhaft anstarrte, weil sie es nicht wagte, woanders hinzusehen. Er ließ sie keine Sekunde aus den Augen.

Jetzt war er fertig angezogen, bereit zu gehen, aber er stand immer noch da und machte keine Anstalten, zur Tür zu gehen.

»Ich hab gehört, was du mir vorhin gesagt hast. Ich weiß, was du mir sagen wolltest«, sagte er mit leiser Stimme. »Aber ich muß das einfach tun … «

Ein leiser Hauch von Ledergeruch umfing sie, als sein Handschuh ihr Kinn nach oben drehte. Weiche, warme, leicht geöffnete Lippen berührten die ihren. Eine Zunge flatterte kurz. Zwei starke behandschuhte Hände drückten ihre Oberarme, zogen sie hoch, zwangen sie auf die Zehenspitzen. Sie war so überrascht, daß sie sich nicht wehren konnte. Wie ein Bote zukünftiger Ereignisse endete der Kuß mit der sanften Trennung ihrer Münder. Er hob den Kopf, sah ihr kurz in die Augen, dann fiel sein Blick auf ihren überraschten, offenen Mund.

»Schön«, sagte er leise, dann war er weg, nur ein Hauch kalter Luft und ein Zittern in ihrem Magen blieben zurück.

5. KAPITEL

Allison hatte mehr oder minder damit gerechnet, daß Rick am folgenden Tag anrufen würde, aber er tat es nicht. Sie fragte sich, was er wohl sagen würde, wenn er Donnerstag abend das Studio betrat. Sie überlegte, wie sie sich verhalten sollte, beschloß aber dann, sich wie bisher zu verhalten. Wenn sie den leichten scherzhaften Ton beibehielt, würde alles locker bleiben und die Beziehung weiterhin unpersönlich halten.

Zu Allisons Aufgaben am Mittwoch gehörte es, ihrem Vermieter einen Gartenschlauch abzuschwatzen und diesen ins Studio hochzuschleppen, um dann, wenn es soweit war, den »See« zu füllen. Dann fuhr sie los, um Feuerholz zu holen und ein Stück Asbest zum Unterlegen, damit sich das Linoleum des Studiobodens nicht unter der Hitze aufbog. Wenn der Nachtwächter dahinterkam, daß sie mitten im Gebäude ein offenes Feuer machen wollte, würde man sie hochkant hinauswerfen. Glücklicherweise war das Gebäude so alt, daß es weder einen Rauchalarm noch ein Sprinklersystem hatte.

Am Donnerstag füllte sie den Teich, prüfte alles, um sicherzugehen, daß es kein Leck gab, dann stellte sie ihre Scheinwerfer auf, entschied, wie viele sie brauchte und welche Key Lights und welche Farbfilter sie jeweils dafür benötigte. Sie schnitt einen Kreis aus dem Hintergrundpapier aus, steckte einen orangen Filter vor einen der Scheinwerfer und brachte ihn in Stellung als simulierter Mond. Auf dem Foto würde er nur als verschwommene Kugel zu sehen sein, wichtiger war sein Spiegelbild im Wasser.

Um fünf Uhr lud sie mit zittrigen, nervösen Händen ihre Kamera und sagte sich zum hundertsten Mal, daß das hier rein geschäftlich war und Rick Lang nur ein Model sei.

Warum zitterte sie dann?

Sie machte die Kamera am Stativ fest, rollte den Schlauch auf, löste ihn vom Wasserhahn im Bad und fluchte, als sie entdeckte, daß sie eine nasse Spur auf dem Boden hinterlassen hatte. Beim Aufwischen fiel ihr plötzlich ein, daß sie vergessen hatte, den Hausmeister um einen Naßsauger für den Notfall zu bitten, und rannte los, um ihn zu holen.

Als sie mit der sperrigen Maschine ins Studio zurückkehrte, stand Rick vor dem Aufbau und musterte ihn.

Er hob den Kopf bei ihrem Eintreten und lächelte.

»Hallo«, sagte er schlicht.

Ein wohliges Schaudern durchströmte sie bei seinem Anblick. Es war unmöglich, seinen kurzen Abschiedskuß zu vergessen.

»Hallo.«

»Du hast es geschafft.« Er deutete grinsend auf den See, den Sand und das vorbereitete Lagerfeuer.

»Wie versprochen.« Sie schlenderte zum Rand des Sets.

»Raffinierte Beleuchtung mit dem Mond – das soll er doch wohl sein –, der sich auf dem Wasser spiegelt.« Er zeigte auf den Scheinwerfer, der durch das Loch im Hintergrund ragte, und auf die niedrige Position der Kamera.

»Hoffen wir, daß es klappt. Wir haben noch nicht fotografiert und noch keine Ergebnisse gesehen.«

»Wie hast du denn den See vollgekriegt?«

»Mit einem Gartenschlauch.«

»Und damit wirst du es aufsagen, wenn du fertig bist?« Er deutete auf den Naßsauger.

»Genau!« Sie grinste triumphierend. »Ganz einfach.«

»Sei nicht so bescheiden. Das ist alles andere als einfach, das ist genial.« Er schaute kurz auf das Set. »Wie ich sehe, hast du noch mal Feuerholz geholt.«

»Ja.«

»Wer hat dich denn diesmal rausgetragen?« sagte er augenzwinkernd.

»Ich hab meine Stiefel angehabt wie ein braves Mädchen. Und wie steht's mit dir? Hast du deine Badehose dabei?«

»Jawohl!« Er zog ein zusammengerolltes kleines Bündel aus der Tasche. »Da ist sie, aber ich bin gar nicht wild drauf, sie anzuziehen. Hier ist's ja wieder mal wie im Gefrierschrank.«

»Keine Sorge, das Feuer wird dich wärmen.«

»Oh, ich dachte, das besorgt Vivien Zucchini.« Er grinste Allison an, hakte die Daumen in seine Jackentaschen und sah zu, wie sie sich abwandte.

»Zuchinski«, verbesserte sie ihn und drehte sich um.

Rick grinste amüsiert und beobachtete ihren entschlossenen Gang, die schmalen Hüften und Schenkel. Ihr Haar wehte. Ihr fester muskulöser Po wippte, als sie auf die Garderobe zuging, hineingriff und das Licht andrehte. Sie steckte die Hände in die Hosentaschen, drehte sich um und lehnte sich wie ein Model für eine schicke Shampooreklame gegen die Garderobentür. Sein Blick wanderte über ihre langärmelige Khakijacke mit Gürtel und Epauletten, verweilte kurz auf den geknöpften Brusttaschen. Passende Hosen steckten in schenkelhohen Stiefeln, die Haare wurden wieder von der Sonnenbrille hochgehalten, obwohl es draußen bereits Nacht war und das Licht im Studio sehr dämmrig.

»Ich hab die Tür zur Garderobe zugemacht, damit's da drinnen wärmer wird«, sagte sie. »Ich möchte nicht, daß du erfroren bist, bevor wir dich richtig posiert und das Feuer in Stellung gebracht haben.«

»Wo ist Miss Zucchini?«

Sie lachte und sah ihn dann gespielt erstaunt an. »Wenn du das noch einmal sagst, wird sie hier reinspazieren, und ich werde sie mit Tomatensauce anstatt mit Öl übergießen!«

Rick lehnte sich zurück und lachte anerkennend, während Allison auf ihre Armbanduhr sah. »Sie muß jeden Moment hier sein. Wenn du als erster in die Garderobe willst, können wir gleich mit dem Einölen anfangen.«

Das Ölen war neu für ihn, obwohl es allgemein üblich war, Haut zu ölen, um Nässe vorzutäuschen und ihr Glanz zu geben.

Aber in diesem Augenblick ging die Tür auf, und eine umwerfende Brünette mit blauen Augen, die bis zur Nase in falschen Pelz gehüllt war, spazierte herein und sagte vorwurfsvoll: »Ich hoffe, hier drin ist es wärmer als neulich, ansonsten werden meine Unaussprechlichen wie Rosinen zusammenschrumpeln.«

Rick und Allison lachten schallend. Die Frau sah die beiden mit erstaunten, unschuldigen Augen an. Anscheinend war ihr gar nicht bewußt, wie taktlos und ungezogen ihre Begrüßung gewesen war.

»Rick Lang, ich möchte dir Vivien Zuchinski vorstellen.« Allison hatte die größte Mühe, ein ernstes Gesicht zu machen und den Namen richtig auszusprechen. »Vivien, das ist Rick Lang, Ihr Partner für die Fotos.«

Rick streckte ihr seine Hand entgegen.

Vivien griff mit einer langsamen, lasziven Geste danach und umschlang sie mit langen, wohlgeformten Fingern mit langen, gepflegten Nägeln, die in einem gräßlichen Scharlachrot lackiert waren, an ihr jedoch überraschend gut aussahen. Sie klimperte mit endlos langen Wimpern und ließ den Blick über Ricks Körper gleiten, dann hauchte Vivien: »Oooo, *Spitze*!«

Rick lachte gutmütig und spielte mit, als Vivien sich weigerte, seine Hand loszulassen. »Ganz meinerseits, Vivien«, sagte er liebenswürdig. »Es ist mir eine Freude, mit einem so hübschen Gesicht ein Cover zu teilen.«

Sie strich mit einem ovalen Nagel über die Haare auf seinem Handrücken und richtete dann ihre umwerfenden Augen auf ihn.

»Heee, nein... ich bin diejenige, die das total umhaut, ich meine, du bist ein Blitzschlag, Rick. Ich vergesse jetzt schon, wie kalt das hier drin ist.«

Allison räusperte sich, Vivien drehte sich um und sah sie mit gekreuzten Beinen in der Tür lehnen.

»Mr. Lang hat sich auch bereits über die Kälte hier drin beschwert, also könnt ihr euch vielleicht gegenseitig wärmen, hmm?« Allison zeigte auf die hell erleuchtete Garderobe. »Möchten Sie zuerst, Miss Zu–« Sie unterbrach sich gerade noch rechtzeitig und sagte dann, »Miss Zuchinski?«

Vivien rauschte in die Garderobe, streifte ihren Mantel ab und sah sich um. »Hee, *Spitze*. Ein Haufen gutes Licht zum Schminken.«

»Ihr Make-up ist bereits super, lassen Sie's genau so. Ziehen Sie einfach Ihren Badeanzug an, und ich geb Ihnen eine Flasche Babyöl. Sind Ihre Locken natur?«

»Was?« Vivien trennte sich für einen Augenblick von der Betrachtung ihres Schmollmunds im Spiegel.

»Ihre Haare – sind das Naturlocken? Ich würde gerne auch Babyöl drauftun, damit es naß aussieht.«

Vivien strich mit besorgter Hand über ihre Mähne. »Öl? Auf meine Haare? Das hätte ich nicht so gern.«

»Wie wär's, wenn wir nur die Spitzen machen, damit's aussieht, als wären Sie im Wasser gewesen?«

»Gut, Sie sind der Boss ... aber, Mensch!« Sie sah total niedergeschlagen aus, ihr Gesicht war wesentlich ausdrucksvoller als ihr Vokabular.

»Ziehen Sie sich doch erst einmal um, dann experimentieren wir ein bißchen«, riet ihr Allison.

Vivien schloß die Tür bis auf einen Spalt, durch den sie Rick neckisch mit dem Finger zuwinkte, ehe sie sie ganz schloß. Allison biß sich auf die Unterlippe, um nicht zu lachen, konnte aber nicht widerstehen, kurz zu Rick zu schauen, um zu sehen, wie er reagierte. Als sich ihre Blicke begegneten, fletschte er gespielt gierig die Zähne und rieb sich die Hände. »He, ich kann's kaum erwarten«, flüsterte er ihr zu.

»Das kann ich mir denken.«

Kurz darauf öffnete sich die Tür, und Vivien erschien in einem winzigen Einteiler, der jede üppige Wölbung und Kurve betonte. Sie schritt mit ausgebreiteten Armen aus der Tür. »Wie findet ihr das?«

»Wow!« rief Rick begeistert.

»*Spitze*«, sagte Allison giftig.

»Ich bin bereit zum Ölen«, verkündete Vivien.

»Ich hol nur schnell die Tomatensauce, dann können wir anfangen«, sagte Allison augenzwinkernd.

»Die w–a–s?« Vivien runzelte die Stirn und ließ die Hände auf die Hüften fallen.

»Rick, los, zieh dich um«, schlug Allison vor. »Das ist nur ein alter Witz, Vivien. Kommen Sie jetzt.«

Allison kam sich ziemlich mies vor, weil sie sich Vivien gegenüber so gehässig verhielt. Das sah ihr gar nicht ähnlich. Welcher Teufel hatte sie nur geritten, so etwas zu sagen? Vivien war als Profi hierhergekommen, und wenn sich jemand unprofessionell verhielt, dann nur sie selbst. Die Wahrheit war: Vivien war eine schöne Frau mit beeindruckenden Proportionen. Allison mußte beschämt feststellen, daß sie ein bißchen eifersüchtig war.

Zwei Minuten später öffnete sich die Tür zur Garderobe erneut. »He, Ladies, kommt rein, hier drin ist es wärmer.«

Allison stand hinter ihrem Schreibtisch und hob den Kopf. Ihr blieb die Spucke weg. Rick stand barfuß in der Tür, mit freiem Oberkörper, nackten Beinen, seine Blöße war nur von der weißen Badehose unterbrochen, die seine dunkle Haut teilte. Im Gegensatz zu Vivien stellte er seine körperlichen Vorteile nicht zur Schau, sondern erschien einfach in der Tür, winkte sie zu sich und ging wieder zurück in die Garderobe.

»Heeii, Süßer, ich komme«, kicherte Vivien.

Ein etwas peinlicher Moment folgte, als Allison durch die Tür trat und Rick eine volle Flasche Babyöl reichte. Ihr war gar nicht mehr nach Scherzen zumute. Er war ein Prachtexemplar! Schimmernde goldene Haare bedeckten nicht nur seine Brust, sie zogen sich in einer schmalen Linie seinen Bauch hinunter, ein zarter Flaum umhüllte Arme und Beine. Er wandte sich zum Spiegel, goß etwas Öl in die Handfläche und begann, seine Schultern einzureiben. Jetzt sah Allison zum ersten Mal seinen Rücken. Ihr Blick schweifte von breiten Schultern zu schmalen Hüften, registrierte die glatte Haut und die gut trainierten Muskeln. Sein Po war flach, die Beine gut geformt, ohne dicke Muskeln, die die männliche Gestalt beim Fotografieren ruinierten. Sein Körper war wirklich der Traum eines Künstlers von Schönheit.

Allison begegnete seinen Augen im Spiegel und wußte, daß er bemerkt hatte, wie sie ihn musterte. Aber er wandte nur den Blick von ihr und rieb sich energisch weiter ein. Im Gegensatz zu Jason, der jede Gelegenheit nützte, sich zu produzieren und in Szene zu setzen, trug Rick seine körperlichen Vorzüge mit Würde. Er strahlte keine sexuelle Anzüglichkeit aus, sondern drehte sich nur zum Spiegel.

Vivien setzte sich auf einen Stuhl und stemmte ihre wohlgeformten Zehen – ebenfalls mit scharlachroten Nägeln, wie Allison bemerkte – gegen die Kante des Toilettentisches und spritzte eine Linie Öl entlang ihres perfekten Beines. Sie verrieb es, ohne Rick eine Sekunde aus den Augen zu lassen.

»Ich reibe Ihnen Ihren Rücken ein«, erbot sich Allison und stellte sich hinter Vivien, die sich mit dem Stuhl ein bißchen zur Seite drehte.

Vivien träumte anscheinend davon, Playboy Bunny zu werden, und plapperte über eine Reise zum Playboy Club in Chicago, während sie Rick weiter mit bewundernden Blicken verschlang.

»Ich glaube, wir brauchen doch etwas Öl auf ihre Haarspitzen, Vivien. Möchten Sie, daß ich das mache?«

»Muß das sein?« Vivien schien wieder völlig konsterniert.

»Vielleicht haben Sie einen anderen Vorschlag, wie wir den nassen Effekt kriegen?«

Vivien stand neben Rick vor dem riesigen Spiegel und beugte sich vor, während sie sich auf diese weltbewegende Entscheidung konzentrierte, dann rieb sie sorgfältig dosierte Mengen Öl in sorgfältig ausgesuchte Haarsträhnen.

»Würdest du mir mit meinem Rücken helfen?« fragte Rick Allison und reichte ihr ganz selbstverständlich die Ölflasche über die Schulter. Ihre Blicke begegneten sich im Spiegel.

Aber mit einemmal hatte sie Skrupel, ihn zu berühren. Leider hatte sie keine andere Wahl und nahm die Flasche aus seinen glitschigen Fingern. Zu ihrer großen Erleichterung grinste und scherzte er nicht, er reichte ihr einfach die Flasche und wartete. Allison goß sich das Öl in die Hand und dachte: Genauso hat alles mit Jason angefangen.

Sie machte sich ganz energisch an die Arbeit, damit er ja nicht merkte, wie sehr ihre Hand zitterte, als sie seine Haut das erste Mal berührte. Ihr war nicht bewußt, mit welch grimmiger Miene sie das machte, oder daß sie sich dabei fest auf die Zungenspitze biß. Eine Woge von Erinnerungen überflutete sie bei diesem ersten Kontakt mit der Haut eines Mannes seit Jason. Wie oft hatte sie das für ihn gemacht? „Wie oft hatte er das für sie gemacht? Wie oft hatten sie beide in Berührung geölter Haut auf geölter Haut geschwelgt?

Denke nicht an Jason. Vergiß den Duft des Öls. Vergiß all die Gelegenheiten, bei denen seine Haut glatt und schlüpfrig und verführerisch gewesen ist.

Aber Ricks Haut unter Allisons Hand war warm und fest. Ihre Hand glitt darüber, paßte sich den starken, geschmeidigen Linien an. Die Schulter war durchtrainiert, das Schulterblatt hart, der Nacken kräftig und unnachgiebig. Ihre Fingerspitzen berührten unabsichtlich Ricks Haar und lernten, wie fein und weich es war, der krasse Gegensatz zur Härte seiner Muskeln. Sie zuckte unwillkürlich zusammen, hob den Kopf und sah, wie Rick sie mit ernsten Augen im Spiegel musterte.

Mit einemmal packte sie das unangenehme Gefühl, daß er ihre Gedanken gelesen hatte. Sie senkte sofort den Blick wieder auf seinen Rücken, nahm noch etwas Öl und arbeitete sich weiter nach unten, bis zum Taillenband seiner Badehose. Die Erinnerung an seinen leichtfertigen, anspruchslosen Kuß und an seine Worte meldete sich: »Ich muß das einfach tun.« Durch ihre Hände auf seiner Haut wurde er plötzlich eins mit Jason. Liebe, Schmerz, Sinnlichkeit und Bitterkeit wallten plötzlich in Allison auf und verwirrten sie. Ihre Fingernägel glitten über Ricks Rippen, und er warf ihr einen mißtrauischen Blick über die Schulter zu.

Allison kam mit einem Ruck in die Gegenwart zurück, ihr wurde bewußt, daß es Rick war, nicht Jason. Ihre Blicke begegneten sich im Spiegel.

»Ich bin kitzlig«, informierte er sie, und der Bann war sofort gebrochen.

»Ich werde versuchen, nächstes Mal dran zu denken.« Sie reichte ihm die Flasche, sagte: »Verzeihung«, und griff um ihn herum nach der Rolle mit Papierhandtüchern auf dem Toilettentisch.

»Deine Haare auch«, wies sie ihn an und kam seiner Brust bedenklich nahe, als sie die Hand ausstreckte.

»Was?«

Sie konzentrierte sich auf das Abwischen ihrer Hände, um seinem Spiegelbild nicht in die Augen sehen zu müssen. »Öl deine Haare auch. Wie kommen Sie zurecht, Vivien?«

»Ich bin nicht gerade begeistert von diesem fettigen Zeug, aber ich glaube, Öl soll ja so gesund sein für die Haare, hmm?«

»Wenn ihr beide fertig seid, dann kommt bitte raus zum Set. Ich muß mit dem Ausleuchten anfangen.«

Draußen vor der großen Fensterwand war es stockfinster. Das einzige Licht im Raum kam aus der Garderobe. Allison verbannte energisch jeden Gedanken an Rick Lang aus ihrem Kopf und machte sich an die Arbeit. Sie stellte die Scheinwerfer in die richtige Richtung, schaltete sie immer wieder an, um zu sehen, welchen Effekt sie auf Wasser, Baumstamm und Sand produzierten. Sie machte an verschiedenen Stellen Messungen mit dem Belichtungsmesser, justierte die Rheostate an den einzelnen Scheinwerfern, die alle mit einem Auslöser gekoppelt waren, der sie simultan mit dem Auslöser der Kamera zündete.

Rick und Vivien kamen barfuß und zitternd aus der Garderobe und sahen, wie Allison zwischen den Scheinwerfern hin und her huschte.

»Oh, gut, ihr seid soweit. Hört mal, ich weiß, das hört sich an wie ein Witz, aber ich muß das Fenster einen Spalt öffnen, sobald ich das Feuer anzünde, damit der Rauch abziehen kann. Das Zimmer wird sich trotzdem aufwärmen, sobald das Feuer brennt. Tut mir leid, daß es hier so kalt ist, bitte habt Geduld, ja? Ich wollte das Feuer nicht anzünden, ehe ihr zwei da seid, weil ich es nur so kurz wie möglich brennen lassen will.

Okay, Rick. Ich will dich auf dem Baumstamm haben. Vivien liegt auf dem Sand darunter, mit dem Gesicht zu dir, etwas an dein ausgestrecktes Bein gelehnt, und sieht dich an. Nehmt erst einmal die Stellung ein, aber ihr braucht die Pose noch nicht zu halten. Entspannt euch, ich zünde das Feuer an und meß noch mal die Belichtung, sobald das Feuer brennt.«

Eine zitternde Vivien ging auf das Set zu, rieb sich die Arme, die mit Gänsehaut übersät waren.

»Geh vorsichtig über den Sand«, warnte Allison, »damit er sich nicht mehr als nötig ausbreitet.« Viviens Zähne klapperten vor Kälte. »Rick, warum setzt du dich nicht zuerst auf den Baumstamm?« fuhr Allison fort. »Vivien kann sich einen Moment an dein Bein lehnen, um sich warmzuhalten.« Allisons Stimme war jetzt vollkommen ernst. Während Vivien sich behutsam über den Sand tastete, hielt Allison ein Streichholz an ein verstecktes Brennscheit, das sich mit einem kurzen *Puff* ohne Rauch entzündete, dann fingen die kleinen Zweige Feuer. Allison sprang auf, machte Messungen, entzündete immer wieder die Scheinwerfer, justierte den Sucher auf die Komposition der Körper. Sie kauerte sich hinter die Kamera und prüfte den Winkel der Reflexion des Mondes auf dem Wasser, zündete wiederholt die Scheinwerfer und machte winzige Korrekturen.

Das Öl begann im Licht der Scheinwerfer zu schimmern und schuf für die Kamera genau die Illusion von Nässe, die Allison wollte. Sie beschloß, daß es nicht notwendig sei,

Rick und Vivien noch mehr zu quälen, indem sie Wasser auf ihre ohnehin zitternde Haut sprühte. Im Nachtlicht genügte das Öl vollkommen.

Der Hauptscheinwerfer hatte einen blauen Filter, um das Mondlicht zu simulieren. Als Allison ihn einschaltete, erwachte Ricks Haar zum Leben, herrlich zerzaust umrahmte es sein Gesicht wie ein Heiligenschein. Viviens Haare wurden zu einem mondbeschienen Nimbus um ihren Kopf, die geölten Spitzen waren perfekt.

Um zu harte Schatten zu vermeiden, hatte Allison Zusatzlichter mit orangen Filtern versehen, sie durch simulierten Feuerschein gedämpft.

»Okay, alles bereit«, verkündete sie und ging jetzt zum Set. Sie stellte sich ans Ende des Sands, beugte sich mit den Händen auf den Schenkeln vor und gab Anweisungen. Rick mußte sein hinteres Knie etwas heben, das vordere Bein war ausgestreckt, nur die Ferse ruhte auf dem Sand. Sie berührte seine Schulter und sagte: »Dreh dich... nein, das war zuviel... gut. Jetzt bieg den Kopf nach unten und Vivien, ich möchte, daß du aussiehst, als möchtest du direkt seinen Körper hochkriechen. Roll dich ein bißchen auf deine hintere Hüfte... ein bißchen mehr, ich will ein kleines bißchen Fleisch sehen. Gut, jetzt stemm dich mit der linken Hand irgendwie ein, damit du nicht umfällst, und leg deine rechte Hand auf seine Brust.« Die beiden zuckten instinktiv zurück, als Vivien unabsichtlich mit ihrem Bizeps Ricks Genitalien berührte. Aber sie waren Profis, fingen sich sofort wieder und nahmen ihre Pose ein.

Allison holte einen kleinen Topf Vaseline heraus, tupfte etwas davon neben Viviens Mundwinkel, holte einen Kamm aus der Tasche und zog eine Strähne von Viviens wunderschönen Haaren heraus, die sie am Mundwinkel befestigte. Perfekt!

»Genauso… Bewegt euch nicht«, hauchte Allison und wich zurück, dann kam sie noch mal, kämmte ein paar vorwitzige Strähnen in Ricks Nacken zurecht, zog an einer Locke, die den oberen Teil seines Ohrs bedeckte, dann ging sie zur Kamera, um die Position im Sucher zu prüfen. Sofort entdeckte sie Sand, wo keiner sein sollte, holte einen weichen Rasierpinsel heraus und wischte ihn von Viviens Bein. Noch ein prüfender Blick in den Sucher, ein kurzes Aufblitzen der Scheinwerfer. Sie stellte fest, daß der blendende Schein genau den Hauteffekt produzierte, den sie wollte. Aber der Sand, den sie auf Vivien so lästig empfunden hatte, fehlte bei Rick. Sie stieg rasch über das Stativ, nahm eine Handvoll und warf sie gegen seine vordere Schulter.

Diesmal war die Szene im Sucher perfekt. Noch ein kurzer Check bei den Scheinwerfern, sie zündete sie sechsmal schnell hintereinander, dann schloß sie sie an die Kamera an.

Allisons Stimme wurde seidenweich, als sie hinter die Kamera trat, sich hinkauerte, bereit zu schießen.

»Okay, ich möchte, daß ihr an all die Haut denkt, die ihr berührt… geschmeidig, begehrenswert… benetzt die Lippen, los.«

Die Zungen kamen heraus, ließen die Lippen im Feuerschein schimmern. Die Scheinwerfer blitzten, der Auslöser klickte und bannte das erste Bild auf Film. Allisons Herz klopfte vor Erregung bis zum Hals. Die beiden waren ein perfektes Paar!

»Richte dich ein bißchen mehr auf, Vivien, und senk die Augenlider… ein biiißchen mehr… nein, zu weit. Kinn nach oben und denk dran, wie sehr du ihn liebst.«

Blitz!

»Toll!« Allison turnte begeistert hinter ihrer Kamera herum, gab scharfe Befehle, dann schmeichelte sie wieder.

»Rick, ich möchte einen langen, zärtlichen Daumen, der

das Haar neben ihrem Mundwinkel berührt, aber verdeck ja nicht diese schönen Lippen... meine Kamera will sie sehen... nur mit dem Daumen, jetzt näher mit deinem Mund... denk an Zungen... «

Blitz!

»Zeig mir deine Zungenspitze, Vivien, und locker mit der Hand auf seiner Brust. Du streichelst sie, hängst nicht dran fest.«

Der perfekte Augenblick fand ein jähes Ende, Rick und Vivien mußten beide lachen und fielen aus ihrer Pose.

Allison wartete nur kurz, dann sagte sie: »Okay, dann mal wieder ran, Lovers. Die Augen müssen Bände sprechen und Vivien, ich will, daß diese Zunge rauszüngelt... die Zähne nur ein bißchen öffnen... gut, gut.«

Blitz!

»So, Rick, spreiz mal deine Finger, und steck sie in ihre Haare... du liebst diese prachtvollen Haare, du verlierst dich darin... nicht so tief, wir wollen doch deine schönen Hände nicht verlieren, zärtlich... zärtlich.«

Blitz!

»Du hast wunderbare Hände, Rick. Wir werden sie noch mehr einsetzen, gib mir Sinnlichkeit mit deinen Händen... laß sie Flügel werden, flieg mit, Vivien, reagier auf jede seiner Bewegungen... «

Rick entspannte sich, seine Hand rollte sich zusammen, und die Knöchel legten sich sanft an den Ansatz von Viviens Wange. Bei seiner Berührung drehte sie den Kopf ein kleines Stück, als wolle sie mehr, die Lippen öffneten sich, Augenlider senkten sich sinnlich.

Blitz!

»Jetzt du, Vivien, was kannst du mit diesen zarten Fingern machen... berühre ihn, wo er berührt werden will, mach ihn an, zeig ihm mit den Fingerspitzen, woran du denkst... «

Viviens Hände glitten über Ricks bloßen Schenkel, und sein Gesicht reagierte sofort. Seine Schultern und Arme zeigten der Kamera, daß er mehr ausdrücken wollte, als das Foto gestattete.

Sie schossen eine Serie von vierundzwanzig Bildern, und während dieser Zeit vergaß Allison praktisch, wer Rick Lang und Vivien Zuchinski waren. Ihre Bewegungen waren völlig sparsam, total konzentriert, sie sah ihre Models mit unheimlicher Klarheit, kein Haar, das fehl am Platz war, entging ihr. Nachdem der erste Film halb voll war, posierte sie Vivien anders, richtete sie weiter auf, bis ihr Kopf auf Ricks Brust ruhte. Sie befahl Rick, seine Hand neben ihre Brust zu legen, Vivien ihre auf seiner Hüfte zu plazieren, und die beiden reagierten absolut professionell. Dann hastete sie zurück zu ihrer Kamera.

Rick und Vivien waren Objekte, wesentliche Teile der Kunst, die sie kreierte, nichts weniger. Allisons Vitalität und ihre Begeisterung spornte sie zu Höchstleistungen an, und ihre Professionalität ermöglichte es Rick und Vivien, sich in einer Situation, die leicht hätte peinlich werden können, ganz locker zu verhalten.

Es war Zeit, den Film zu wechseln, und Allison richtete sich auf. »Okay, ihr könnt euch kurz strecken, aber paßt auf den Sand auf – kriegt ihn ja nicht irgendwohin, wo ich ihn nicht haben will.«

Sie holte einen neuen Film aus dem alten Kühlschrank, und die Kamera war in kürzester Zeit wieder schußbereit. Ein kurzer Blick auf das Feuer, noch etwas Holz drauf und zurück an die Arbeit.

Die Session ging weiter, Allison erteilte im Stakkatoton Anweisungen. Pose, Ausdruck und Körpersprache paßten sich in Sekundenschnelle ihren Befehlen an. Beim nächsten Filmwechsel wechselte sie auch den Standpunkt der Kamera.

Diesmal posierte Allison Rick und Vivien Hüfte an Hüfte, mit dem Gesicht zueinander. Sie schufen Sinnlichkeit mit Küssen, die Hände lagen auf Knöcheln und Waden des anderen. Bei einer anderen Pose beugte Rick sich über Viviens Schoß, sein Mund schwebte über dem üppigsten Teil ihrer Brust, und ihr Kopf war hingebungsvoll zurückgeworfen.

Allmählich wurden die Muskeln der beiden Models steif und natürlich auch ihr Gesichtsausdruck und die Körpersprache. Allison arbeitete schnell und effizient. Sie hatte es sofort bemerkt, als Rick und Vivien das erste Mal erschöpft seufzten. Sie wußte, wie sehr die Models manchmal unter Krämpfen und richtigen Muskelschmerzen litten.

Doch dann zuckte Vivien plötzlich zusammen, hob ihren Po aus dem Sand und ruinierte eine Aufnahme. Allisons Kopf tauchte hinter der Kamera hervor.

»Müde, Vivien?«

»Nein, mich hat etwas gebissen.« Sie kratzte sich die Unterseite eines Schenkels, dann nahm sie wieder ihre Pose ein.

Und dann, gerade als Allison wieder auf den Auslöser drückte, zuckte Rick zusammen und ruinierte eine zweite Aufnahme.

»Braucht ihr beide eine Pause?«

»Nein«, erwiderten sie im Chor.

»Machen wir weiter, damit wir fertig werden,«, meinte Rick. »Okay, Vivien?« Er warf ihr einen fürsorglichen Blick zu.

»Klar, dieser Sand ist... aua!« Diesmal sprang Vivien auf.

Allison machte sich jetzt ernsthafte Sorgen. Was hatte Vivien bloß?

»Du auch?« fragte Rick, stand auf und versuchte, über die Schulter die Unterseite seiner Schenkel zu sehen. »Ich könnte schwören, jemand hat sich grade sein Abendessen bei mir geholt, ich wollte bloß nichts sagen.«

»Schätzchen, der oder die hat auch bei mir genascht«, rief Vivien und kratzte sich die Beine. Sie hob einen Fuß und rieb an ihrem Knöchel.

Allison ging zum Lichtschalter. Licht durchflutete den Raum, und sie kniete sich an den Rand des falschen Strandes und musterte den Sand. Es war nichts zu sehen. Sie holte ein großes weißes Stück Papier, legte es auf den Sand und beobachtete es ganz genau. Einen Augenblick später sah sie, wie ein kleiner schwarzer Punkt auf das Papier hüpfte und so schnell wieder verschwand, daß sie nicht sah, wohin er gesprungen war.

Sie richtete sich entsetzt auf. »Ich hoffe, ihr beide habt Sinn für Humor, das sieht nämlich aus wie Sandflöhe.«

»Sandflöhe!« kreischte Vivien. »Die *mich* fressen?«

»Ich fürchte, ja. Sie müssen durch die Hitze des Feuers zum Leben erwacht sein.« Vivien kratzte sich noch heftiger. »Es... es tut mir wirklich sehr leid«, sagte Allison mit schamrotem Gesicht. Mein Gott, dachte sie, was wird denn noch alles passieren! Wie sollte sie die Insekten unter Kontrolle bringen und die restlichen Aufnahmen machen? Sie hatte kein Insektenspray im Studio. Sie ließ den Kopf hängen und sagte: »Ich hab nichts, was gegen diese lästigen Dinger helfen könnte. Wir werden wohl aufhören müssen und mit dem vorliebnehmen, was wir haben. He, tut mir wirklich leid.«

»Wie viele Aufnahmen sind noch auf der Rolle?« fragte Rick.

Allison schaute auf den Zähler. »Dreizehn.«

Rick wandte sich zu Vivien. »Also, ich halte die dreizehn noch durch. Was meinst du, Vivien?«

Vivien grinste, hob schicksalsergeben die Hände und sagte: »Ach, was soll's. Flöhe müssen auch essen.«

Zu Allisons großer Überraschung nahmen die beiden ihre

Plätze wieder ein und ließen den Rest der Aufnahmen in bester Laune über sich ergehen.

»Ah, der mag sein Steak ganz blutig«, scherzte Rick.

»Das würd ich auch, wenn ich in dein Bein beißen dürfte«, konterte Vivien.

»Meinst du, wir sollten eine Bescheinigung vom hiesigen Kammerjäger verlangen, bevor wir diesen Ort wieder betreten?«

»Eine von der Feuerpolizei nicht zu vergessen.«

»Ich glaube, eine zusätzliche Lebensversicherung wäre angebracht, bevor man einen Job bei Photo Images annimmt. Was meinst du, Vivien?«

»Wie kommst du bloß da drauf? Ich habe eine akute Lungenentzündung, Flohstiche, Schiefer im Rücken von dem Baumstamm, und meine Füße sind angesengt!«

»Also schön, ihr zwei... das war's!« verkündete Allison und beendete die Session.

Inzwischen war es fast zehn Uhr, und alle waren froh, daß sie sich endlich wieder strecken konnten. Die Neonlichter gingen an, und Allison verkündete überglücklich: »Hundertvierundfünfzig Bilder, und ihr beide wart fantastisch!«

»Ich glaube, sie will unsere Egos aufrichten, damit wir keine Schadensersatzforderungen stellen«, scherzte Rick, als Vivien und er sich schleunigst vom Sand entfernten.

»Diese verfluchten, lästigen Dinger!« rief Vivien, die sich kratzend durch den Raum hüpfte.

»Es tut mir wirklich leid, ganz ehrlich. Ihr wart beide...« Allison suchte nach dem richtigen Wort... »unerschrocken!«

Vivien warf ihr einen ratlosen Blick zu, wandte sich zu Rick und fragte: »Will sie damit sagen, ich war keine so heiße Nummer?«

Alle lachten. »Du warst fabelhaft, und das ist mein voller

Ernst«, klärte sie Allison auf. Sie hatte inzwischen einen gesunden Respekt vor diesem Mädchen, das – natürlich – nicht sonderlich klug war. Aber sie strahlte etwas aus, das durch den Sucher gesehen wunderbar war, und, was noch wichtiger war, sie hatte guten Willen und Durchstehvermögen gezeigt, selbst unter nicht gerade idealen Bedingungen. Allison hatte mit vielen Models gearbeitet, die immer gereizter wurden, wenn ihre Muskeln sich versteiften und Stunde um Stunde verging. Wer weiß, was passieren würde, wenn man von ihnen verlangen würde, in einem Nest voller Sandflöhe zu posieren! Aber Vivien hatte sich nicht beklagt und war immer guter Laune gewesen. »Ich kenne einen Haufen Models, die *tatsächlich* Schadensersatz fordern würden!« bemerkte Allison.

»Ich auch, wenn ich mir nicht endlich dieses Öl abwaschen kann. Ich fühl mich wie ein Schmieröllappen!« schimpfte Vivien, jetzt, wo die Aufnahmen vorbei waren.

»Mach das, du hast es dir verdient«, sagte Allison. »Gradeaus durch die Garderobe ist die Dusche. Da liegen saubere Waschlappen und Handtücher und Seife in Hülle und Fülle.«

Vivien verschwand in der Garderobe, und Rick beobachtete, wie Allison die Kamera vom Stativ nahm, die letzte Rolle Film zurückspulte und dann begann, Kabel auszustecken, Scheinwerfer beiseite zu schieben und die Ausrüstung in Ordnung zu bringen.

»Kann ich helfen?«

»Absolut nicht. Du hast schon genug gemacht.« Sie drückte den Deckel auf das Objektiv, hob den Kopf und sah, daß er sie musterte. Sie senkte den Blick sofort wieder auf die Arbeit. Nachdem sie ihn jetzt nicht mehr durch die Kamera betrachtete, war es nur allzu leicht, Rick wieder als Mann zu sehen und nicht als Model.

Genau wie Allisons Achtung vor Vivien, war auch Ricks

vor ihr gewachsen. Sie war ein echter Profi, mit Einstellung und Talent, die die Arbeit mit ihr zu einer lohnenden Erfahrung machten.

»He, du zitterst ja«, sagte sie, und Rick erwachte aus seinen Träumen. Sie wickelte gerade mit raschen, geschickten Bewegungen ein Kabel auf.

»Wirklich?«

»Ja. Warum suchst du dir nicht einen Bademantel in der Garderobe, bis die Dusche frei ist?«

Er ging aber direkt auf sie zu und nahm ihr das Kabel ab, wogegen sie heftig protestierte. »He, ich kann –«

»Ich auch. Sei doch nicht so stur und selbständig.«

»Aber du mußt doch müde sein.« Irgendwie hatte sie klein beigegeben, ohne es zu merken.

»Ja, ich bin müde. Und wie steht's mit dir?«

»Irgendwie schon. Aber wenn eine Session so gut gelaufen ist wie diese, bin ich so aufgekratzt, daß ich Stunden brauche, um wieder runterzukommen. Ich werde nach Hause geh'n und vor Müdigkeit fast umfallen, aber wenn ich dann im Bett liege, brauch ich Stunden, um einzuschlafen.«

»Du liebst deinen Job, stimmt's?«

Plötzlich begegneten sich ihre Blicke, und beide hielten inne. Allisons Hände erstarrten.

»Ja, das tu ich«, sagte sie geradezu ehrfürchtig. »Es gibt kein vergleichbares Gefühl auf dieser Welt... nicht für mich. Heute abend war... « Sie warf einen Blick auf das Set, die verhüllte Ausrüstung, das Kabel in ihrer Hand. Schließlich sah sie ihn wieder an. »Es war mir eine ungetrübte Freude«, endete sie mit ernster Stimme.

»Du bist verdammt gut, Allison, weißt du das?« Seine Stimme war leise, voller Bewunderung für das starke Gefühl von Bestimmung, das sie ausstrahlte. Die Liebe zu ihrer Arbeit leuchtete aus ihren Augen.

Das leise Kompliment traf sie mitten ins Herz. Sie lächelte und wandte den Blick von ihm. Er hatte sie das erste Mal Allison genannt. Das tat fast so gut wie seine Meinung zu hören, die er so ungeschminkt und geradeheraus von sich gegeben hatte. In all den Monaten, in denen sie mit Jason gearbeitet hatte, hatte er nie so etwas gesagt. Er hatte sich die Endprodukte mit hochgezogener Augenbraue angesehen, und wenn er sie bewundert hatte, dann nur mit einem Anflug von Egoismus, der bei Allison immer eine gewisse Leere hinterließ.

Sie musterte Rick jetzt, verglich ihn mit Jason und stellte fest, daß er das krasse Gegenteil war – herzlich, sensibel, rücksichtsvoll.

»Danke«, erwiderte sie ruhig. Sie akzeptierte das Kompliment so, wie es gemeint war, was ihm einen zusätzlichen Wert gab. »Du aber auch«, fügte sie leise hinzu.

Sie sahen sich in die Augen, und schließlich erwiderte er, ohne zu lächeln: »Danke«.

In diesem Augenblick hüpfte Vivien, eingemummt in ihren falschen Pelz und sichtlich erfrischt, aus der Garderobe. »Die Dusche gehört dir, Schätzchen«, verkündete sie und stolzierte auf Rick zu. »Aber ehe ich dich aus den Augen verliere, möchte ich einen ehrlichen Kuß von diesem 100-Dollar-pro-Stunde-Mund. Das hab ich mir verdient, nachdem ich mir's so mühsam verkniffen habe, als er vier Stunden lang nur ein paar Zentimeter von mir entfernt war.«

Vivien packte Rick frech am Nacken, zog seinen Kopf zu sich und küßte ihn ohne jede Scham lange und eindringlich auf den Mund.

Er war völlig überrumpelt. Allison sah die Überraschung auf seinem Gesicht, doch dann ließ er den Zungenkuß wie ein Kavalier über sich ergehen, hielt still, bis sie sich geholt hatte, was sie wollte.

Allison trieb der Anblick die Röte ins Gesicht, und lästigerweise mußte sie feststellen, daß sie etwas eifersüchtig war angesichts dieser Frau, die es ganz selbstverständlich fand, sich das zu nehmen, wonach ihr zumute war.

Schließlich trat Vivien einen Schritt zurück und ließ noch einmal lasziv den Blick über Ricks Körper gleiten. »Du bist wirklich was Besonderes. Wenn du mal Lust hast, mich ohne Kamera zu sehen, ruf die kleine Vivien einfach an, okay?«

Rick lachte in ihr zu ihm hochgewandtes Gesicht, seine Hände lagen auf ihren Hüften. »Vivien, das könnte mich reizen. Wir könnten Flohstiche vergleichen.« Somit hatte er den etwas peinlichen Moment mit Bravour überspielt.

Vivien schlug ihn spielerisch auf die Schulter. »He, das mag ich. Ich mag Männer mit einem *Spitzen*körper und Sinn für Humor. Du bist echt sexy, Mann.« Sie ließ ihn genauso selbstverständlich los, wie sie ihn gepackt hatte. »Na denn ... ich muß los.«

Allison war etwas verlegen durch Viviens frechen Auftritt und drehte Rick den Rücken zu, als sie die Frau kurz umarmte und mit ihr zur Tür ging.

»Vivien, es ist eine Freude, mit dir zu arbeiten, ich möchte das gerne wieder machen.« Das war ihre ehrliche Meinung, gleichgültig, wie peinlich die letzten sechzig Sekunden gewesen waren.

6. KAPITEL

Vivien war gegangen, als Rick wieder aus der Garderobe auftauchte. Allison hatte das Feuer mit Wasser übergossen und schaufelte gerade die durchnäßten Brocken in einen metallenen Mülleimer. Sie hörte, wie die Tür aufging, und beobachtete, wie er die Weite des Raumes durchquerte, scheinbar vertieft in ihre Arbeit. Sie war sich aber sehr wohl bewußt, daß er ganz in ihrer Nähe anhielt, die Hände in den Taschen, und die Erinnerung an Viviens fordernden Mund war ihr auch noch sehr wohl bewußt. Während der Aufnahmen hatte Allison es geschafft, ihre persönlichen Gefühle völlig zu verdrängen, aber jetzt, wo Rick in Straßenkleidung neben ihr stand und nachdem ihm Vivien diese letzte Pose aufgedrängt hatte, war Allison mit einemmal verlegen, wußte nicht, was sie sagen sollte. Ihre Hand zitterte, als sie die letzte Schaufel Kohlen in den Eimer warf und den Deckel draufsetzte. Das Poltern verhallte, Schweigen legte sich über den Raum. Schließlich hob sie den Kopf.

»Vivien ist fort«, sagte sie und kam sich vor wie ein Idiot. Ricks Haare waren feucht, klebten an seinen Schläfen, schlängelten sich um seine Ohren. Seine frisch geschrubbte Stirn und Nase glänzten im Deckenlicht.

»Ich weiß, und es tut mir leid, was passiert ist. Ich wollte dich nicht in eine peinliche Situation bringen.«

Sie errötete. »Oh, das ist okay, geht mich nichts an.« Sie versuchte hektisch, sich zu beschäftigen, um ihre Verlegenheit zu kaschieren, wischte sich die Hände an den Schenkeln ab und sah sich um. Alles war getan. »Ich werde den Rest morgen saubermachen.« Sie warf einen Blick auf die Uhr. »Ach du meine Güte, schon so spät! Ich hol deinen Scheck, damit du gehen kannst.«

Sie flüchtete zu ihrem Schreibtisch, nahm den Scheck, den sie ausgestellt hatte, während er unter der Dusche war, und reichte ihn ihm, während sie die andere Hand in einer freundschaftlichen Geste ausstreckte.

Er ließ ihre Augen nicht los, nahm den Scheck mit einer Hand, ihre kalten Finger mit der anderen. Doch anstatt sie zu schütteln, hielt er ihre Hand fest, ließ sie nicht los, als sie versuchte, sie wegzuziehen. Sie versuchte ein Abschiedslächeln und sagte: »Ich hab das wirklich ernst gemeint, daß es wunderbar war, mit dir zu arbeiten. Sobald die Negative kommen, ruf ich dich an, damit du sie dir ansehen kannst.«

»Gut«, erwiderte er, obwohl ihm die Negative offensichtlich völlig egal waren, da er ihre Hand immer noch festhielt.

Seine Berührung schoß wie Feuer durch ihren Arm, und sie zermarterte sich verzweifelt das Gehirn nach etwas, was sie sagen könnte. »V... vielleicht krieg ich ein paar extra Farbabzüge vom Cover, wenn es beschriftet ist, damit du sehen kannst, wie das fertige Produkt aussieht.«

»Gut«, stimmte er desinteressiert zu und strich mit dem Daumen über ihre Hand. Er ließ ihren Blick nicht los. Sie wußte instinktiv, daß es ihm völlig egal wäre, wenn er die fertigen Fotos nie zu Gesicht bekommen würde. Allmählich war sie mit ihrem Latein am Ende. Sie stammelte: »Ich ... ich ruf an, wenn die Abzüge da sind.«

»Und wie lange wird das dauern?«

Sie entzog ihm ihre Hand. »Oh, vielleicht drei Monate.«

»Zu lange.« Er faltete den Scheck und strich ihn mit dem Daumennagel glatt, sah ihr aber immer noch unverwandt in die Augen.

»Ich fürchte, das hängt völlig von New York ab. Wenn ich die Negative abschicke, ist mein Teil der Arbeit erledigt.«

»Das hab ich nicht damit gemeint.«Er zog enervierend langsam seine Brieftasche aus der Hose, steckte den Scheck hinein und schob sie dann wieder in seine Tasche. »Danke, obwohl ich eigentlich ein ungutes Gefühl dabei habe, Geld für einen Job zu nehmen, den ich so genossen habe wie den heutigen.«

Die Vernunft riet ihr, daß jetzt der falsche Zeitpunkt war, Witze über Vivien oder Flöhe oder Lungenentzündung zu machen. »Du hast es verdient, Rick«, sagte sie mit nervös zuckenden Händen.

Er hob die Schultern, senkte den Blick auf den Schreibtisch, machte aber immer noch keine Anstalten zu gehen. Er stand einfach da und betrachtete den Wirrwarr von Fotos, Rechnungen, Objektiven und Filtern. Weit entfernte nächtliche Geräusche hallten durch das alte Gebäude – das leise Klappern einer Heizungsröhre, das Summen einer Uhr, der Eimer eines Putzmannes irgendwo in der Ferne.

»Ich hab noch nicht zu Abend gegessen. Wie steht es mit dir?« fragte er.

»Nein.« Ihr Blick begegnete seinem, flatterte weiter. »Aber Thunfisch und Eier sind aus.«

Langes Schweigen folgte, während Allison sich zwang, Rick nicht anzusehen, der sehr nachdenklich vor ihr stand.

»Ich will keinen verdammten Thunfisch mit Eiern von dir. Ich möchte irgendwo mit dir hingehen, mit dir reden und dich besser kennenlernen.«

Sie sah ihn erschrocken an. »Ich hab dir gesagt –«

»He, warte.« Er hob beschwichtigend die Hände. «Ein Sandwich, eine Tasse Kaffee und ein bißchen reden, okay? Keine Verpflichtungen, versprochen. Du hast selbst gesagt, du wärst so aufgekratzt, daß du nicht schlafen kannst, wenn du nach Hause kommst. Also laß dich einladen, dann kannst du deine Begeisterung an mir auslassen, okay?«

»Danke, Rick, aber die Antwort ist nein.«

Ein Grinsen zog über sein Gesicht. «Würdest du dir's anders überlegen, wenn ich drohe, Schadenersatz für die Flohstiche zu fordern?»

Ein zittriges Lächeln umspielte ihre Lippen, aber tief in ihrem Innersten ertönte eine Warnglocke. Sie hatte Angst vor Eventualitäten. Angst, jemanden wieder an sich heranzulassen, Angst, wie schon einmal verletzt zu werden. Sie holte tief Luft und verdrängte das wohlige Gefühl, das sie in seiner Nähe hatte.

»Ich glaube, ich laß es darauf ankommen und hoffe einfach, daß du's nicht tun wirst.«

»Dann komm doch einfach mit, weil ich dich drum bitte und weil ich nicht schlafen kann, wenn ich direkt nach Hause gehe.«

Sie stand ratlos da, die Schenkel fest an ihren Schreibtisch gepreßt, als könnte seine Masse sie am Boden verankern, wenn sie so versucht war, mit seiner Einladung davonzuschweben.

Sein Blick fiel auf ihre geballten Hände und kletterte dann wieder zu ihrem Gesicht. Er ging um den Schreibtisch herum, packte sie am Handgelenk, drehte sich um, zog sie in Richtung Tür und sagte vorwurfsvoll: »He, du bist mir was schuldig. Nachdem ich dir geholfen habe, sechs Tonnen Ziegel für dieses Set hier raufzuschleppen, ganz zu schweigen von dem illegalen Baumstamm, der mich mit dem Gesetz in Konflikt gebracht hat, und nachdem ich mir in dieser kalten Höhle fast eine Lungenentzündung geholt habe, und nicht zuletzt sind da noch die Flohstiche. Du kannst einen Mann nicht so schikanieren und dich dann weigern, mit ihm eine Tasse Kaffee zu trinken.«

»Rick, hör zu –«

»Ach, hör doch auf mit dem Quatsch. Ich will nicht mehr zuhören. Du kommst jetzt mit.« Er ging entschlossen los, nahm ihre Jacke vom Garderobenständer, drehte sich zu ihr um und hielt ihr die Jacke hin.

Sie schlüpfte mit einem resignierten Seufzen in die Ärmel. Während sie die Jacke zuknöpfte, drückte er den Lichtschalter, und der Raum war mit einemmal stockdunkel, bis auf einen schwachen Lichtschein vom Gang, der durch das altmodische Glasfenster in der Tür fiel.

Er stand dicht hinter ihr – viel zu nahe für ihren Seelenfrieden –, also drehte sie sich nicht zu ihm, sondern griff nach dem Türknopf. Seine Hand legte sich rasch über die ihre und hinderte sie daran, ihn zu drehen. Sie riß sich sofort los und steckte die Hand in die Tasche. Seine Hände legten sich behutsam auf ihre Schulter, und er wandte sie zu sich.

Seine Hand legte sich um ihren Hals unter der Kapuze, drückte an ihr Schlüsselbein, die Daumen schoben die Wolle gegen ihren Hals. Ein Lichtstrahl vom Gang erleuchtete eine Seite seines Gesichts, ließ die andere im Schatten, und Allison hatte plötzlich das irrwitzige Bedürfnis, ihn so zu fotografieren. Sein Profil war klar, scharf und vollkommen.

Sie roch die Seife auf seiner Haut und spürte, wie die Wärme seiner Hände durch ihre Jacke auf ihren Hals sickerte.

»Aus irgendeinem Grund mißtraust du mir«, sagte er leise. «Ich spür das. Und trotzdem glaub ich, daß es dir Spaß macht, mit mir zusammenzusein. Ich werde dich nicht drängen – Ehrenwort –, aber ich werde auch nicht eine Beziehung aufgeben, die definitive Möglichkeiten hat.«

»Ich... ich bin nicht auf der Suche nach einer Beziehung, das hab ich dir bereits gesagt.«

»He.« Er schüttelte sie sanft, schmeichelnd. »Leute suchen

keine Beziehungen. Sie passieren einfach, Allison, wie Geschenke vom Himmel, weißt du denn das nicht? Hinterher können die beiden Leute daran arbeiten. Aber Begegnungen sind Zufall.«

»Nein, das weiß ich nicht.« Sie selbst hatte Jahre damit verbracht, zumindest kam es ihr so vor, eine Beziehung zu *suchen*. Mit dem Erfolg, daß sie wieder verletzt wurde, wenn sie sie gefunden hatte, und jede hatte geendet wie die zuvor, gegen ihren Wunsch.

Sein Blick musterte sie eindringlich im dämmrigen Licht des Gangs. Sie war wie hypnotisiert. »Wovor hast du Angst?« fragte er, seine Stimme klang jetzt etwas härter.

»Ich hab keine Angst. Ich sehe nur Dinge... Menschen etwas zynischer als du. Außerdem hat mir der Himmel noch nie etwas geschenkt, was auch nur zwei Cents wert war. Also bitte verzeih, wenn ich keine sehr optimistische Einstellung zum Himmel habe.«

«Vielleicht kann ich deine Meinung ändern«, sagte er.

»Das bezweifle ich.«

»Was dagegen, wenn ich es versuche?«

»Kommt drauf an.«

»Worauf?«

»Auf das, was du von mir willst.«

»Warum glaubst du, daß ich etwas will?«

»Jeder will irgend etwas.« Sie schluckte. » Nur wollen sie's normalerweise umsonst.«

»Wer war die letzte Person, die etwas umsonst von dir wollte?«

»Niemand!« erwiderte sie etwas zu heftig. Dann ruhiger: »Niemand.«

Er ließ sie nicht aus den Augen, registrierte, wie trotzig ihr Gesicht war. »Du lügst«, sagte er mit sanfter Stimme. »Jemand hat dich verletzt, und seither mißtraust du der ganzen

Menschheit. Und ich hab jetzt die wenig dankbare Aufgabe, dir zu beweisen, daß nicht jeder auf dieser Welt eine Ratte ist.»

»Da hast du dir aber ganz schön was vorgenommen, wenn du das bei einer schnellen Tasse Kaffee erledigen willst.«

»Da magst du recht haben«, stimmte er ihr freundlich zu, beugte sich um sie herum und öffnete die Tür. »Wahrscheinlich wird der heutige Abend nicht genügen, aber wie du feststellen wirst, bin ich ein sehr geduldiger Bursche.« Während sie auf den Aufzug warteten, fragte er. »Willst du bei mir mitfahren?«

Wieder starrte sie auf die wechselnden Zahlen hinter der Tür, weil sie genau wußte, daß er sie immer noch beobachtete. »Nein, ich nehm den Van, und wir treffen uns.«

»Wo?«

Sie sah ihn von der Seite an. »Wo auch immer wir unseren Kaffee trinken wollen.«

»Wohin möchtest du denn gerne gehen?«

Sie hob ratlos die Schultern. Es war ihr ganz egal, Hauptsache, das Lokal war nicht schummrig beleuchtet oder zu intim.

»Magst du große, fette, saftige Hamburger, die vor Käse triefen, mit Speck, Gurken und Pommes?« Er klang wie eine Reklame für eine Hamburgerkette.

Sie mußte grinsen. »Das klingt wie mein Stichwort. Magst *du* denn große, fette, saftige Hamburger mit Käse, Speck und Dillgürkchen und Pommes?«

Seine Augen strahlten. »Wie hast du das erraten?«

»Los, sag schon, wohin?«

»The Embers – mein Lieblingslokal.«

»Und was, wenn ich jetzt nein sage, ich mag keine dicken, fetten, saftigen Hamburger, sondern Chili und einen Corn Dog?« Sie machte einen Schmollmund.

»Dann würde ich sagen. Pech gehabt! Ich hab's zuerst gesagt, und ich hab Hamburger gesagt. Was sagst du jetzt, Lady?« Der Aufzug kam, und er boxte spielerisch an ihren Arm, tänzelte auf den Ballen durch die offene Tür.

Sie ließ sich sehr überzeugend gegen die Aufzugswand fallen. »Ich ergebe mich!« Sie reckte die Hände zum Himmel. »Ich liebe Hamburger, ich schwöre, ich liebe sie!«

Er tänzelte boxend auf sie zu, blieb direkt vor ihr stehen und hob ihr Kinn mit einer behandschuhten Faust. »Echt?« Er grinste sie an. »Du bist 'ne ganz schön clevere Braut, wenn du jetzt schon kapiert hast, daß ich keinen Widerspruch dulde, wenn ich Hamburger sage.«

Inzwischen bog sie sich vor Lachen, sie bekam kaum noch Luft und lehnte sich an die Aufzugswand. Er war unverbesserlich. Wenn er sie nicht auf die eine Art kriegen konnte, dann auf die andere. Es wurde immer schwieriger, ihm zu widerstehen. Sie stellte fest, daß sie auf der Fahrt zum Restaurant ständig vor sich hin grinste. Als sie eintrat und sich umsah, entdeckte sie, daß sie die erste war.

Als Rick ein paar Minuten später hereinkam, schlenderte er auf ihre Nische zu, lehnte sich lässig auf die Lehne der Bank ihr gegenüber, sah sich mißtrauisch um und fragte: »He... ah... Lady... Sie sehen richtig gut aus. Haben Sie vielleicht jemanden auf dem Herrenklo versteckt oder so was?«

»Das verrat ich nicht. Aber versuch doch dein Glück bei mir, wenn du dich traust, Kumpel?«

Er setzte sich grinsend auf die Bank ihr gegenüber. Sie unterhielten sich zwei Stunden lang. In dieser Zeit erfuhr er, daß sie aus einer kleinen Agrarstadt in South Dakota stammte, wo ihre Familie immer noch lebte; daß sie nach Minneapolis gekommen war, um Kommunikationswissenschaften zu studieren, und geblieben war, weil die Stadt einer jungen, aufstrebenden Fotografin Chancen bot, die sie in Watertown, South Dakota, nie haben würde. Ihre Ziele waren eine eigene Hasselblad Kamera zu bestitzen und ein Fashion Layout an das *Gentlemen's Review* Magazin zu verkaufen.

»Warum ausgerechnet das *Gentlemen's Review*? fragte er.

»Weil es der Inbegriff von Prestige ist, im GR veröffentlicht zu werden, warum soll ich meine Ziele nicht so hoch wie möglich setzen?«

»Aber warum ein Männermagazin?«

Sie sagte, ohne zu überlegen: »Weil ich gut mit Männern bin.«

»Ach, bist du das?« schnurrte er. Seine Augenlider fielen auf Halbmast, er nahm seine Tasse und berührte sie spöttisch grinsend mit dem Mund.

Sie stotterte mit hochrotem Kopf: »Ich... ich meine mit der Kamera natürlich.«

»Natürlich.« Er räusperte sich und versteckte sich hinter seiner Tasse.

»Leg sofort dieses selbstzufriedene Grinsen ab, und begrab deine schmutzigen Gedanken«, schimpfte sie und richtete sich erbost auf.

»Ich seh genau, wie lüstern du hinter dieser Tasse schaust. Es ist wahr, ich *bin* gut mit Männern. Ich hab ein gutes Auge für Männerkleidung und für Hintergründe, die ihrer Männlichkeit schmeicheln, ihre markanten Gesichtszüge unterstreichen, ihre Gewandtheit, was auch immer. Ich muß viel härter arbeiten, wenn ich das bei Frauen erreichen will.« Sie drehte ihre Tasse zwischen den Händen. »Das hört sich wahrscheinlich sehr egoistisch an, aber bei meinem Job ist es entscheidend zu erkennen, wo meine Stärken liegen, und in diese Richtung zu arbeiten.«

»Du vergißt, daß ich auch Künstler bin. Dasselbe gilt für meine Arbeit.«

Sie beugte sich begeistert vor, fasziniert, weil das ihr Lieblingsthema war. »Manchmal ist es wirklich verunsichernd, daß die Arbeit so ... so *sichtbar* ist!« Sie strich über die Tischplatte. »Ich meine, was immer wir produzieren, dies alles ist für die Welt sofort sichtbar und beurteilbar.«

Sie unterhielten sich über ihre gemeinsamen Interessen. Sie bekam rosa Wangen, die Augen funkelten, ihr Körper sprach Bände, und er sog das alles mit wachsender Begeisterung auf.

»Weißt du, wie lebendig du wirst, wenn du über deine Arbeit redest?« fragte er.

»Wirklich?«

»Du kriegst rosa Wangen, und deine Augen tanzen, und du wirst ganz aufgekratzt.«

Sie lehnte sich in die Nische zurück. »Es wird wohl stimmen. Es beflügelt mich.«

»Wie nichts anderes?« Die Andeutung war unmißverständlich. Die Erinnerung an seinen Kuß wurde mit einemmal wieder lebendig, und sie senkte den Blick vor seinem bedacht ausdruckslosen Gesicht. Es war wohl besser, die Atmosphäre etwas zu lockern. »Es gibt noch etwas, das mich so erregt.«

»Und das wäre?«

»Der bloße Gedanke daran, mit einer Hasselblad zu arbeiten.« Sie erschauderte, preßte ihre gefalteten Hände zwischen die Knie, als wäre allein schon das Wort sinnlich.

Er hob die Tasse, nahm einen Schluck und sagte ganz beiläufig: »Ich besitze eine Hasselblad.«

Sie riß die Augen auf, beugte sich vor. »Wirklich?« Sie schluckte.

»Ist das Neid, was da aus deinem Auge blitzt?«

»Und ob!« Sie rollte die Augen zur Decke. »Oh, diese riesigen Zweieinhalb-Inch-Negative!« hauchte sie. »Oh, diese Objektive! Oh, was für ein Traum, die Kamera zu besitzen, die die Astronauten zum Mond mitnahmen!« Sie ließ sich zurückfallen und legte die Hand aufs Herz. »Ich würde meiner Seele für eins dieser Dinger verkaufen.«

»Verkauft!« warf er rasch ein.

»Bildlich geprochen natürlich. Du besitzt tatsächlich eine? Du machst keine Scherze?«

»Ich hab einen ganzen Sommer lang in einer Straßenbaukolonne gearbeitet und jeden nur möglichen Cent gespart, im Herbst hatte ich dann genug für die Kamera zusammen.«

Sie schnitt eine traurige Grimasse. »Irgendwie hab ich das Gefühl, eine Straßenbaukolonne würde sich nicht drum reißen, mich anzustellen.«

»Spar dir die Bewerbung. Du kannst meine Kamera ausprobieren.«

Wieder setzte sie sich mit strahlenden Augen überrascht auf.

»Das meinst du ernst? Du würdest mich wirklich lassen.«

Er machte eine nonchalante Geste. »Ich brauch das Ding meist nur, wenn ich in den Norden nach Emily fahre, wo meine Familie lebt. Sie haben auch eine Hütte am Roosevelt See, und meine meisten Fotos mache ich um den See und in den Wäldern da oben. Ich bleibe in der Stadt, weil sich die Modeljobs für die Wildtierkunst noch nicht lohnen. Aber, wie ich schon sagte, du kannst die Kamera jederzeit haben.«

»Das ist tatsächlich dein Ernst, ja?« sagte sie baß erstaunt.

»Natürlich ist das mein Ernst.« Er lehnte sich zurück, verschränkte die Arme über der Brust und stemmte seinen Stiefel gegen ihren Sitz. »Aber schenken will ich sie dir nicht.«

Sie strahlte übers ganze Gesicht. Ihre Nasenflügel bebten, und sie schloß kurz die Augen. Dann schlug sie sie wieder auf, sah ihn direkt an, ein etwas boshaftes Lächeln umspielte ihren Mund, und sie ließ ihre Finger um den Rand der Kaffeetasse kreisen.

»Ich könnte damit durchbrennen.«

Beide lehnten sich zurück, beide in spielerischer Laune, mit halbgeschlossenen Lidern.

»Dann muß ich dafür sorgen, daß ich immer in ihrer Nähe bin ... und in deiner, nicht wahr?«

Allison wurde mit einemmal bewußt, wie nahe sein Fuß ihr war, er berührte fast ihre Hüfte. Und wie unglaublich gut er ausah, so faul, so entspannt. Und wie seine Augen tanzten, zeigten, daß er alles andere als schläfrig war. Und die Tatsache, daß sie in den letzten zwei Tagen mit ihm mehr gelacht hatte als mit Jason in all den Monaten, in denen sie zusammenlebten. Und ihr ging auf, daß sie und Rick Lang ungeheuer viele gemeinsame Interessen hatten.

Es war schon lange nach Mitternacht, als Rick Lang ihre Rechnung bezahlte. Allison stand hinter ihm und beobachtete, wie er in seinen engen Jeans nach Wechselgeld kramte. Sein Haar war plattgedrückt vom Lehnen in der Nische. Der Kragen seiner alten Jacke war hochgeschlagen, zerknittertes Leder berührte seinen Nacken. Und plötzlich juckte es sie in den Finger, das auch zu tun.

Allison schüttelte sich, um diesen Gedanken zu verdrängen, knöpfte ihre Jacke bis obenhin zu und wickelte sich den Schal zweimal um den Hals.

»Fertig?« fragte Rick und drehte sich zu ihr um.

Sie nickte und ging in Richtung Tür. Er griff um sie herum, streifte fast ihren Arm, als er die schwere Glastür für sie aufschob. Draußen, auf dem Weg zum Parkplatz, war ihr nur allzu bewußt, wie dicht er neben ihr ging, direkt neben ihrer Schulter, und wie er sich die Lederhandschuhe überstreifte, während sie ihr Kinn in ihrem Schal begrub, die Hände tief in die Taschen steckte.

In der Mitte des schneebedeckten Parkplatzes blieb sie

stehen und wandte sich ihm zu. »Also, mein Auto steht da drüben.«

Er deutete mit dem Kopf in die entgegengesetzte Richtung. »Meines ist das hinten.«

Eine verlegene Pause folgte, dann: »Also, vielen Dank für den Hamburger. Er war doch sehr gut.«

»Können wir jederzeit wiederholen.«

Es war still, sehr spät. Nichts war zu hören außer den Abzugsventilatoren auf dem Dach des Restaurants, die durch die neonbeschienene Nacht summten. Allison schaute hoch zu Rick. Sein Atem schickte kleine weiße Wölkchen in die kalte Luft. Er stand vor ihr, ohne eine Spur von Lächeln auf dem Gesicht, und zog die Handschuhe fester und fester, während er sie im Nachtlicht betrachtete.

»Ja, dann... gute Nacht«, sagte sie und steckte den Kopf tiefer in der Kragen gegen die Kälte.

»Gute Nacht.« Er machte immer noch keine Anstalten, sich zu bewegen, sondern stand einfach da und sah sie an, bis ihr mit schwirrendem Kopf bewußt wurde, wie schnell sie atmete. Es gab keine Möglichkeit, das zu verstecken, jeder Atemzug erzeugte eine sichtbare Dampfwolke. Ihr wurde warm ums Herz, das plötzlich aus allen Poren zu dampfen schien. Dann setzte die Vernunft wieder ein, und sie wandte sich rasch dem Van zu, mußte aber feststellen, daß er ihr immer noch auf dem Fuße folgte. Eine behandschuhte Hand griff nach ihrem Ellbogen, hielt ihn fest, während sie sich vorsichtig über das vereiste Pflaster tasteten. Seine Berührung war durch die vielen Schichten von Winterkleidung alles andere als intim, jagte ihr aber trotzdem eine Gänsehaut über den Rücken.

Am Van angelangt wollte sie die Tür öffnen, aber er kam ihr zuvor, er griff an ihr vorbei und legte die Hand auf die Klinke.

»Also dann, gute Nacht und nochmals vielen Dank.«

»Ja«, versuchte er, konnte aber nur krächzen. Er räusperte sich und versuchte es erneut. »Ja.« Diesmal war es etwas deutlicher, aber leise, sanft und sehr beunruhigend.

Gerade als sie den Fuß hob, um in den Van zu steigen, griff er noch einmal nach ihrem Ellbogen und drehte sie um.

»Allison?«

Ihre erschreckten Augen begegneten seinen, als er ihre beiden Ellbogen packte. Sie standen in dem engen Raum zwischen der offenen Tür und dem Fahrzeug, Ricks Hände zwangen sie noch näher zu ihm. Die eiskalte Nachtluft brannte plötzlich wie Feuer auf ihrer Haut. Er zog sie langsam näher, sein Kopf neigte sich zur Seite und verdeckte die Lichter, während sein Mund sich dem ihren näherte.

»Bitte nicht«, forderte sie im letzten Moment, drehte den Kopf zur Seite und versuchte ihn wegzuschieben, obwohl ihr Herz bis zum Hals klopfte.

Er packte ihre Ellbogen feser. »Wovor hast du Angst?«

»Du hast versprochen, mich nicht zu drängen.«

»Nennst du einen Kuß drängen?« Sein Atem war so nah, daß er ihre Wange streifte, einen Hauch warmer Luft über ihre Haut streute.

»Ich... ja«, stammelte sie mit niedergeschlagenen Augen.

»Warum versuchst du es nicht, dann siehst du doch, ob ich dich weiter bedränge, ja?« Er zog sie wieder an sich, bis sich ihre Jacken berührten. Wieder begegneten sich ihre Blicke. Ricks Augen waren nur noch Schatten, aber seine Haare, seine Stirn und Nase waren umrahmt vom rosa Schein der Lichter auf dem Parkplatz. »Einen Kuß, in Ordnung? Ich hab an nichts anderes gedacht, seit ich dich so aufgekratzt hinter der Kamera gesehen habe. Da haben wir etwas Gemeinsames geschaffen, fand ich. Etwas, das uns beide gepackt hat, begeistert hat. Sag mir ja nicht, daß du es nicht gespürt hast. Ich dachte, diese Gemeinsamkeit sei Grund genug, die Nacht mit einem schlichten Kuß zu beenden.«

»Ich hab dir gesagt, ich bin nicht auf der Suche nach einer Beziehung.«

»Ich auch nicht. Ich bin auf der Suche nach einem Kuß nicht mehr. Weil ich dich mag und weil ich es genossen habe, mit dir zusammenzusein und mit dir zu arbeiten, und Küssen ist eine verdammt gute Methode, einem Menschen solche Sachen zu sagen.«

Dem hatte sie nichts mehr entgegenzusetzen, und ein paar Augenblicke später hätte sie das auch nicht mehr gewollt. Sein Mund überbrückte den letzten Zentimeter, berührte sanft den ihren mit warmen Lippen, die noch wärmer schienen, weil seine kalte Nase sich in ihre Wange drückte und er sie an den Oberarmen packte. Ihre Augen schlossen sich, und ihre Abwehr bröckelte unter dem sanften, steten Druck seines Mundes, der immer willkommener wurde, je mehr Zeit verstrich. Ohne ihre Lippen freizugeben, zog er sie sanft an sich, legte ihre widerspenstigen Arme um seine Taille und hielt sie mit dem Ellbogen fest. Als er spürte, wie sich ihre Starre langsam löste, tasteten sich seine Hände langsam, behutsam ihren Rücken hoch, umfingen sie, drückten sie fester an ihn, unerbittlich, während die Bewegungen seines Kopfes immer sinnlicher wurden – ein Stupsen, dann etwas fester, wieder sanfter, hin und her, und seine Zunge drängte sich warm zwischen ihre Lippen. Die warnenden Stimmen, die Allison an Jason und die schmerzvolle Vergangenheit erinnerten, verhallten in der Stille. Nur noch das Dröhnen ihres Herzens war zu hören, ihre Hände lagen auf seinem Rücken, drückten ihn sanft. Ihre Lippen öffneten sich, und seine Zunge tastete sich vor. Sie begegnete der warmen weichen Spitze mit der ihren, und ihr Herz machte einen Satz bei der ersten Berührung von nassem Fleisch auf nassem Fleisch, ein erster suchender Tanz.

Sie spürte eine heftige Bewegung seiner Hände an ihrem Rücken und fragte sich, was er wohl tat, als die Bewegung seinen Mund auf ihrem kurz zur Seite zucken ließ. Im nächsten Augenblick wußte sie, daß er einen Handschuh ausgezogen hatte, denn seine bloße Hand suchte ihren warmen Nacken, unter der Kaskade von Haaren, kuschelte sich unter den verschlungenen Schal, massierte ihren Nacken und Kopf, zwangen ihn, sich seinen Wünschen anzupassen; sie war gefangen, hatte aber keinerlei Bedürfnis zu fliehen.

Ihr Herz hämmerte wie wild; sie ließ sich unter seiner warmen nassen Zunge einfach treiben, während sie über die weiche samtige Haut ihrer inneren Lippen strich, kreisförmige Muster um ihre eigene zeichnete, dann ließ der Druck seiner Lippen nach, er knabberte an ihren Lippenrändern, rund herum, dann öffnete er seinen Mund weiter zu einem total forderndem Kuß.

Ihre Jacken waren taillenlang. Ein starker Arm hatte ihre Hüften umfangen, und sie spürte, wie sein Körper hart zum Leben erwachte, als er den Reißverschluß seiner Jeans fest gegen ihren Bauch preßte, und dann, ehe sie sich's versah, bewegte sie sich im Takt, wiegte ihre Hüften, die seine verfolgten.

Scheinbar merkte Rick jetzt, daß der Kuß weit mehr war, als er beabsichtigt hatte, er packte eine Handvoll von Allisons Haaren und zog ungeheuer sanft, sehr sanft daran, ließ den Kopf zurückfallen und schluckte.

Beide atmeten heftig, Wölkchen weißen Dunstes vereinten sich, als sie ihre Stirn gegen sein Kinn lehnte.

Rick schloß die Augen und versuchte, seinen Körper wieder in den Griff zu kriegen.

»Wow!« keuchte er.

Sie kicherte, ein hohes, erschrockenes Geräusch, dann stöhnte sie: »Ja … wow.«

Sie lehnte behutsam an seinem Körper, wartete, bis der ihre wieder etwas zur Vernunft gekommen war, spürte aber, welche Schwierigkeiten auch er hatte.

»Einen Kuß«, rang er sich mit Mühe ab. »Das hab ich versprochen, und ich halte meine Versprechen.«

Sie versuchte, ihre Gefühle, die durchzugehen drohten, zu zügeln, indem sie scherzte: »Würdest du mir glauben, wenn ich sage, ich hätte das nur so überzeugend gemacht, um deine Hasselblad in die Finger zu kriegen?«

Er hob lachend den Kopf und erwiderte: »Nein.«

Sie löste sich aus seinen Armen, und Rick ließ sie gewähren.

»Aber das stimmt«, neckte sie ihn, steckte die Hände tief in die Taschen und wich einen Schritt zurück. »Ich hab dir doch gesagt, für eine von denen würde ich meine Seele verkaufen.«

Er lächelte ihr ins Gesicht, während er sich den Handschuh wieder anzog. »Wenn du so weitermachst, könnte dir genau das passieren.«

Einen Augenblick lang hatte sie den Drang, wieder in seine Arme zu sinken und das noch einmal zu tun. Aber wenn sie das tat, würden ihre Finger womöglich nach mehr gieren als nur nach der Hasselblad.

Aber er duldete keine Überlegungen mehr, zeigte mit dem Kinn auf den Van und befahl: »Wirst du jetzt wohl einsteigen?«

Sie wandte sich gehorsam ab und kletterte in ihr Auto.

»Ich ruf dich an«, sagte er mit gepreßter Stimme, als müsse er sich mit Gewalt daran hindern, mehr zu sagen.

Dann schlug die Tür zu, und er trat zurück, blieb breitbeinig, völlig reglos stehen und beobachtete, wie der Van aus der Lücke manövrierte und dann davonfuhr. Sie sah ihn im Rückspiegel, als sie um die Ecke fuhr. Er hatte sich keinen Zentimeter bewegt.

7. KAPITEL

Am nächsten Tag klingelte das Telefon genau sechsmal. Jedesmal rechnete Allison damit, Ricks Stimme zu hören, wurde aber enttäuscht. Er rief auch am Wochenende nicht an. Während der nächsten Woche wuchs ihre Ungeduld, seine Stimme zu hören, von Tag zu Tag. Aber er rief nicht an.

Die Negative für das Buch kamen aus dem Labor und sie versuchte, ihn anzurufen, erreichte ihn aber nicht. Vivien kam eines Nachmittags, um sie sich anzusehen und lobte sie überschwenglich, wie es ihre Art war: »Sind diiie *Spitze.*« Dann bat sie sie um Rick Langs Telefonnummer.

Nachdem sie sie ihr gegeben hatte, fragte sich Allison, ob Vivien tatsächlich Männer anrief, um sich mit ihnen zu verabreden. Wahrscheinlich. So wie sie Rick einfach geküßt hatte, und Allison wußte, daß er sehr gut küssen konnte.

Freitag abend und Samstag vergingen im Schneckentempo, und immer noch kein Anruf von ihm. Am Sonntag morgen stand Allison früh auf und war gerade unter der Dusche, als das Telefon klingelte.

Sie sprang pudelnackt aus der Kabine und rannte, schlitterte über den Gang ins Wohnzimmer.

»Hallo!» rief sie ganz außer Atem.

»Tag.« Eine Silbe mit dieser tiefen Stimme ließ ihr Herz zum Preßlufthammer werden. »Hab ich dich aufgeweckt?«

»Nein. Ich war unter der Dusche.«

»Oh. Soll ich dich in ein paar Minuten noch mal anrufen?« sagte er schuldbewußt.

»Nein!« krächzte sie, dann zwang sie sich, mit ruhiger Stimme weiterzureden. »Nein, ist schon in Ordnung.« Um ihre Füße hatte sich eine Pfütze auf den Bodenplanken gesammelt. Ihre Brüste und ihr Bauch waren mit Gänsehaut übersät, von ihrem nassen Haar tropfte Wasser in Augen und Mund. Sie schob sich eine vorwitzige Strähne aus den Augen und log: »Ich war gar nicht mehr in der Dusche. Ich war schon fertig.«

»Bist du sicher?«

»Klar bin ich sicher. Du solltest mich sehen – frisch gepudert und gekämmt.« Sie warf einen Blick auf ihren nackten, zitternden Körper und mußte sich zwingen, nicht laut loszulachen.

»Es ist schon über eine Woche her«, erinnerte er sie überflüssigerweise.

»Ach wirklich?« Allison zitterte so heftig, daß sie den Arm um ihre Brüste legte, um sich zu wärmen.

«Sehr komisch – ach *wirklich*«, wiederholte er bissig. »Als wenn ich nicht jeden verdammten Tag an den Fingern abgezählt hätte.«

»Warum hast du dann nicht angerufen?«

»Ich war oben im Norden und hab ein paar Winteraufnahmen geschossen, solange noch Schnee da ist, noch mal mit meiner Hasselblad gespielt, bevor jemand anders sie in die Finger kriegt. Ich bin gerade zurückgekommen.«

»Gerade eben? Du meinst jetzt gerade?« Sie warf einen Blick auf die Küchenuhr. Es war noch nicht einmal neun Uhr. Emily war drei Stunden Fahrt von hier entfernt.

»Ja. Ich wollte gestern abend fahren, aber meine Mutter bestand darauf, mir zum Abendessen all meine Lieblingsgerichte zu kochen – ein geschickter Schachzug, um mich noch einen Tag länger dazubehalten, also bin ich gerade erst angekommen.«

»Und?« sagte sie mit scheinheiliger Stimme.

»Und, kann ich dich sehen?« Unter der Hand, die ihre nackte nasse Brust hielt, spürte sie ein sinnliches Kribbeln. Sie schloß die Augen und redete sich ein, es sei Ricks Hand.

»Ich hab die Negative hier –«

»Scheiß auf die Negative! Wann kann ich kommen?«

»Ich muß noch meine –«

»Wann?« fragte er und fällte dann den Entschluß für sie. »Spar dir die Antwort. Ich bin in fünfzehn Minuten da.«

»Fünf – he, warte!«

Aber es war bereits zu spät. Die Leitung war tot. Sie rannte zurück ins Badezimmer, stieß mit dem Zeh gegen ihren Toilettentisch und warf sich fluchend ein Handtuch über die Haare. Hektisch reibend fragte sie sich, was sie zuerst machen sollte. Haare oder Make-up? Für beides blieb nicht genug Zeit. Großer Gott, wenn er reinkam, würde sie aussehen, als käme sie gerade von einer Baptistentaufe! Sie warf das Handtuch beiseite, als das Telefon erneut klingelte.

»Ja, was gibt's?« fragte sie ungeduldig.

Es war wieder er. »Hast du schon gefrühstückt?«

»Nein.«

»Dann tu's auch nicht!« Der Hörer lag erneut stumm in ihrer Hand, sie sah ihn einen Moment an, dann rannte sie lächelnd zurück ins Badezimmer. Kaum zwölf Minuten später klingelte es an der Tür, und sie wußte, daß er es war.

»Oh, *neeiiiin*!« jammerte sie in den Spiegel: kein Lipgloss, kein Rouge, keine Wimperntusche, nicht mal ihre Haare waren trocken. Nur ein Auge hatte einen blaßlila Lidschatten. Sie öffnete die Tür mit dieser Clownsmaske, und Rick stand vor ihr, mit einer riesigen Einkaufstüte in den Armen.

»Tag«, sagte er leise, lächelnd.

»Tag.« Ein betörendes Flattern breitete sich direkt unter ihrer linken Brust aus, während sie sich in der kalten Morgenluft gegenüberstanden und sich gegenseitig abschätzten und ein eisiger Windhauch in ihre Wohnung wirbelte.

»Darf ich dich zum Frühstück einladen?«

Sie konnte sich gar nicht sattsehen an ihm, an diesem frisch rasierten, glänzenden Gesicht, und auch er ließ sie nicht aus den Augen.

Sie nickte stumm und vergaß, zur Seite zu treten und ihn einzulassen. Er griff trotz der großen Tüte, die er immer noch hielt, mit einer behandschuhten Hand nach ihrem Hals, zog sie halb nach draußen, beugte sich über sie, um sie zu küssen, und die gezackte Kante der Tüte bohrte sich in ihr Kinn. Seine Lippen waren warm und ungeduldig, seine Zunge glitt heraus und berührte ihren überraschten Mund. Dann richtete er sich auf, ließ sie los und grinste verlegen.

»Hoppla, tut mir leid. Hier steh ich und laß die ganze warme Luft raus, während deine Haare zu Eiszapfen werden.« Sie hatte schnell eine ausgebleichte Jeans und ein kariertes Hemd übergestreift, aber für Schuhe hatte die Zeit nicht mehr gereicht. Sie versuchte beschämt, einen nackten Fuß unter dem anderen zu verstecken.

Sein Blick wanderte zu ihren nassen, glatten Haaren, vom linken Auge zum rechten. Dann sah er die Wasserpfütze auf dem Wohnzimmerboden neben dem Telefon.

Eine Augenbraue hob sich zweifelnd. »Frisch gepudert und gekämmt, was?«

»Na ja, so ungefähr.« Sie machte eine verlegene Geste, wobei sie leider feststellte, daß sie den Lidschattenpinsel noch in der Hand hielt.

Die helle Morgensonne durchflutete den Raum, sprenkelte den glänzenden Parkettboden, der vom Blätterschatten ihrer Pflanzen übersät war. Ricks Blick streifte alles, verweilte aber am längsten auf der Pfütze, ehe er wieder zu ihrem Gesicht zurückkehrte.

»Hätte ich mit meinem Besuch noch etwas warten sollen?« fragte er.

Ihr Herz drohte, ihre Brust zu sprengen, als sie zugab: »Nein, ich wäre verrückt geworden, wenn ich noch eine Stunde hätte warten müssen.«

Die Tüte glitt sein Bein hinunter und klatschte auf den Boden. Rick griff nach Allison, riß sie an seine Brust und hob sie vom Boden hoch, während er sie ausgiebig küßte. Seine Zunge suchte ihren Mund, der sich ihm bereitwillig darbot, ein wilder, sehnsüchtiger Kuß, als wären die letzten acht Tage eine Agonie für jeden von ihnen gewesen. Seine Zähne fingen ihre Unterlippe, sie spürte den schwachen Salzgeschmack von Blut, aber es war ihr völlig egal. Er ließ sich gegen die Tür fallen, zog sie mit sich, ließ ihren Körper wieder zu Boden gleiten, bis ihre Zehen das Parkett berührten. Und als sie an ihm heruntenglitt, merkte sie, daß er hart war, erregt, und fand es erstaunlich, daß sie diese Wirkung auf ihn hatte, trotz nassem Haar und einem Make-up, das noch im Schminkkästchen war. Seine Hände ließen ihren Rücken los, und sie wollte sich von ihm lösen, aber er ließ es nicht zu.

»Nein. Warte, geh nicht weg», sagte er in ihr Ohr. »Ich möchte nur meine Handschuhe ausziehen, damit ich dich anfassen kann.« Sie hörte, wie hinter ihr die Handschuhe zu Boden fielen, dann zogen seine Hände sie wieder an ihn, und sie stieg mit ihren bloßen Füßen direkt auf seine Stiefel, lehnte sich willig an ihn, spürte die erregende Spannung seines Körpers an ihrem. Seine Hände umfaßten ihren Po, zogen sie noch härter, noch fester an ihn. Sie schlang ihre Arme um seinen Hals, suchte, bäumte sich seinen Lippen, seiner Zunge, seiner Brust und den Hüften entgegen, und Begierde flammte in ihr auf. Seine Hand glitt unter ihr Hemd. Als sie die Haut direkt über ihrem Taillenband streifte, zuckte sie schaudernd zusammen.

Er hob den Kopf und sah ihr direkt in die Augen. »Was ist denn los?« Seine Stimme war tief und heiser.

»Deine Hände sind eiskalt.«

»Stört dich das?« fragte er zärtlich. Eine kalte Hand wärmte sich bereits auf ihrer warmen, willigen Haut.

Sie suchte seine Augen mit ihren inzwischen ernsten, die Lippen geöffnet, die leicht verschwollen und feucht von seiner Zunge waren.

»Nein.« Sie hatte Schwierigkeiten beim Reden, so irrwitzig schlug ihr Herz. Er hatte ihr unglaublich gefehlt, keine Frage, sie konnte es gar nicht erwarten, noch mehr von seinen Händen und seinem Mund auf ihrem Körper zu spüren. Diese Hände spreizten sich jetzt über ihren Rippen, die sich vom heftigen Atmen hoben und senkten, ihr Herz dröhnte so sehr, daß es sie gegen ihn preßte und wieder weghob.

Und dann verlor sich sein Gesicht in der Nähe, er küßte ihren Nasenflügel, ihr geschminktes Augenlid, ihre Schläfe und nach unmöglich langem Warten – ihren Mund. Er nahm ihn zart, fordernd, lässig, spielte mit ihrer Zunge, nuckelte, schmeckte, kostete. Seine Hand glitt ihre Rippen hoch, bis sein Daumen in der Kuhle unter ihrer linken Brust ruhte und zärtlich zu streicheln begann. Er hob überrascht den Kopf, als er keinen Büstenhalter fand, und murmelte: »Hmmm?«

Sie schlang die Arme fester um seinen Hals und erwiderte: »Du hast mir ja nur zehn Minuten Zeit gelassen.« Dann packte sie seine Oberlippe mit den Zähnen und zog ihn zurück, wo er hingehörte. Sein Kuß wurde intensiver, suchte, während seine Hand endlich die nackte Brust umschloß, hart vor Begierde.

Sie hauchte heiser in seinen offenen Mund: »Rick, was hast du mit mir gemacht?«

»Genau das, was du mit mir gemacht hast, hoffe ich – mich zum Wahnsinn getrieben.«

»Aber du darfst nicht denken, daß ich mich... einfach jedem Mann an den Hals werfe, der mit einer Einkaufstüte durch die Tür hereinkommt.«

»Wie viele sind denn so durch die Tür gekommen?«

»Einer.«

»Einen kann ich gerade noch verkraften. Dein Ruf ist gerettet.« Dann ließ er sie los, grinste und sagte: »Zumindest für den Augenblick.«

Und sie wußte, daß ihre Tage – vielleicht auch Stunden – der Enthaltsamkeit gezählt waren. Sie fuhr auf ihn wesentlich schneller ab als auf Jason und viel unvermeidlicher. Sie hatte zwar Jason lieben gelernt, aber wirklich gemocht hatte sie ihn nie. Rick Lang hatte sie schon gemocht, ehe sie sich in ihn verliebte.

Er zwang seine Begierden in ihre Schranken zurück und sagte mit einem Lächeln: «He, Lady, hast du gewußt, daß du auf einem Auge lila Zeug hast und auf dem anderen nicht?«

«Das heißt mauve und nicht lila und nicht Zeug, sondern Lidschatten, und ich hatte gehofft, du wärst so hingerissen von mir, daß du es nicht bemerkst.«

»Und wie ist das mit deinem Haarmop? Willst du's so lassen oder möchtest du's vielleicht trocknen, während ich uns ein *richtiges* Omelett mache?«

»Willst du damit andeuten, daß das Omelett, das ich uns gemacht habe, kein richtiges war?« erwiderte sie beleidigt.

»Genau. Meins ist nämlich mit Schinken und grüner Paprika und Zwiebeln und hat Cheddarkäse oben drauf. So, jetzt geh und fön dir die Haare. Ich schrei, wenn ich etwas nicht finde.«

Im Badezimmer schnitt sie eine Grimasse vor dem Spiegel, dann machte sie sich an die Arbeit. Sie machte ihr Bett, zog sich einen Büstenhalter an und gab sich besonders viel Mühe mit ihren Haaren, die sie mit einem Lockenstab stylte.

Aus dem Wohnzimmer tönte Musik. Allison lächelte und wandte sich leise summend dem Spiegel zu.

Ihr Make-up war raffiniert, schimmernd, mit leichter Hand aufgetragen, die schon viele Models geschminkt hatte. Ein Tupfer Parfum hinter jedes Ohr, auf den Puls, dann wanderte ihre Hand unter ihr Hemd und parfümierte die Schlucht zwischen ihren Brüsten. Zum Schluß bückte sie sich und tupfte noch etwas auf beide Fußknöchel.

Sie richtete sich auf und sah, wie Rick lässig im Türrahmen lehnte und sie grinsend beobachtete. Er legte nachdenklich den Kopf zur Seite und sagte: »Soso, da parfümiert ihr Frauen euch also, hmm? Ich hab mitgezählt – sieben Stellen.« Er richtete sich auf und wandte sich ab. »Dein Frühstück ist fertig, Kleopatra.«

Allison wäre am liebsten in den Boden versunken.

Sie setzte sich schamrot an den Tisch, aber ihre Verlegenheit verflog im Nu dank seiner Heiterkeit. Er knallte zwei riesige, lockere Omeletts auf den Tisch und sagte: »Schön aufessen, du mageres Huhn, du siehst aus, als könntest du's brauchen.«

»Ach ja? Vor ein paar Minuten, als du reinkamst, hast du dich aber nicht beklagt.«

»Ich hab zwar nichts gesagt, aber du vergißt, daß ich meine Hände auf deinen Rippen hatte, und du bist ungefähr so fett wie ein Spatzenknie.«

Sie grinste. »Du klingst genau wie meine Mutter. Jedesmal, wenn ich zu Hause bin, hör ich immer nur: ›Iß auf, Allison. Allison, du siehst nicht gesund aus. Allison, komm, nimm noch was.‹ Es treibt mich zum Wahnsinn. Warum glauben Mütter und Großmütter eigentlich immer, eine Frau sei nur gesund, wenn sie zwanzig Pfund zuviel hat?«

»Wahrscheinlich weil sie dich lieben und nur das beste für dich wollen. Wenn dem nicht so wäre, würden sie es gar nicht merken. Mein Vater behandelt mich genauso, nur geht's bei ihm immer darum, daß ich noch nicht verheiratet bin. ›Rick, weißt du schon, daß die kleine Benson wieder zurück nach Hause gezogen ist und einen Job bei Doc Wassal hat. Bist du mit der nicht immer ausgegangen, als du noch in der High-School warst?‹« Rick schnitt eine Grimasse. »Die kleine Benson wiegt wahrscheinlich inzwischen neunzig Kilo, trägt Stützstrumpfhosen und orthopädische Schuhe. Außerdem würde mir Dad wahrscheinlich nicht glauben, wenn ich ihm erzählte, daß ich wirklich ein Omelett machen kann. Er hat in seinem ganzen Leben noch keins gebraten. Mom ist immer da und macht es für ihn... *und* sie macht seine Wäsche, putzt und erinnert ihn, daß die Stromrechnung fällig ist. So leben die beiden eben. Und wenn sie mir das aufzwingen wollen, versteh ich es, weil sie wollen, daß ich glücklich bin. Also grinse ich einfach und sag Dad, ich werd die gute alte Ellen Marie Benson anrufen, bevor ich wieder fahre.«

»Und hast du's getan?« Allison wollte plötzlich mehr von den Frauen wissen, mit denen er ausgegangen war.

«Gelegentlich... oh, Ellen Marie nicht, aber ein paar andere, von denen meine Eltern nichts wissen.«

»Gibt es da jemand bestimmten?« fragte sie und ließ ihn nicht aus den Augen.

Sein Gesicht verriet nichts. »Nein«, erwiderte er knapp und nahm noch einen Happen Omelett.

»Apropos anrufen, es wird dich jemand anrufen.«

»Wer?« Er sah sie über den Rand seiner Kaffeetasse an.

«Vivien. Sie hat mich um deine Telefonnummer gebeten.«

Er lachte. »Oh, *Vivien.*« Er dehnte den Namen genüßlich.

Allison stützte den Kopf auf einen Ellbogen und sagte

spöttisch grinsend: »Machen Mädchen das wirklich? Ich meine Typen anrufen und... und frech...« sie geriet ins Stottern.

»Und frech was?«

»Und frech...« Allison machte eine verlegene Geste. »Ich weiß nicht. Worum bitten Mädchen frech, wenn sie Typen anrufen? Das hab ich mich schon immer gefragt.«

»Soll ich daraus schließen, daß du es noch nie selbst gemacht hast«

»Wohl kaum. Das paßt nicht zu mir.«

Sein Blick huschte über ihre rosa Wangen, er stützte die Ellbogen neben seinem Teller auf, Kaffeetasse in einer Hand. »Ich bin froh.«

«Wirklich?« Ihre Augen waren groß und unschuldig, begegneten den seinen über dem Rand der Kaffeetasse.

»Ja, das bin ich. Weil ich einer von den Typen bin, die selber die Verfolgung aufnehmen wollen, so als hätte es nie eine Frauenbewegung gegeben, die die Frauen auf die Idee gebracht hat, es selbst zu tun.«

»Wenn ich daran denke, wie Vivien dich geküßt hat, kannst du dich auf eine heiße Verfolgungsjagd gefaßt machen.«

Er lehnte sich lachend im Stuhl zurück. »Diese Vivien ist wirklich unverbesserlich.« Keine Spur von Selbstgefälligkeit war da zu entdecken, er nahm es auf die leichte Schulter, wie Allison befriedigt feststellte. Und dann wurden seine Augen ernst, streiften über ihre Haare, ihre Ohren, ihren Mund, tauchten in ihre großen braunen Augen. «Deine Haare sind hübsch«, sagte er leise.

Ihre Wangen wurden heiß, und sie senkte kurz die Augenlider. Er verschränkte die Arme über dem Bauch und studierte interessiert ihre geröteten Wangen und wie ihre Augen krampfhaft ein unverfängliches Ziel suchten, bis sie sich für seine Hände entschieden. »Und der Rest von dir auch«, fügte er hinzu.

Ein Alarmsignal ertönte in ihrem Kopf. War das seine Masche? Sie war völlig anders als die Jasons. So schlichte Komplimente hatte er ihr nie gemacht, sondern Jubelgesänge losgelassen, wie sehr sie ihn »anmachte«. Bei dieser Erinnerung sagte sich Allison, sachte, sachte, das geht alles viel zu schnell.

Trotzdem war es ein berauschendes Gefühl, so bewundernd gemustert zu werden. Er lehnte sich lässig im Stuhl zurück und sagte leise: »Du hast Butter auf deiner Oberlippe.« Sie riß die Papierserviette von ihrem Schoß und hob sie zum Mund. Aber seine Hand gebot ihr Einhalt. Er beugte sich über den Tisch, und sie sah erschrocken zu ihm hoch.

»Wäre es dir zuwider, wenn ich sie dir wegküsse?«

Sein steter Blick ließ sie nicht los. Allison schluckte, ihr Mund öffnete sich überrascht. Sie war reglos wie ein Vogel, der den Adler über sich ahnt.

«Und?« murmelte er leise.

Ihr Mißtrauen verflog, verjagt von seiner leisen, verlockenden Frage. Sie schüttelte kaum merklich den Kopf. Ricks Augen tauchten in ihre, er zog die Serviette aus ihren ohnmächtigen Fingern, nahm ihre Hand, behutsam wie eine zarte Blume, drückte sie gegen seine Brust und beugte sich weiter vor. Sie spürte das heftige Pochen seines Herzens, als sich seine Augen schlossen und seine Lippen ihre butterverschmierte Oberlippe berührten, sanft saugend, leckend, von einem Mundwinkel zum andern und das dann auf ihrer Unterlippe wiederholten. Für Allison war es ein Gefühl, als würde schmelzende Butter über ihren Bauch hinuntertropfen und in flatterndem Entzücken zwischen ihren Beinen enden.

Er wich ein paar Zentimer zurück, so daß nur die Spitze

seiner Zunge ihren Mund umkreiste, der sich weiter öffnete, bis ihre Zunge seinen Wünschen folgte und mit ihrer Spitze die seine liebkoste, während das Hämmern seines Herzens unter ihrer Hand immer heftiger wurde.

Er nahm sich lange genüßlich Zeit, lockte sie ohne jede Hast, wich kurz zurück, damit sich ihre Augen öffnen und feststellen konnten, daß seine es ihren gleichgetan hatten. Er legte seine Stirn auf die ihre, stupste sanft dagegen, wich wieder ein Stück zurück, damit sie sich in die Augen sehen konnten. Sein bewußt langsames Vorgehen löste im tiefsten Innern von Allisons Körper ein drängendes Pulsieren aus. Sein Blick bohrte sich in ihre Augen, während er langsam ihre Hand zwischen ihre beiden Münder zog, seine Lippen in Zeitlupe öffnete, ihren Daumen behutsam zwischen die Zähne nahm und zärtlich, liebkosend daran nagte, wobei sich sein Kinn von links nach rechts und wieder von links nach rechts bewegte. Er arbeitete sich zu ihrem Zeigefinger weiter, biß in den Knöchel, dann streckte er ihn mit einer raschen Bewegung seines Daumens. Sie beobachtete fasziniert, im Banne ihrer Sinne, wie er in der warmen nassen Enge seines Mundes verschwand.

Die Sintflut von Reaktionen, die er in ihrem Körper auslöste, war völlig anders als alles, was Jason ihm je entlockt hatte, abgesehen von den Orgasmen, die er bedacht steuerte und seine diebische Freude daran hatte, sie hinauszuzögern, bis sie bettelte. Jetzt, mit ihrem Finger in Ricks Mund, stand ihr Körper kurz vor der Explosion. Langsam zog er den Finger aus seinem Mund, dann drehte er ihre Hand um und knabberte zärtlich ihre Kante, seine Wimpern legten einen Schattenfächer über seine Wange, und sein keuchender Atem verriet, wie sehr auch ihn dieses Vorspiel erregte.

Mit einemmal erstarrte er für einen langen, langen Augenblick, mit ihren Fingerspitzen an seinen Lippen, die

Augen geschlossen wie in tiefer Meditation. Schließlich schlug er die Augen auf und sagte mit belegter Stimme: »Ich dachte, ich steh diese Woche nicht durch. Ich weiß nicht, wie oft ich zum Telefon ging, es anstarrte und anrufen wollte. Aber ich erinnerte mich an das, was du gesagt hattest, von wegen keine Beziehung wollen, und ich war mir sicher, du würdest sagen, du willst mich nicht wiedersehen.«

Eine Woge der Freude durchströmte Allison.

»Wieso?« rang sie sich endlich ab und versuchte, sein Gesicht hinter ihrer beider Hände zu sehen. »Ich meine, schau dich doch an. Schau dir dein Gesicht und ... und deine Figur an, und sag mir, warum ausgerechnet du dir Sorgen machst, ob irgendein Mädchen dich wiedersehen will?«

»Ist das alles, was du siehst, wenn du mich anschaust? Ein Gesicht und eine ... Figur?« fragte er.

»Nein.« Sie schluckte, entzog ihm ihre Hand und nahm ihre Kaffeetasse, um das zu rechtfertigen. »Aber warum ich?«

»Wenn du es nicht weißt, wenn du es nicht fühlst, kann ich es dir nicht erklären. Ich dachte, was hier gerade passiert ist, wäre Erklärung genug – das und die vergnüglichen Stunden, die wir zusammen erlebt haben.«

»Rick ... ich ...« Sie erhob sich rasch und brachte ihre Teller zum Spülstein, damit sie ihm den Rücken zuwenden konnte. Sie hörte, wie sein Stuhl zurückgeschoben wurde, und wußte, daß er direkt hinter ihr stand.

»Du traust mir nicht, stimmt's? Du glaubst, ich zieh hier eine bewährte Masche ab.«

»Etwas in der Richtung«, gab sie zu. In ihrem ganzen Leben hatte noch kein Mann sie so gekonnt verführt wie er gerade über dem Frühstückstisch, und das, obwohl er nur ihre Hand berührt hatte. Er wußte, wie attraktiv er war – er brauchte ja nur in den Spiegel zu schauen, um sich zu vergewissern, daß er nicht aussah wie der Glöckner von Notre Dame. Und er hatte eine charmante, verführerische Art, die leicht einer Frau den Kopf verdrehen konnte.

»Du möchtest, daß ich mich wie ein bewundernder Mönch verhalte, ist es das?«

Sie packte den Rand des Spülsteins mit beiden Händen, den Blick starr geradeaus gerichtet. Sie wußte nicht mehr, was sie wollte, fürchtete sich vor den Dingen, die ihr Körper sie zwang zu tun.

»Ich weiß es selbst nicht«, schluchzte sie, den Tränen nah. Sie war so verwirrt von dem Impuls, ihm zu vertrauen, diesem Impuls, der gegen frühere Erfahrungen kämpfte, die immer in einer Katastrophe geendet hatten, sobald sie zu bereitwillig einem anderen Menschen vertraut hatte.

Eine schwere Hand legte sich seitlich auf ihren Hals, knetete ihn behutsam. »Es tut mir leid, Allison, ich hab's versprochen, nicht wahr?« Selbst diese selbstverständliche Berührung ließ ihr Herz schneller schlagen. Schweigende Sekunden verstrichen, dann sagte Rick mit ruhiger Stimme: »Aber nach dem, was an der Tür passierte, als ich kam, dachte ich –«

»Mein Fehler, daß ich es zugelassen habe, okay?« warf sie rasch ein, voller Angst, sich umdrehen und ihm in die Augen sehen zu müssen. »Ich *habe* mich wirklich gefreut, dich zu sehen, und du hast mich mit der Zugbrücke unten erwischt, mehr nicht.«

»Du hast also das Gefühl, du mußt vor mir die Zugbrücke hochziehen, willst du das damit sagen?«

»Ich ... ja«, gab sie zu.

»Warum?«

Sie verweigerte eine Antwort. Seine warme Hand glitt langsam zur Mitte ihres Rückens und strich auf und ab. »Ich bin nicht er, Allison«, sagte er im sanftest denkbaren Ton.

Ihre Nackenhaare sträubten sich. Ihre Schultern wurden steif.

»Wer?« sagte sie spitz.

»Ich weiß es nicht. Sag du's mir.« Seine Hände packten ihre Oberarme und zwangen sie, sich umzudrehen.

»Ich weiß nicht, wovon du redest«, log sie, angestrengt auf den Boden starrend.

»Ich auch nicht. Wie hieß er denn?«

Ihr Mund wurde zu einem verkniffenen Strich. Er ließ sie nicht aus den Augen, als er seine Hände von ihren Armen nahm, einen Schritt zurücktrat, die Arme verschränkte, dann die Beine und sich gegen den Herd lehnte.

»Willst du mir von ihm erzählen?«

»Ihm! Ihm!« zischte sie wütend. »Du weißt ja nicht, wovon du redest.«

»Ich rede von dem Mann, der dich so mißtrauisch und abweisend gemacht hat. Wie war sein Name?«

»Es gibt keinen solchen Mann!«

»Quatsch!« erwiderte er wütend.

Sie sah ihm entschlossen in die Augen. »*Es gibt keinen Mann in meinem Leben*, basta!«

»Nein, aber es gab einen, nicht wahr?«

»Das geht dich nichts an.«

»Da irrst du dich aber gewaltig. Wenn er es ist, der dich von mir trennt, geht es mich etwas an.«

»*Ich bin es,* der mich von dir trennt! Ich bin vorsichtig, okay? Ist das etwa ein Verbrechen?« schrie sie.

Rick runzelte verärgert die Stirn. »Meine Herren, der hat dir die Männer ein für allemal vergällt, was? Und du hast dich entschlossen, nie wieder einem von uns zu trauen, ist es das?«

»Vertrauen ist eine Geschichte, von der ich, verdammt noch mal, nie profitiert habe«, sagte sie verbittert.

»Und deshalb läßt du dich nie wieder auf so was ein, egal, was dein Bauch dir sagt?«

Sie war empört, warf wütend die Hände in die Luft und schimpfte: »Ich brauch mir das nicht gefallen zu lassen ... dieses ... dieses Verhör! Das ist meine Wohnung, und die Tatsache, daß ich zugelassen habe, daß du hier reinkommst und mir Frühstück machst, gibt dir noch lange nicht das Recht, meine Motive zu bewerten. Ich hab während der letzten Woche auch an dich gedacht.« Sie sah ihm direkt in die Augen. »Wolltest du das hören? Na schön, ich hab an dich gedacht! Und ich wußte schon am zweiten Tag, daß ich dich wiedersehen wollte. Aber bohr nicht in meiner Vergangenheit, wenn du in meiner Zukunft eine Rolle spielen willst, sei's für einen Tag, eine Woche oder einen Monat, denn das werde ich nicht dulden!« Sie stand direkt vor ihm, alle Stacheln aufgerichtet, vor lauter Angst vor dem überwältigenden Drang, ihn zu mögen, ihm zu vertrauen, davor, sich in ihn zu verlieben.

Einen Augenblick lang starrte er sie wütend an, dann verschwand sein wütender Gesichtsausdruck, und er zwang sich, ihr ganz ruhig zu antworten.

»Du hast recht. Es geht mich nichts an«, stimmte er ihr zu. Das Thema war, zumindest für heute, zu den Akten gelegt.

»Friedensangebot, ja?«

Er richtete sich vom Ofen auf, griff in die Tüte, die immer noch auf der Arbeitsfläche stand, und zog eine Kamera mit schwarzer Ledertasche heraus. Er hielt sie einladend hoch, so daß das breite gewobene Trageband im Schweigen zwischen ihnen baumelte.

Ihre Feindseligkeit verpuffte mit geradezu lächerlicher Geschwindigkeit, und sie hauchte freudig überrascht: »Die ... die Hasselblad?«

«Die Hasselblad.«

Sie griff danach, aber er zog sie weg. »Moment mal. Bist du nicht die Frau, die gesagt hat, sie würde ihre Seele für eine Gelegenheit, damit zu fotografieren, verkaufen?«

Jetzt kommt er, dachte Allison, der Antrag.

Aber er beugte sich nur grinsend vor, in kußbereiter Entfernung zu ihr. »Ich werde dich nicht um deine Seele bitten, nur um einen kleinen Kuß, der den Frieden zwischen uns besiegelt.«

Sie gab ihm den verlangten Preis, einen flüchtigen Schmatz, aber er weigerte sich immer noch, die Kamera herauszugeben. »Freunde?« sagte er grinsend.

»Freunde«, stimmte sie zu und riß ihm die Kamera aus der Hand.

Sie hörte ihn hinter sich lachen, als sie in das sonnenerleuchtete Wohnzimmer lief und sich im Schneidersitz auf den Teppich setzte. Er wanderte langsam hinterher und setzte sich dicht neben sie, so daß er ihr Knie berührte, dann reichte er ihr einen Film und beobachtete lächelnd, wie sie voller Begeisterung den Film einspannte. Sie hatte nur noch Augen für das begehrte Objekt.

»Das ist der Transporter.« Er zeigte auf eine silberne Kurbel. »Und da ist der Auslöser.« Mit roten Eiferbäckchen schaute sie durch den Sucher und studierte, wie das Licht durch die langen, schmalen Fenster fiel. Sie drehte sich auf dem Po, rollte auf die Knie und rutschte dann über den Holzboden, den Sucher vor dem Auge, um einen guten Ausschnitt zu finden.

Die Kamera fiel gegen ihren Bauch. »Dort drüben!« befahl sie mit einem herrisch ausgestreckten Zeigefinger.

»Wo? Was?« Er stellte sich dumm.

Sie deutete auf ein Viereck Morgensonne. »Dort drüben! Schnell! Setz dich einfach so hin wie jetzt, mit dem Gesicht zur Küche, damit du von der Seite Licht kriegst.«

Er gehorchte lächelnd und setzte sich auf den Boden in das wärmende Sonnenlicht, zog die Knie hoch und verschränkte lose die Arme darüber. Allison legte sich vor ihm auf den Boden, flach auf den Bauch, die Ellbogen aufgestützt, und ließ ihn den Kopf in verschiedene Richtungen drehen. Das Tageslicht vom Fenster erleuchtete eine Seite seines Gesichts, ließ sein Haar schimmern, beleuchtete eine Ohrspitze und zeichnete eine strenge Schattenlinie über Stirn, Nase, Lippen und Kinn. Sie machte zwei Aufnahmen, dann sprang sie auf, zog eine Schefflera ein Stück über den Boden und befahl: »So, jetzt mit den Blätterschatten auf dem Gesicht... aber kein Lächeln, okay? Dreh dich ein Stück in Richtung Fenster, und dann möchte ich diesen schönen, ernsten Mann sehen und einen nachdenklichen Mund.« Der Auslöser klickte zweimal, und ihr strahlendes Gesicht tauchte hinter der Hasselblad auf. Sie grinste wie ein kleiner Kobold. »Du bist hinreißend, weißt du das, Rick Lang?«

Die Kamera befreite sie und ließ ihre Impulse überschäumen. Mit dem Apparat um den Hals gab es für sie keine Hemmungen mehr, sie konnte sagen, was sie fühlte. Nur ohne Kamera verängstigte sie die Vorstellung, sich mit jemandem einzulassen.

»Wie wär's mit dem Korbstuhl?« schlug er als nächstes vor.

»Ahhh, perfekt. Steig rein.«

Er richtete sich auf und ließ sich in den Stuhl fallen, sie drehte die Öffnung des Stuhls zur Lichtquelle, mit untrüglichem Gespür für Schatteneffekte und Kamerawinkel. Sie spähte durch den Sucher, prüfte die Komposition, senkte die Kamera und sah sich um. Dann hüpfte sie zur anderen Seite des Zimmers und zerrte eine Palme mit dem Topf zum Stuhl, kniete sich hin und arrangierte die Wedel, vor Freude glucksend, um den Stuhl.

Als diese Aufnahmen zu ihrer Zufriedenheit beendet waren, sah sie sich im Raum um und zeigte auf die Doppeltür, die zur Veranda führte, und fragte, ob es ihm etwas ausmachen würde, hinaus in die Kälte zu gehen.

»Was gibst du mir?« sagte er mit bübischem Grinsen. »Ich werde stundenweise bezahlt, weißt du?«

Sie küßte ihn spontan auf den Mund und merkte gar nicht, was sie tat, so hingerissen war sie von ihrem neuen Spielzeug, dieser Kamera.

Sie stellte ihn draußen vor die geschlossene Tür und fotografierte durch die Scheiben aus den verschiedensten Winkeln, damit sein Gesicht gut sichtbar hinter den Querstreben des Fensters war.

»He, beeil dich«, jammerte er kaum hörbar durch die geschlossene Tür. »Meine Brustwarzen werden hart.«

Sie lachte, machte rasch noch zwei Aufnahmen und bedeutete ihm, wieder reinzukommen. »Meine auch«, sagte sie frech, »das tun sie immer, wenn mich etwas anmacht, und deine Kamera macht mich wirklich an.«

»Nur meine Kamera, was?«

»Das hab ich nicht gesagt, oder?«

»Na gut, aber laß es mich wissen, wenn du an ein bißchen Hartmachen interessiert bist. Vielleicht können wir zusammen dran arbeiten, ohne Unterstützung von Veranda oder Kamera.«

Nachdem sie alle guten Möglichkeiten der Wohnung als Hintergrund ausgeschöpft hatte, war sie immer noch wild darauf weiterzumachen. »Wie wär's mit ein paar Außenaufnahmen?« schlug er vor. »Heute nachmittag gibt's ein Winterfest am Lake Calhoun, und ich wollte dich sowieso fragen, ob du nicht Lust hast, hinzugehen und ein bißchen rumzualbern.«

»Rumalbern?« sagte sie in sehr ironischem Ton.

»Mit der Kamera natürlich«, erwiderte er. »Da tut sich sicher einiges. Was hältst du davon, wenn wir uns warm anziehen und mal schauen, was da läuft?«

Er war unwiderstehlich, und sie wollte diese Chance, ihn besser kennenzulernen, *keinesfalls* verpassen. Und sie *wollte* unbedingt noch länger mit dieser Kamera arbeiten. Und sie *genoß* es wirklich, mit ihm zusammenzusein.

»Warum nicht«, antwortete Allison, begeistert von dem Gedanken, den ganzen Nachmittag mit ihm verbringen zu können, ohne Angst vor Gefühlsausbrüchen, da sie nicht wie hier allein waren und er keine Gelegenheit haben würde, sie zu berühren oder zu küssen.

8. KAPITEL

Sie streifte ihre gräßliche Pudelmütze und einen Schal über, zog sich schenkelhohe, pelzgefütterte Stiefel und eine Jeans mit Gürtel an. Rick holte eine riesige Parka aus seinem Kofferraum. Die Kapuze ließ er einfach über den Rücken hängen, aber das Futter aus Wolfsfell, das sein Kinn umrahmte, betonte seine Männlichkeit sehr vorteilhaft. Allison machte ein paar Aufnahmen, bevor er ins Auto stieg, nachdem sie die Belichtung auf die gleißende Helligkeit eingestellt hatte.

Es war ein strahlend schöner Tag, strahlend wie die Laune der beiden, als sie das kurze Stück zum Lake Calhoun fuhren. Bei ihrer Ankunft war das Winterfest bereits in vollem Gang. Alles spielte sich auf dem gefrorenen See ab, der wie eine Konfettidecke ausssah, übersät mit bunten Wollmützen und gemusterten Skijacken. Die beiden wanderten zwischen den Buden herum, und Allison machte Schnappschüsse – zwei Achtjährige mit laufenden Nasen, die durch ein Loch im Eis fischten; das lachende Gesicht eines Mannes, der während eines Ballspiels wie eine Schildkröte auf den Rücken gefallen war; ein junges Ehepaar, das eine Seejungfrau aus Eis modellierte, indem sie Schnee anfeuchteten und ihn mit Plastiktüten über ihren Fäustlingen festdrückten; eine Reihe rotnasiger Halbwüchsiger an der Startlinie eines Schlittschuhrennens, mit wild entschlossenen Gesichtern; ein Junge und ein Mädchen, die sich küßten und nicht merkten, daß Allison sie fotografierte, weil sie die Augen geschlossen hatten; ein Eissegler, dessen Segel in der Brise wehte, mit seinem Fahrer, der in sehr prekärem Winkel über der Bordwand hing; Rick, flach auf dem Rücken, wie er einen Adler in den Schnee machte; das prächtige Calhoun Beach Hotel, das an der Straße zum See stand und majestätisch darüber wachte, wie die Leute sich amüsierten, ohne einen Gedanken daran, daß es zehn Grad unter Null waren.

Rick kaufte heiße Schokolade an einer Bude, dann setzten sie sich auf eine Schneemauer und beobachteten durch den Dampf, der von ihren Tassen aufstieg, wie ein Schiedsrichter einen lächerlich kleinen Fisch unter den hoffnungsvollen Augen eines kleinen Jungen mit dem Maßband ausmaß. Allison spürte, daß Rick sie beobachtete, und nicht den Angelwettbewerb, und wandte sich ihm zu.

»Du bist wirklich das tollste Mädchen, das ich kenne, weißt du das?«

Sie wandte sich verlegen ab und nippte an ihrer Schokolade.

»Versteck dich nicht, das ist doch nichts, wofür du dich schämen mußt. Mit dir kann man Pferde stehlen – sich einmummen, hier rumstapfen und Aufnahmen von Sachen machen, die die meisten lächerlich spießig finden würden. Die wären beleidigt, wenn man sie nur fragen würde, ob sie sich das ansehen wollen, ganz zu schweigen davon, die Ereignisse auf Film zu bannen.«

»Es hat Spaß gemacht«, sagte sie und meinte es auch. Dann riskierte sie einen direkten Blick in seine Augen und fügte hinzu: »Es war ein wunderbarer Tag.«

»Für mich auch.«

Einen Augenblick lang dachte sie, er würde sie küssen. Obwohl ihr Puls gierig zu flattern begann, schnitt sie eine Grimasse und sagte: »Aber mein Po ist so verdammt kalt, daß ich gar nichts mehr spüre.«

Er lachte. »Und wie steht's mit den Brustwarzen?« sagte er spöttisch. »Passiert da was?«

»Geht dich gar nichts an, du alter Lustmolch.«

Er leckte den Mund, musterte sie anzüglich und sagte grinsend: »Von wegen geht mich nichts an.«

Sie stand auf, reichte ihm die Hand und zog ihn hoch. Rick nahm ihren Kopf zwischen seine behandschuhten Hände. Ihr Herz begann zu hämmern, aber er schob ihr nur die verrutschte Pudelmütze hoch und sagte spöttisch: »Netter Hut, Scottie.« Dann küßte er ihre eisige Nasenspitze, legte den Arm um sie und zog sie an seine Seite, dann gingen sie Hüfte an Hüfte zum Wagen.

Als sie kurze Zeit später an ihrer Einfahrt hielten, streckte sie die Hand nach dem Türgriff aus. Sein Arm gebot ihr Einhalt. »Warte«, befahl er.

Sie lauschte seinen Schritten, die um den Wagen herumknirschten, und einen Augenblick später öffnete sich die Tür. Sie mußte kichern, als er ihr galant die Hand reichte, wo sie doch wie ein Lausbub aussah, ganz unfeminin und sehr unvorteilhaft.

Er ging dicht hinter ihr, als sie in Zeitlupe die Treppe hochstieg. Oben angelangt nahm er ihr den Schlüssel ab und öffnete die Tür für sie, dann ließ er ihn in ihren Fäustling fallen, sah ihr in die Augen und nahm noch einmal ihr Gesicht zwischen die Hände, um ihr die Mütze zurechtzurücken. Doch diesmal ließ er nicht los, sondern sagte leise: »Ich möchte reinkommen.«

Sie öffnete den Mund, um nein zu sagen, es wäre gefährlich, ihre Gefühle gingen zu schnell mit ihnen durch, sie bräuchten Zeit, um abzuschätzen, was da passierte. Aber ehe sie etwas sagen konnte, beugte er sich langsam über ihren Mund. Ihr Herz begann zu flattern und ließ ihre Brüste erbeben. Der Kuß wurde intensiver, er ließ ihr Gesicht los, nahm sie in die Arme und drückte sie an seine voluminöse Jacke.

Sie zog ihn mit ihren Fäustlingen näher zu sich ran, ihr Mund bewegte sich genüßlich unter seinem, öffnete sich, um seiner suchenden Zunge Einlaß zu gewähren. Sie war heiß, naß, verlockend, verführerisch und streichelte die Erinnerung an Jason fort. Seine Hände tasteten sich über den Rücken ihrer Jacke, schlichen sich unter sie. Er spreizte die Hände, drückte sie an sich und umfaßte ihren eisigen Po mit warmen großen Handflächen.

Seine Lippen lösten sich von ihrem Mund. Er drückte sein Gesicht in das warme Haar an ihrem Hals, kuschelte sich tiefer, suchte nach Haut in den Falten des Schals. »Allison«, murmelte er mit heiserer Stimme. »Laß mich rein. Ich möchte dich aufwärmen.«

Das hast du bereits, dachte sie und genoß die Berührung seiner Handfläche auf diesem intimen Teil ihres Körpers. Er ließ sie los, hob langsam den Saum seiner Parka, dann ihre Jacke und zog sie gegen den dicken Wulst in seinen Jeans, ließ ihn für sich sprechen, die Hitze ihren Bauch wärmen. Seine Hüften begannen zu kreisen, preßten sich an sie, während seine Hände auf ihrem Po sie gefügig machten.

Er küßte sie mit wilden Zungenstößen, im Takt mit denen seiner Hüfte, dann riß er sich los und keuchte: »Allison, laß mich reinkommen.«

Sie wußte, worum er bat, und stellte beschämt fest, daß sie sich seinem Willen fügen wollte, ihn nicht nur in ihr Haus, sondern auch in ihren Körper einladen wollte. Sie stemmte die Hände gegen seine Brust und sagte mit flehender Stimme: »Bitte, Rick, bitte hör auf. Es geht zu schnell, das kommt alles zu plötzlich.«

»Wovor hast du Angst?« fragte er.

Sie schluckte, griff nach seinen Händen, zog sie an sich und sah ihm tief in die Augen.

»Vor mir selbst«, gab sie zu.

Er holte zitternd Luft, schob sie ein Stück weg von sich und fragte: »Du würdest also wirklich einen Mann hungrig vor die Tür setzen?«

»Du willst also nur ein Abendessen?« Sie wußte genau, daß er das nicht wollte, genausowenig wie sie.

»Damit werde ich mich wohl zufriedengeben müssen, wenn das die einzige Möglichkeit ist hierzubleiben.«

Ein rettender Strohhalm, an den sie sich klammern konnte. Sie wollte ihn noch länger bei sich haben, und Abendessen war eine plausible Entschuldigung dafür.

»Ich hab eine Pizza im Gefrierschrank. Was hältst du davon?«

»Ganz schön miese Alternative, aber ich nehme an.«

Sie betraten die Wohnung, doch sobald die Tür ins Schloß fiel und das Licht anging, war klar, daß die sexuelle Spannung noch genauso präsent war. Sie hängte ihre beiden Jacken auf und wandte sich von seinen hungrigen Blicken ab, beschwor ihr Herz, sich zu beruhigen. Aber es war ein köstlich angenehmes Gefühl, Gegenstand solchen Hungers zu sein. Allmählich dämmerte ihr, warum Jason Ederlie so wild darauf gewesen war.

Allison hatte das Wohnzimmer schon halb durchquert, als sie plötzlich am Ellbogen gepackt und herumgedreht wurde. »Warum diese Eile?« sagte er lächelnd, nahm sie um die Taille und lehnte sich zurück, bis sich ihre Hüften berührten.

»Willst du jetzt etwa den Preis für die Benützung deiner Hasselblad fordern?« fragte sie kläglich und legte ihre Hände in seine Armbeugen.

»Wirklich nicht. Du kannst sie für einige Zeit behalten... ohne Bedingungen.«

»Mein Gott, wie kannst du so eine Kamera einfach in ihrer Tasche rumliegen lassen und sie dann einem Mädchen leihen, das … das … «

»Harte Nippel bei ihrem Anblick kriegt?« beendete er den Satz für sie. »Also wenn man es selbst nicht schafft, daß das bei dem Mädchen passiert, macht man eben das zweitbeste, richtig?« Seine Hand wanderte zu ihrer Brust und strich prüfend mit den Fingerrücken darüber.

»Rick, hör auf. Du bist hier, um Pizza zu essen.«

»Ach ja?« Sein Gesicht wurde ernst, er packte ihren Kopf mit beiden Händen und zog ihn an seinen Mund. Alle Vorsicht war vergessen, sie schlang die Arme um seinen Hals, eine Hand packte seine Haare über dem Nacken, was ihn vor Wonne knurren ließ. Sterne, Sonnen, Monde explodierten in der Dunkelheit hinter Allisons geschlossenen Lider, als sie ihre Zunge, ihre Hüften und ihre Hände auf die Bitte in seinen Augen reagieren ließ. Er löste seinen Mund mit einem Ruck von ihren Lippen. Sie klammerten sich aneinander, drängten ihre Gesichter gegen den Hals des anderen, lernten den Geruch des anderen, die Haut, das Haar, die Kleider des anderen kennen, während seine Hände ihre Hüften erforschten, ihre die gespannten Muskeln seiner Schultern und seines Rückens.

»Allison, dieser Nachmittag war für mich wie ein Jahr«, keuchte er. Seine Hand umfaßte ihren Hinterkopf, verlor sich in ihren Haaren. »Ich schwöre dir, Weib, ich weiß nicht, was mit mir passiert.«

Sie versuchte ihren Körper, der aus der Haut zu fahren drohte, mit einem Lachen unter Kontrolle zu bringen – ein kehliges, tiefes, aber dennoch zittriges Lachen. »Ich glaube, das nennt man Hungerschmerzen. Laß mich die Pizza in den Ofen schieben.«

Er ließ sie zögernd los, sein düsterer Blick folgte dem

Schwung ihrer schmalen Hüften auf dem Weg zur Küche, wo sie den Backofen anmachte und die Tür des Gefrierschranks öffnete. Er wandte sich ab, um nicht die Beherrschung zu verlieren, ging zu ihrer Anlage, drehte das Radio an und wanderte ziellos durch das Wohnzimmer, bis er merkte, daß er sich wieder der Küche genähert hatte. Er beobachtete wie hypnotisiert ihren Po, als sie sich vorbeugte, um die Pizza in den Ofen zu schieben. Ihre Jeans hatte direkt unter den Taschen zwei hellere Flecken. Er holte tief Luft und schloß die Augenlider. Er ließ eine Hand auf seinen Reißverschluß fallen und drückte sie fest gegen seine Erektion.

Als er die Augen wieder aufschlug, stand sie vor ihm. Sein Gesicht wurde feuerrot, sie nagte verlegen an ihrer Unterlippe und schluckte.

»Es ist kein Geheimnis«, sagte er schroff, »warum soll ich mich dann verstellen? Ich hab den ganzen Nachmittag damit verbracht, an deinen Busen zu denken, den ich heute morgen gespürt habe, und das war einfach nicht genug.«

Sie wich zurück zum Backofen, klammerte sich mit beiden Händen an den Griff. Sie war hin- und hergerissen, atmete heftig.

»Rick, ich bin keine Jungfrau«, gab sie verschämt zu, sah ihm aber direkt in die Augen.

»Ich auch nicht. Na und?«

»Ich bin eine Frau, und uns hat man seit der Pubertät eingebläut, daß wir in Situationen wie diesen die Beherrschung nicht verlieren dürfen. Aber ich habe das Gefühl, daß ich die Beherrschung verliere, und ich möchte nicht, daß du glaubst, ich bin leicht zu haben.« Sie schlug die Hände vors Gesicht und wandte sich rasch ab, voller Angst vor dem Augenblick der Wahrheit, der, wie sie wußte, unmittelbar bevorstand.

Wie lange glaubte sie, noch mit dem Feuer spielen zu können? Wie lange glaubte sie, einen gesunden, virilen und willigen Mann von fünfundzwanzig noch hinhalten zu können? Und was sollte sie tun, jetzt, wo sie sich in diese Ecke hineinmanövriert hatte?

»Rick, du hattest recht. Ich habe Angst.«

»Wovor?« fragte er, dicht hinter ihr. »Vor mir?« Seine Hand berührte ihr Haar, strich es sanft glatt. »Allison, bitte sieh mich an. Versteck dich nicht vor mir. Da gibt es nichts, wovor du Angst haben mußt.«

Sie drehte den Kopf unter dem sanften Druck seiner Hand auf ihrem Nacken und hob ihre tränennassen Augen zu ihm. Einen Augenblick später sagte sie zitternd, verunsichert, voller Zweifel: »Ich glaube, ich mag es nicht, eine Frau in diesem liberalen Zeitalter zu sein«, gab sie zu. »Ich bin nicht sehr gut in … lockerem Sex.«

Seine Hand griff nach ihrem Kinn, zwang sie, ihm tief in die Augen zu sehen. Ein Daumen strich über die Kuhle unter ihren Wangenknochen. »Gott sei Dank«, sagte er leise.

Sie warf sich an ihn, schmiegte ihr Gesicht an seine Brust, schloß die Augen und schlang die Arme um seine Taille. »Oh, Rick, wo ist nur die Zeit geblieben, in denen ein Mann und eine Frau als Jungfrauen zum Altar gingen und sich gegenseitig im Hochzeitsbett kennenlernten und dann fünfundsiebzig Jahre darin blieben und allen anderen entsagten? Davor hab ich Angst … daß es das nicht mehr gibt.«

Sie konnte das stete Pochen seines Herzens unter ihrem Ohr hören, dann das tiefe Grollen seiner Stimme, als er beschwichtigend sagte: »Allison, mir ist es egal, wenn es da einen anderen gegeben hat. Das ändert nichts an dem, was ich für dich empfinde. Du wärst nicht die, die du jetzt bist, wenn du nicht dein Leben bis heute gelebt hättest. Ergibt das einen Sinn für dich?«

»Nichts ergibt einen Sinn, wenn ich in deiner Nähe bin. Ich versuche, klar zu denken, aber alles verschwimmt. Ich sehe nur noch klar, wenn ich hinter der Kamera stehe. Dann ist alles deutlich, unkompliziert. Ich verstehe dann alles. Wenn ich doch nur mein Leben genausoleicht scharf einstellen könnte wie ein Bild. Dann hätte ich das Gefühl, mein Leben wieder unter Kontrolle zu haben.«

„Und wenn du dich hingibst, gerät dein Leben außer Kontrolle?«

»Ja!« Sie wich zurück, sah ihn verzweifelt an. »Siehst du das denn nicht? Das ist, als würde ich dir einfach alles übergeben. Das macht mir angst.«

»Ich will dein Leben nicht kontollieren, Allison, ich will dich lieben.« Er zog sie behutsam an sich, hob ihr Kinn zu sich.

Sie sah ihn an, wollte ihm glauben, fürchtete sich aber davor.

«Das ist dasselbe«, sagte sie mit zittriger Stimme.

»Nicht mit der richtigen Person.«

Er küßte zuerst ihr linkes Augenlid zu, dann ihr rechtes.

»Nicht«, murmelte sie.

Er schien gar nicht gehört zu haben, zog sie an sich, umfing ihre Arme mit seinen starken. Er beugte sich vor und küßte ihren Hals. Ihre Augen blieben geschlossen, und sie ließ den Kopf zur Seite fallen.

»Nicht«, hauchte sie mit erstickter Stimme.

Aber sein Mund tastete sich zu ihrem, während er sie mit einem Arm festhielt, an ihrer Wange vorbeischielte und den Backofen ausmachte. Er ließ sie nicht los, zog sie zwei Schritte zurück, um Platz für die Ofenklappe zu machen.

»Nicht.«

Er hielt sie fest im Arm, während er sich vorbeugte, einen Topflappen vom Ofen nahm, sich zur Seite beugte und die Pizza herausholte, um sie dann auf den Ofen zu stellen.

Die Hitze an ihren Beinen war nichts im Vergleich zu der,

die ihren Körper durchströmte, als sie mit ersterbender Stimme wiederholte: »Nicht.«

Sie war Wachs in seinen Händen, als er die Ofentür wieder schloß und sie dann langsam rückwärts aus der Küche schob, ihre Münder zum Kuß vereint. Er blieb kurz stehen, um das Eßzimmerlicht zu löschen, küßte sie aber weiter, schlug nur kurz die Augen auf, um den Lichtschalter zu finden, während sie murmelte: »Nicht.«

Er schob sie mit tänzerischen Bewegungen seiner Schenkel weiter vor sich her, küßte ihren jetzt offenen Mund, drängte sie zum Wohnzimmer. Er packte ihre Arme, zwang sie über seine Schultern, schob sie unerbittlich weiter, ihr kribbelnder Körper schmiegte sich mit jedem Schritt näher an ihn.

An der Anlage blieb er wieder kurz stehen, drückte einen Knopf, dann schloß er die Augen, küßte sie, ließ seine Zunge tief in ihren Mund tauchen, während er mit der Bandkontrolle spielte, bis er leise Gitarrenmusik gefunden hatte. Sie hing jetzt willenlos an seinem Hals, war kaum noch zu verstehen, als sie in seinen Mund murmelte: »Nicht... soviel... Zeit verschwenden.«

Er lächelte, verschlang ihren Mund, seine Hände glitten zu ihrem Po, drückten die beiden Muskeln, während er sie Schritt für endlos langen Schritt zum Lichtschalter an der Tür schob. Er machte sich kurz daran zu schaffen, dann kehrte seine Hand zu ihrem Po zurück. Er drückte sie im Dunkeln an sich, ihre Körper drängten sich gierig aneinander, immer enger. Seine Schenkel preßten gegen die ihren, sie taumelte zurück, bis sie zwischen seinem warmen Körper und der Wand eingekeilt war. Sie keuchte, als seine Hüften sich gegen ihre schoben, sinnlich kreisten, bis sie in seinen Rythmus einstimmte. Ihr Hemd glitt aus den Jeans, als er es mit beiden Händen hochschob, sie nur noch mit dem Mund gefangen hielt, der den willkommenen Angriff fortsetzte. Sie knöpfte hinter seinem Rücken ihre Manschetten auf. Er spürte, was sie tat, unterbrach seinen Kuß und stemmte seine Arme links und rechts von ihrem Kopf gegen die Wand.

»Knöpf den Rest für mich auf«, bettelte er mit heiserer Stimme, sein Atem streichelte ihre Lippen. Sie zögerte nur für den Bruchteil einer Sekunde, dann tasteten sich ihre Finger zum obersten Knopf. Sein Kopf neigte sich tief in der Dunkelheit, und er prüfte mit dem Mund, ob sie seinem Geheiß folgte. Als der erste Knopf geöffnet war, drückte er seine Lippen warm auf die Haut unter der Bluse, direkt über den Brüsten. Sie zögerte, hingerissen vor Wonne, als sie seine Zunge auf ihrer Haut spürte. Dann, mit den Händen immer noch gegen die Wand gestemmt, senkte er den Kopf noch tiefer, stupste ihre Finger zum nächsten Knopf, der sich auf seinen wortlosen Befehl öffnete. Diesmal begegnete seinem suchenden Mund die kleine gestickte Blume in der Mitte des Büstenhalters. Er atmete behutsam aus, wärmte die Haut unter dem Dessous, schickte Schauder der Lust in ihre Brustspitzen. Als die Bluse endlich ganz offen war, befahl er mit rauchiger Stimme: »Jetzt mein Hemd«, so nah, daß sein Atem feuchten Tau auf ihrer Nase hinterließ.

Ihre Hand streckte sich in der Dunkelheit aus, tastete sich an der Knopfleiste seines Hemdes nach unten. Sein Atem stockte nur kurz, als sie am Taillenband seiner Jeans angelangt war, er zuckte zusammen. Ihre Hände erforschten seine Hüfte, direkt über der Enge des Taillenbandes. Sein Körper war hart, durchtrainiert, jeder Zentimeter Haut glatt und straff. Sie war in der Kuhle am Ende seines Rückgrats angelangt und zog sein Hemd langsam aus der Hose.

»Allison.« Seine Stimme war belegt, kehlig. »Wie ich mich danach gesehnt habe.«

»Und ich hätte mich so gerne danach gesehnt, hatte aber zu große Angst.«

»Bist du immer so langsam?« keuchte er gegen ihre Wange. Sie lächelte in der Dunkelheit.

»Mmmm-hmm, ich mag es langsam.«

»Ich auch, aber ich kann nicht länger wart... « Das letzte Wort wurde von ihrem Mund verschluckt, während er hastig seine restlichen Knöpfe öffnete.

Er legte seine Hand in den offenen Ausschnitt ihres Hemdes, streichelte ihren Hals, dann streifte er das Kleidungsstück von ihren Schultern und ließ es zu Boden fallen. Seine Arme schlangen sich um ihre Rippen, die Finger tasteten sich zum Verschluß ihres Büstenhalters. Er schnappte unter seinen Händen auf, und Allison stand halb nackt vor ihm, begierig, seine Berührung auf ihrer Haut zu spüren. Er trat zurück, streifte ihr den Büstenhalter über die Arme, und sie hörte im Dunkeln das Rascheln, als er ihn in seine Hosentasche steckte. Sie wartete mit angehaltenem Atem auf die Rückkehr seiner Berührung, wartete auf eine warme Hand, die ihre Brust umfing.

Aber er ließ sich Zeit.

Sie streckte vorsichtig die Hand aus, suchte Haut, suchte Wärme, erinnerte sich an seinen Blick vor einigen Tagen im Atelier, als er hoch aufgerichtet war, ohne Hemd, während sie seine fast eckigen Brustmuskeln mit dem Haarflaum gemustert hatte.

Jetzt fanden ihre Hände, was sie suchten, sensible Fingerspitzen spreizten sich über die harten Muskeln, das weiche Haar, die glatte Haut, die unter ihrer Berührung überraschen erschauderte.

»Richard Lang«, murmelte sie, fast als müsse sie sich seine Anwesenheit nochmals bestätigen.

Ein fast schmerzliches Geräusch entrang sich seiner Kehle, dann riß er sie an sich, lockte ihre nackten Brüste an seine halbnackte Brust. Seine Lippen und seine Zunge bemächtigten sich wieder der ihren, verzauberten sie, dann zog er sie von der Wand mit sich fort, Beine streiften Beine, und sie ließ sich willenlos führen.

Er blieb vor der Stereoanlage stehen, musterte ihr Gesicht im dämmrigen Licht der Skala. Allison konnte die Konturen seines Gesichts in ihrem Schein gerade noch ausmachen, Lichterpunkte fingen sich in seinen Augen, als er sich das Hemd herunterriß und über den Plattenspieler drapierte. Er trat einen Schritt von ihr zurück, seine Hand berührte ihre Augenbraue, ihre Lider schlossen sich, und ein Schauder erfaßte ihren Körper. Seine Fingerspitzen tanzten über ihre Wange, berührten ihre Lippen, dann fanden sie nach einer scheinbaren Ewigkeit ihre wartenden Brüste.

Sie öffnete genüßlich die Augen. Seine waren niedergeschlagen, betrachteten seine Hände. Ihr Blick folgte ebenfalls den langen Fingern, die sanft bewunderten, liebkosten, erforschten, während neben ihnen eine Stimme sang: »It was easy to lover her, easier than whiling away a summer's day...«

Er berührte sie zögernd, zurückhaltend, geradezu ehrfürchtig, bis sie es nicht mehr länger ertragen konnte, seine Hände packte und an sich drückte, sich unter ihnen wand, mit harten, bereiten Brüsten, die sich zu Knoten der Lust unter seiner Berührung verfestigten.

»Allison...«, stöhnte er , fiel auf ein Knie, und sein Mund umschloß die harte Knospe und saugte zärtlich daran. »Du bist wunderschön.«

Sie fühlte sich schön, als seine Worte über sie brandeten und ein starker Unterarm ihre Hüften an den stärksten Teil seiner Brust zogen. Ihr Kopf fiel kraftlos nach hinten, ein leises Stöhnen der Hingabe entwich ihrer Kehle, während ihr Körper sich langsam an seinem schlängelte, in sinnlichem Rhythmus rieb. Sie ließ genüßlich sein Haar durch ihre Finger gleiten, im Banne ihrer Gefühle, während sein Mund sich zur anderen Brust arbeitete und den Nippel behutsam zwischen die Zähne nahm, sanft zog, dann mit der Zunge umkreiste, was sanfte Lustschauder durch ihren Körper jagte.

Das Lied im Radio wechselte, und wie eine Bestätigung für die gemurmelten Vertraulichkeiten vor wenigen Augenblicken sang eine weibliche Stimme von ihrer Sehnsucht nach einem Mann mit einer langsamen Hand.

Und sie war langsam, diese Hand, langsam und sinnlich weckte sie Allisons Leidenschaft, bis sie keuchend nach Luft rang und das Gefühl hatte, gegen einen reißenden Strom anzukämpfen.

Rick hatte sich wieder aufgerichtet, drängte sich an sie, im uralten Rhythmus stoßend, zwang ihre Hüften, ihren Begatter zu suchen. Er ging rückwärts, führte Allison zu den weichen Kissen auf dem Korbsofa, zog sie an einem Handgelenk, dann drängte er sie mit sanftem Druck auf die Schultern in Rückenlage und kniete sich neben sie auf den Boden.

Eine starke Hand fand die Kuhle unter ihrem Kinn, die andere glitt hinter ihren Kopf und steuerte den Kuß, der sich von Mund zu Nase und Augen bewegte, suchend, prüfend. Dann fand sein Mund erneut den ihren, seine Zunge glitt hinein, rieb im Rhythmus der Musik gegen ihre, die sinnlichen Worte des Liedes unterstrichen die Gefühle, die dieser Akt in ihnen auslöste.

Seine linke Hand blieb in ihrem Haar vergraben, die rechte wanderte über ihren nackten Bauch hinunter, folgte dem Reißverschluß ihrer Jeans, umfaßte die Wärme zwischen ihren Beinen, preßte, preßte, härter, doch nicht hart genug, um den Hunger der beiden zu stillen, erforschte durch den harten, hinderlichen Denim, bis sie ein Knie hob und die Hüften bäumte, ihren Körper hart, stoßend seiner Berührung entgegenbrachte.

Sein Mund senkte sich über ihre Brust, die Hand suchte weiter, er drückte seinen Handballen gegen die Wölbung, die noch versteckt lag, hingerissen von den leisen, leidenschaftlichen Geräuschen, die er ihrer Kehle entlockte. Sie bäumte sich gegen ihn, gierig nach mehr. Er küßte die Kuhle unter ihren Rippen, begrub sein Gesicht in der breiteren Furche direkt unter dem Taillenband, fühlte das Hämmern ihres Herzens.

Er hob den Kopf. Ein kurzer Ruck, der Verschluß ihrer Jeans öffnete sich, und sie erstarrte, atemlos, reglos, wartend... wartend. Das Ratschen des Reißverschlusses ging in Ricks heftigem Atem unter.

Seine Hand glitt unter den Stoff, berührte ihren Bauch, und Allison stöhnte laut, warf einen Arm über den Kopf und gab ihren Körper völlig seiner Berührung hin. Seine Hand rutschte tiefer, Finger tasteten sich in ihr knappes seidenes Höschen, erfaßten die plattgedrückten Haare und schlängelten weiter, zeichneten ihre Haut, suchten, fanden, glitten in die warme Enge ihrer Weiblichkeit. Ihr Oberkörper bäumte sich auf, als er begann, sie langsam, rhythmisch zu streicheln, und ihr Körper ihm antwortete.

Sie ließ den Arm sinken, suchte ihn in der Dunkelheit, dann rollte sie zu ihm, fand seinen heißen, harten Körper, während er breitbeinig dakniete, bereit für sie. Er stöhnte, und sie liebkoste ihn kühner, ertastete seine Form unter der Jeans. Er beugte sich über sie, küßte ihren Hals, und als seine Brustwarze die ihre berührte, spürte sie das gequälte Hämmern seines Herzens an ihrem.

Die folgenden Augenblicke waren ein Rausch von Gefühlen, ausgelöst von gegenseitigem Berühren. Vereinigung war kein Bedürfnis mehr. Nur ihre Wangen lehnten aneinander, während sie dieses körperliche Preludium genossen und ihre Sinne in höchste Alarmstufe versetzten.

Er war anders als Jason, kannte keine Eile, spürte jedes ihrer Bedürfnisse. »Magst du das?« flüsterte er ihrer Brust zu und lachte, als sie erwiderte: »Ja, mach's noch mal«. Er benetzte noch mal die ganze Rundung ihrer Brust mit seiner Zunge, ließ ihre erregte Haut erbeben.

Seine Lippen tasteten sich zu ihrem Mundwinkel. »Komm hoch«, flüsterte er, mit den Händen auf ihren Hüften. Und im nächsten Augenblick waren Denim und Seide abgestreift. Seine Hände verließen ihren Körper, und sie lauschte dem Rascheln und dem Ratschen, als er sich ebenfalls befreite und ihre Hand wieder zu ihm führte.

Er beugte sich vor, begrub sein Gesicht in der warmen Kuhle ihrer Taille, packte ihr Handgelenk und ließ sie seine samtige Geschmeidigkeit streicheln. Dann verloren sie sich ineinander, in der Bewegung, dem Berühren, dem Erzittern. Sie genossen das Nehmen und Geben sinnlicher Genüsse und flüsterten Intimitäten in die Dunkelheit. Die Zeit hatte keine Grenzen mehr, während sie langsam, wonnevoll erforschten, hingerissen von der Erkenntnis, sich gefunden zu haben. Irgendwo, in dieser großen, weiten Welt mit ihren zahllosen Seelen, hatten es ihre beiden geschafft, sich zu treffen und einen Akkord gleicher Bedürfnisse und Zusammengehörigkeit anzustimmen.

Sie fühlten sich unendlich reich und gesegnet, immer wieder erfaßte sie Ehrfurcht davor, daß ihnen dies vergönnt war. Sie waren in diesen Minuten offen, ohne jede Belastung, zögerten die letzte Vereinigung noch hinaus, bis ihre Körper sich wanden und vor Sehnsucht brannten.

Aber schon bald wurden Hitze und Erregung für Rick zuviel.

»Allison, hör auf... hör auf... « Er packte ihre Handgelenke, drückte sie über ihren Kopf hoch, rang keuchend nach Luft und legte sich neben sie. »Ich überhole dich, Schatz«, hauchte er, »aber es besteht kein Grund zur Eile, wir haben die ganze Nacht Zeit.« Er küßte ihr Augenlild, ihren Nasenflügel, steigerte ihre seidige Erregung, während er sich vorübergehend die Erfüllung versagte. Wieder war sein Mund auf ihren Brüsten, die Zähne, die Zunge, und seine Lippen lösten ungeduldige Schauder in ihrem ganzen Körper aus. Der Tumult, den er ausgelöst hatte, drängte an die Oberfläche, höher, immer höher, bis Allison den Kopf zurückwarf, ihren Körper seiner samtigen Berührung entgegenbäumte. Ein Wort murmelte sie mit zusammengebissenen Zähnen: »Bitte ...«, wissend, daß er aufhören würde, sie am Abgrund dieses höllischen Himmels schweben zu lassen, wo ihr Körper in seinem verletzlichsten Stadium entblößt war.

Aber es war Rick, nicht Jason, der die Fackel schwang, die sie brennen ließ. Er zog sie nicht zurück, entfachte das Feuer noch weiter zu einer lichterlohen Flamme, der Allison noch nie begegnet war, bis ihre Muskeln sich spannten und das Gute andauerte, immer stärker, bis sie in eine Welt von Empfindungen taumelte, ihr Körper zu einem choreographierten Tanz von Muskeln und Bewegungen wurde.

Auf dem Gipfel ihrer Wonne schob Allison unbewußt seinen Mund von ihren Brustwarzen, die plötzlich schmerzten, als sie erschauderte, lachend, stöhnend, schluchzend.

Als sie langsam wieder zur Erde zurückschwebte von diesem Ort üppigster Erfüllung, streichelte seine Hand ihre kraftlosen Beine, drückte sein Kuß ein Mal auf ihren feuchten Bauch. Mit schwacher Hand hob sie sein Gesicht wieder zu ihrem. »Ich wollte dich nicht wegschieben, tut mir leid ...«

Sein Kuß erstickte ihre Entschuldigung. »Warum soll es dir leid tun?« flüsterte er heiser. »Allison, das war wunderschön, ich hätte nie gedacht, daß du mir gegenüber so... so frei und offen sein wirst.« Er küßte ihren Hals, seine Stimme war ein lautes Dröhnen in ihrem Ohr, während seine Hand vom Knie zur Taille und wieder zurückstrich. »Oh, Gott, Allison, das war mehr als schön. Das war ein echtes Lob.«

»Es war egoistisch«, sagte sie dickköpfig, beschämt über ihre totale Hingabe.

»Nein... nein«, beschwichtigte er sie an ihren Lippen.

»Aber ich habe dich dabei völlig vergessen.« Sie legte eine Hand auf seine Wange und fühlte, wie er lächelte.

»Aber jetzt bin ich dran, mein Schatz.«

Sie rollte sich auf die Seite, strich mit der Hand über seinen Bauch hinunter und fand ihn, eregiert, seidig, wartend. Im nächsten Augenblick spürte sie, wie er sich aufsetzte, drängende Hände strichen über ihren Rücken, lockten sie zum Ende der Polster. Er lehnte sich zurück. Warme Berührungen führten sie, machten sie seinen Wünschen gefügig. Ihr Knie strich über seinen harten Bauch, als er ihre Knie öffnete und sich dazwischenlegte. »Komm her«, stöhnte er. Dann riß er sie an sich, bog ihren Rücken mit sanftem Druck seiner Handfläche zurück. Ein Rascheln im Dunkeln, und sie spürte, wie ein Kissen die Leere zwischen Rücken und Sofa füllte. Seine Hände erfaßten ihre Hüften, bewegten sich geschmeidig hinten an ihren Beinen hinunter bis zu den Kniekehlen. Dann prasselte ein Schauer von Berührungen und Küssen über ihren Körper. Das gesättigte Gefühl von vorhin verschwand, erneute Begierde erfaßte sie bei diesen Küssen auf Brüste, Armbeugen, Hüfte, Bauch...

Ihr Körper wartete gespannt, die Bauchmuskeln verkrampften sich, sie hielt den Atem an, spürte, wo sein Ziel lag. Sie griff nach seinen Schultern, um ihm Einhalt zu gebieten, aber es war zu spät. Seine Zunge berührte ihre intimste Stelle, mit einem Schlag war sie unglaublich verletzt und unbestreitbar lüstern.

»Rick ... ich ... « Seine Hand griff blindlings nach ihrem Mund und schloß ihn, während seine Berührung mit Feuerpfeilen ihre Adern zu neuem Leben erweckte. Ihr Widerstand brach unter diesem Ansturm von Empfindungen, und sie ließ sich zurückfallen, keuchend, bis er endlich vor ihr kniete und in die seidige Front der Sinnlichkeit mit muskulöser Anmut eindrang. Er packte ihre Hüften und stieß mit einem kehligen Knurren tiefer in sie, und dann war da nur noch Musik und Atem in der Dunkelheit und die Herrlichkeit, die sie teilten, als sein Körper eins mit dem ihren wurde.

Er murmelte ihren Namen, flüsterte Liebkosungen, und dann wurde der Rhythmus ihrer Körper eins, sie lehnte sich zurück, erinnerte sich an das Glänzen der Haut über diesen Muskeln, als sie sie das erste Mal mit Öl eingerieben hatte, sah sein vollkommenes Gesicht so deutlich vor sich, als wäre der Raum gar nicht in Dunkelheit getaucht.

Ihre Hände kneteten seine Schultern, während er sich in ihr bewegte, sie über den Punkte, von dem es kein Zurück mehr gab, brachte. Und dann bohrten sich ihre Nägel unwillkürlich in seine Haut, er riß ihre Handgelenke nach unten, hielt sie in den Kissen gefangen, während sie zusammen näher und immer näher stießen.

Sie rang nach Luft, flehte ihn keuchend an: »Laß ... meine ... Hände los.« Der Druck auf ihren Handgelenken ließ nach, sie klammerte sich mit geballten Fäusten an seinen starken Rücken, während sie mit ihm Schlag für Schlag auf ihren gemeinsamen, herzzerreißenden Höhepunkt zuritt.

Oh, es war gut. Alles war daran gut. Auch er zitterte, versuchte es zu unterdrücken, indem er sie fest an sich preßte, ihren Kopf mit einer gespreizten Hand hielt. Sie waren von der Couch geglitten, senkten sich langsam zu Boden und ließen sich schließlich fallen, bis sie gesättigt, ineinander verschlungen auf dem Teppich lagen.

Das Radio spielte immer noch. Jetzt war es mit einemmal zu hören, wo doch vorher die Musik nur Hintergrund gewesen war. Seite an Seite ruhten sie, keiner von beiden brachte die Kraft auf, sich zu bewegen, während das Wetter für morgen von der Zeitansage abgelöst wurde, dann von einem melodiösen Werbespot für Limos. Dann stimmte die Gitarre eine seelenvolle Melodie an, und die Stimme eines Mannes tönte in ihre intime Welt: »When I'm stretched on the floor, after loving once more with your skin pressing mine and we're tired and fine ...«

Die Worte drangen wie ein unwillkommener Bote aus der Vergangenheit in ihr Bewußtsein. Aber das war Rick, nicht Jason! Und doch lag er hier, genau wie der Text des Liedes es beschrieb, flach auf dem Boden, und mit einemmal wurde ihr bewußt, was sie da Ungeheuerliches getan hatten. Verpflichtet. Sie hatte sich wieder einem Mann verpflichtet, indem sie mit ihm diesen intimsten aller Akte geteilt hatte. Und das Radio schien plötzlich hellseherische Fähigkeiten zu besitzen und erinnerte sie daran, daß sie das schon einmal getan hatte, jemandem so vertraut hatte, nur ...

Ricks warme Hand ruhte auf der weichen Haut ihrer Armbeuge, sie löste sich langsam von dieser Berührung und verließ ihn, um im Dunkeln nach ihrer Kleidung zu suchen.

»Allison?« Sie fühlte, daß er sich aufgerichtet, auf einen Ellbogen gestützt hatte, gab aber keine Antwort, sondern tastete über das Sofa. Das Lied tönte weiter durch die Dunkelheit. Dann hörte sie, einen Augenblick später, wie er zum Radio tappte, wütend dagegenschlug und den Raum in Schweigen tauchte. Er fand sie wieder, aber als seine Hand ihre Schulter berührte, duckte sie sich und wich ihm aus.

»Allison, was ist denn los?«

»Nichts.«

»Lüg mich nicht an.« Er berührte sie wieder, aber sie wich zum Sofa zurück, setzte sich und zog die Beine hoch. Der Lichtschalter klickte, und Allison zuckte zusammen.

»Nicht ... mach bitte nicht das Licht an.«

Das Licht flutete von der Tischlampe hinter ihr über ihre Schulter, enthüllte ihr zerzaustes Haar und ihre abweisende Pose. Rick sah sie an.

»Willst du darüber reden?« fragte er.

»Vergiß es einfach.« Das einzige greifbare Kleidungsstück waren ihre Jeans. Sie zog sie über ihren Schoß und krümmte sich vornüber, als müsse sie ihre nackten Brüste schützen.

Er beugte sich vor und berührte ihre Knie. »Nein, das ist zu wichtig.«

»Sieh mich nicht an.« Sie kauerte zitternd auf der Couch, er zögerte, verunsichert für einen Augenblick, dann nahm er sein Hemd vom Plattenspieler und legte es über ihre bebenden Arme und Schultern. Er streifte seine Hose über, dann kniete er sich vor sie, suchte nach Worten, nach einer Bedeutung, nach Gründen. Aber sie blieb unnahbar, während er müde einen Ellbogen auf sein Knie stütze und sich die Nasenwurzel rieb, wartete – worauf, wußte er nicht. Einsicht vielleicht, einen Leitfaden, einen Hinweis darauf, wo er anfangen sollte.

»Allison, erzähl es mir. Erzähl mir von ihm.«

Ihr Kopf schnellte hoch. »Das geht dich überhaupt nichts an. Ich hab's dir gesagt, keine Fragen. Laß mich einfach in Ruhe, Jas ... « Sie verschluckte das Wort, als sie ihren Ausrutscher bemerkte.

»Ist das sein Name ... Jason?«

»Ich hab gesagt, du sollst mich nicht drängen, verdammt noch mal. Versuch nicht ... «

»Nicht drängen!« schrie er. Er schlug wütend mit der flachen Hand auf die Kissen. »Du hättest mich um ein Haar bei seinem Namen genannt, und ich soll dich nicht bedrängen?« Er lachte kurz, reumütig. »Willst du mich für dumm verkaufen. Ich hab deinen kostbaren Five Senses Song im Radio gehört und gespürt, was er mit dir gemacht hat. Mit einemmal warst du nicht mehr da. Wie soll ich deiner Meinung nach reagieren?«

»Bitte, ich... ich... wir hätten das nicht tun sollen.« Sie wandte sich ab. »Ich glaube, du solltest jetzt gehen.«

Er richtete sich auf, stand mit gespreizten Beinen vor ihr.

»Ich brauche mein Hemd«, sagte er mit eisiger Stimme.

Sie wartete, erwartete, daß er es ihr vom Leib reißen würde, fürchtete den Augenblick, in dem sie erneut entblößt vor ihm saß. Doch dann hörte sie wütende Schritte auf dem Parkett in Richtung Schlafzimmer. Sie hörte, wie die Schranktür aufging, dann kam er zurück, stand mit einem blauen Morgenmantel in der geballten Faust da und sagte mit zusammengebissenen Zähnen. »Ich muß mir mein Hemd nehmen.« Er streckte die Hand aus, und sie glaubte, sie zittern zu sehen, bevor sie die Augen zukniff und die kühle Luft über ihre nackte Haut strich.

Er sah ihre Arme an, die schützend über ihren Brüsten verschränkt waren. »Ich würde dir am liebsten dieses Ding an den Kopf werfen und dir sagen, fahr zur Hölle, ist dir das klar?«

Sie öffnete die Augen und stellte sich seinem Blick. Er war so vollkommen ehrlich, warum konnte sie mit ihren Gefühlen nicht so ehrlich sein? Er ließ den Bademantel in ihren Schoß fallen, dann zog er sein Hemd über, steckte es in die Hose und musterte sie nachdenklich. Schließlich seufzte er, fuhr sich mit der Hand durchs Haar und ging neben dem Sofa in die Hocke und sagte: »Wir können es nicht einfach beenden, das weißt du. Wir müssen reden«, sagte er.

»Jetzt nicht, okay?« sagte sie mit zittriger Stimme.

Er nickte. Seine Gelenke knackten, als er sich erhob.

»Ich werde dich anrufen.«

Er ging aber immer noch nicht, stand über ihr und sah hinunter auf ihr Haar, das wie ein dunkler Nimbus um ihren Schultern lag, während sie gegen die Tränen ankämpfte.

»He«, sagte er leise, »packst du das allein?«

Sie nickte kurz, und er wandte sich ab. Sie hörte, wie er an der Tür stehenblieb und sich die Stiefel überzog, hörte, wie er seine Jacke zumachte, und wußte, daß er sie einen langen Augenblick ansah, bevor die Tür sich öffnete und dann leise geschlossen wurde.

Bei dem leisen Klacken des Schlosses warf sich Allison über die Sofalehne und begrub ihr Gesicht in den Armen. Und dort weinte sie in all ihrer Einsamkeit und Verwirrung. Um Jason, um Rick und um sich selbst.

9. KAPITEL

Rick Lang hatte seine Hasselblad dagelassen. Geplagt von Schuldgefühlen über die Art und Weise, wie sie ihn behandelt hatte, weigerte sich Allison anfangs, sie zu benutzen. Er rief Montag nicht an, auch nicht Dienstag, und am Mittwoch kamen die Bilder vom Winterfest aus dem Labor – frisch, klar, atemberaubend. Nachdem sie sie durchgesehen hatte, fand sie sich neben dem Telefon, starrte es an, wollte ihn unbedingt anrufen, sich entschuldigen. Aber sie hatte ihn so schrecklich verletzt... so schecklich. Ihr Blick wanderte zum Studiofenster, aber sie sah nur Rick Lang, den sie mit Jason verglichen hatte, obwohl er völlig anders war als Jason. Ihm war sein Aussehen völlig gleichgültig, er hatte nicht einmal die Negative für den Buchtitel sehen wollen.

Sie seufzte und wandte sich wieder ihrer Arbeit zu – ein Layout für einen Tiffany Diamanten. Der Verlobungsring lag in der Blüte einer aprikosenfarbenen Rose, auf die sie mit einer Pipette einen einzelnen Wassertropfen drapiert hatte. Mit einem Hintergrund von üppig lachsfarbenem Satin war es eine atemberaubende Komposition. Sie warf wieder einen Blick auf die Hasselblad, wurde schwach, und kurz darauf spannte sie den Film ein.

Der Diamant, die Rose und die Kamera brachten Allisons schlechtes Gewissen wieder in Fahrt, und sie schwor sich, Rick Lang anzurufen und sich zu entschuldigen, sobald sie zu Hause war. Doch ehe sie die Serie von Bildern abgeschlossen hatte, klingelte das Telefon, und Mattie sagte:

»Mach dich auf etwas gefaßt, Kleine, ich hab da ein paar Neuigkeiten für dich, die dir nicht viel Freude machen werden.«

»Und die wären?«

»Erinnerst du dich an die Fotoserie von Jason, die du letzten Sommer gemacht hast – die mit den Harris Tweeds?«

»Natürlich erinnere ich mich.«

»Na, dann mach dich auf eine Überraschung gefaßt – sie sind im *Gentlemen's Review* dieses Monats.«

Allison ließ sich in den Stuhl fallen. »Was?«

»Du hast richtig gehört. Sie sind in der jetzigen Monatsausgabe vom GR.«

»A... aber das ist unmöglich! Er hat sie doch erst vor ein paar Wochen gestohlen.«

»Offenbar nicht. Er hat sie anscheinend schon vor Monaten gestohlen und eingereicht. Wann hast du denn gemerkt, daß sie fehlen?«

Ein flaues Gefühl machte sich in Allisons Magen breit. »Als er abgehauen war natürlich. Ich hab nicht jeden Tag in der Kartei nachgesehen, als er noch bei mir wohnte, um zu überprüfen, ob seine Absichten auch wirklich ehrlich sind.«

»Diese Schlange war ungefähr so ehrlich wie Judas Ischariot! In der Bildunterschrift steht, Herbert Wells sei der Fotograf.«

»Und der hat sicher ein Postfach in irgendeiner Stadt im Osten, wohin GR den stattlichen Honorarscheck schicken konnte«, schloß Allison verbittert.

»Du wirst es doch der Polizei sagen, ja?«

Allison seufzte resigniert. »Ohne die Negative als Beweis, daß die Originale von mir sind?«

Schweigen am anderen Ende der Leitung, dann sagte Mattie voller Mitgefühl: »Hör mal, Schätzchen. Es tut mir wirklich leid, daß ausgerechnet ich dir diese miesen Nachrichten bringe.«

»Ja, klar«, sagte die leblose Stimme in dem großen, zugigen Studio voller Echos.

Allison legte auf, sprang aus dem Stuhl und starrte wütend auf den glitzernden Diamanten, der aus den samtigen Falten der Rose blinkte. Zwei diamantharte Tränen funkelten in Allisons Augen.

Jason, du verdammtes Schwein! Sogar als du Nacht für Nacht neben mir im Bett lagst, hast du gelogen, deinen Körper dazu benutzt, mich dazu zu kriegen, genau das zu machen, was du wolltest. Du hast genau gewußt, was da auf dich zukommt! Du bist wahrscheinlich auf dem Gehweg gestanden und hast Ausschau gehalten, bis dieses dämliche Bauernmädchen aus South Dakota vom Rübenlaster gefallen ist!

Ich bin dir auf den Leim gegangen, wie eine nach Sex ausgehungerte dumme Gans, während du das einzige gestohlen hast, was mir mehr bedeutet hat, als du. All diese Negative – mein Gott –, alle gut genug, um sie zu veröffentlichen – und ich war völlig ahnungslos. Aber du hast es gewußt, nicht wahr? Du hast es gewußt, und du hast mich benutzt. Du hast meinen Körper und meine Kartei ausgeräubert und dafür gesorgt, daß ich genau erfahre, wie, indem du sie an das GR verkauft hast!

Wo bist du jetzt? Lachst du in den Armen einer anderen Frau, während du ihr von dem ahnungslosen Bauernmädchen aus Watertown erzählst?

Alles brach wieder über sie herein, wie eine böse Flut, und machte Allison auf einmal bewußt, wie naiv sie gewesen war – wie oft sie seinen Körper angehimmelt hatte, sowohl in Kleidern vor der Linse als ohne sie im Bett. Er hatte jedes Kompliment angenommen, als wäre es sein gutes Recht, und nichts außer seinem Körper dafür gegeben. Und das mit einer Selbstgefälligkeit, als würde er ihr einen großen Gefallen erweisen.

Jetzt wand sie sich innerlich bei dem Gedanken, wie offen sie ihre Bedürfnisse, ihre Begierde, ihre Liebe gezeigt hatte. Denn sie *hatte* ihn tatsächlich geliebt. Und das schmerzte am meisten. Sie hatte ihn geliebt. Und Jason hatte sich von ihr genährt, bildlich wie auch buchstäblich, denn sie hatte alle Rechnungen bezahlt, solange er ihr immer wieder Modell stand und sie eine Mappe Fotos sammelte, die er systematisch ausräuberte.

Sie durchlebte noch einmal die Angst und die Fassungslosigkeit jenes Nachmittags, an dem sie in ihre Wohnung zurückgekehrt war und seine Nachricht auf dem Foto auf der Staffelei gefunden hatte. Wie typisch für ihn, diese Abschiedsbotschaft so zu hinterlassen, als wäre sie ein pubertäres Groupie.

Allison stieß eine tiefen, langen Seufzer aus, dann ließ sie sich niedergeschlagen in ihren Schreibtischstuhl fallen. Jason Ederlie hatte ihr all das angetan, alles, was ein Mann einer Frau nur antun konnte. Er hatte alles genommen, was ein Mann nehmen konnte, so wenig zurückgelassen, wie ein Mann nur konnte.

Nun ja, sie hatte ihre Lektion gelernt, und das gehörig. Sie war einmal auf ein atemberaubendes Gesicht und einen talentierten Körper hereingefallen, aber kein Mann würde sie jemals wieder so kleinkriegen. Nicht einmal Rick Lang! Selbst wenn er Küsse wie Eros persönlich verteilte, keiner würde sich je wieder in ihr Herz, in ihr Bett oder in ihre Kartei reinschmeicheln!

Das Telefon klingelte an diesem Nachmittag mehr als einmal. Als Allison Rick Langs Stimme erkannte, sagte sie, das sei der Auftragsdienst, und sie würde Miss Scott bitten zurückzurufen. Ein kurzes verwirrtes Zögern, dann dankte er ihr und legte auf.

Zu Hause, während des Abendessens, klingelte Allisons Telefon zweimal. Später, im Bett, lauschte sie das vierte Mal seit ihrer Heimkehr dem hartnäckigen Läuten. Sie steckte entschlossen den Kopf unter ihr Kissen.

Am nächsten Morgen berichtete ihr Auftragsdienst, daß ein Mann namens Rick Lang angerufen und die Frau vom Dienst beleidigt hätte, weil sie ihm nicht glaubhaft machen konnte, daß sie seine Nachrichten an Miss Scott weitergeleitet hätten.

Donnerstag nachmittag beschloß Allison plötzlich, das Wochenende in Watertown zu verbringen. Aber selbst dort war sie gereizt und fand keine Ruhe, das alte Farmhaus war wie ein Gefängnis. Sie wünschte, sie könnte mit ihrer Mutter über Jason und Rick reden, aber ihre Mutter würde nie verstehen, daß Allison eine sexuelle Beziehung mit einem Mann vor der Ehe hatte, geschweige denn, daß sie fast ein Jahr mit ihm zusammengelebt hatte. Geschlechtsverkehr war ein Thema, das zu Hause tabu war, und Allison wußte, daß es ihrer Mutter selbst jetzt noch peinlich wäre, damit konfrontiert zu werden.

Allisons verheirateter Bruder Wendell hatte eine Farm in der Nähe, aber sie standen sich nicht so nahe, daß sie ihn um Rat fragen konnte. Und dann schüttelte ihre Mutter auch noch jedesmal, wenn sie sie ansah, den Kopf und sagte: »Heilige Mutter, du bist ja nur noch Haut und Knochen, Mädchen.« Beim Essen legte ihr die Frau jedesmal noch einen Löffel von jedem Gericht auf den Teller, den Allison schon gefüllt hatte.

Beim Sonntagsfrühstück riß Allisons Geduldfaden endgültig, sie explodierte. »Verdammt noch mal, Mutter, ich bin fünfundzwanzig Jahre alt! Ich brauche niemanden, der entscheidet, wie viele Rühreier ich zum Frühstück essen soll!«

Bei dem erschrockenen Schweigen, das folgte, bekam Allison Schuldgefühle und kam sich gar nicht mehr so erwachsen vor, wie sie behauptete zu sein. Sie kehrte noch unzufriedener als zuvor in die Stadt zurück, und die Last von schlechtem Gewissen war noch größer geworden.

Sie saß in ihrer leeren, stillen Wohnung und aß ein Fertiggericht, das wie Plastik schmeckte, als ihr Telefon klingelte. Sie warf einen wütenden Blick darauf, schob das kaum berührte Essen in den Mülleimer und ging ihre Wäsche machen. Das Telefon klingelte mit enervierender Regelmäßigkeit, während sie drei Maschinen wusch, und auch noch während des Bügelns. Sie war überzeugt, daß es Rick war, weigerte sich aber, den Hörer abzunehmen und ihn wissen zu lassen, daß sie zu Hause war.

Aber schließlich konnte sie das Läuten nicht länger ertragen, riß den Hörer von der Gabel und schrie: »Ja, ja, ja! Was willst du?«

Ein kurzes Schweigen, dann seine Stimme: »Allison?«

»Ja?«

»Wo zum Teufel warst du die letzten drei Tage?« sagte er wutentbrannt.

»Ich bin nach Hause, nach South Dakota gefahren.«

»Und mich hast du hier einfach ahnungslos hocken lassen!«

»Ich wollte dich nicht sehen und auch nicht mit dir reden«, sagte sie mit tonloser Stimme.

»Das ist ja wunderbar! Du wolltest mich nicht sehen! Einfach so! Ist dir vielleicht der Gedanke gekommen, daß ich vor Sorge, daß dir was passiert sein könnte, halb verrückt geworden bin, während du einfach abschwirrst und meine Anrufe ignorierst!«

Er war so wütend, daß sie das Gefühl hatte, der Hörer würde in ihrer Hand beben. Auch Allisons Hand zitterte, als sie zur Wand zurückwich, die Augen schloß und langsam zu Boden sank. »Nein«, erwiderte sie erschöpft, »nein. Ich hab nicht daran gedacht. Tut mir leid.«

»Das sollte es auch, verdammt noch mal«, tobte er weiter. »Du kannst dich nicht einfach in Luft auflösen, während ein Mann sich den Kopf zerbricht, ob du überhaupt noch lebst und was zum Teufel in deinem unmöglichen weiblichen Schädel vor sich geht. Du warst ziemlich fertig, als ich dich neulich nachts allein gelassen habe, weißt du? Hast du gedacht, ich ...«

»Ich hab gesagt, es tut mir leid!« zischte sie.

»Ich war krank vor Angst, verdammt noch mal! Ich war in den letzten drei Tagen nicht weniger als achtmal vor deiner Wohnung, und die Leute unter dir konnten mir nur sagen, daß sie dich seit Donnerstag nicht mehr gesehen hätten und nicht wüßten, wo du bist. Und deinem verdammten Auftragsdienst konnte ich auch nichts entlocken, außer dem dämlichen Gesäusel einer arroganten Kuh, die mich mit ›Tut mir leid, Mr. Lang, aber wir haben ihr all Ihre Nachrichten weitergegeben‹, zu beschwichtigen versuchte. Was zum Teufel spielst du für ein Spiel!«

»Das ist kein Spiel«, versicherte ihm Allison. »Wir haben zusammen gelacht, ein paar Fotos gemacht und miteinander geschlafen, mehr nicht. Das bedeutet nicht, daß wir irgendeine Verpflichtung haben. Es war nur ein ... ein Fehler.«

»Nur ein Fehler«, wiederholte Rick wie vom Donner gerührt. Seine Stimme klang verletzt. »Du nennst das, was zwischen uns passiert ist, einen Fehler? Wen zum Teufel willst du für dumm verkaufen, Allison?«

»Es *war* ein Fehler für mich. Es ist zu ...« Sie verstummte, holte tief Luft und fuhr dann fort: »Ich kann dich nicht mehr sehen, Rick. Tut mir leid, ich bin nicht so stark. Ich kann nicht so schnell vergessen –«

»Was vergessen? Etwas, das ich getan habe, oder etwas, das *er* getan hat? Ich bin nicht er, verdammt noch mal, aber du urteilst über mich, als wäre ich er! Wenn du einen Mann beurteilen willst, dann wenigstens nach seinen eigenen Vor- und Nachteilen, anstatt nach denen eines anderen.«

Verdammt, er hatte recht! Aber Jasons Verrat war noch viel zu frisch in Allisons Erinnerung, um sich nicht von dem Gedanken bedroht zu fühlen, sich auf eine neue Beziehung einzulassen.

»Warum verschwendest du deine Zeit mit mir?« Es tat weh, ungeheuer weh, diese Worte auszusprechen. Und sie spürte selbst durch die Leitung, wie sehr sie auch ihn verletzten.

»Ich weiß es nicht. *Ich* hatte das Gefühl, daß das, was wir zusammen getan haben, eine Verpflichtung mit sich bringt, und ich dachte, du wärst die Art Frau, die genauso empfindet, aber ich habe mich offensichtlich geirrt.« Eine kurze Pause folgte, dann murmelte er: »Ach, zum Teufel«, und seine Stimme wurde jetzt schmeichelnd. »Ich weiß nicht, wie ich das sagen soll, aber du und ich haben einige Stunden miteinander verbracht, die weit über das Normale für ein erstes Mal hinausgehen. Wir haben zusammen gearbeitet und erfahren, daß wir sehr viel gemeinsam haben. Und nach einem so fantastischen Tag wie diesem Sonntag war ein solches Ende ganz natürlich, genauso natürlich wie ... wie, du weißt, was ich meine, Allison. Wir passen gut zusammen, also hab ich dich geküßt, und du hast meinen Kuß erwidert, und wir haben uns geliebt...« Seine Stimme war leise, schroff geworden. »Und lüg mich nicht an. Es war ein Feuerwerk.« Sie hörte, wie er schluckte. »Und dann bist du gerannt, und ich habe ein paar Antworten verdient, Allison. Ich habe ein Recht zu wissen, warum.«

»Weil ich Angst habe, okay?« erwiderte sie wahrheitsgemäß.

»Sag mir, was Jason –«

»Ich begreife nicht, wieso du dir die Mühe machst. Ich bin nicht mal sehr gut ...« Sie verstummte.

»Im Bett«, schloß er für sie. »Wolltest du das sagen. Wenn du das meinst, interessiert es dich vielleicht zu wissen, daß nicht jeder Typ zuerst an das denkt. Einige Leute suchen zuerst nach der Person, die in diesem Körper steckt. Einige Leute bauen ihre Gefühle tatsächlich auf mehr als auf Äußerlichkeiten.« Er hielt inne. »Und du bist verdammt gut im Bett.«

»Hör auf! Hör auf! Du willst wissen, warum ich Angst habe, dir zu vertrauen? Ich sag dir, warum. Weil ich Jason Ederlie vertraut habe und alles, was ich dafür gekriegt habe, gestohlen wurde. Wir haben zusammen gelebt, und ich habe seinen Lebensunterhalt finanziert. Wie eine liebeskranke Närrin habe ich ihn aufgenommen und sein Ego gestreichelt und ihn ausgehalten, und die ganze Zeit habe ich gedacht, wir würden auf etwas Dauerhaftes hinarbeiten. Er stand Modell für mich. Und wie. Und er kannte seine Reize sehr wohl. Ich habe meine ganze Zukunft auf ihn ausgelegt, und eines Tages kam ich nach Haus, und er war weg – mit Sack und Pack und meinen Negativen! Willst du wissen, warum ich Angst habe, mich wieder an einen Mann zu binden? Kauf dir die *Gentlemen's Review* dieses Monats und finde es raus. Du wirst sein Gesicht erkennen – es ist das aus meiner Kartei. Sie sagen, ein Bild wäre mehr als tausend Worte wert –, im GR ist es auch tausend Dollar und eine gemachte Karriere wert, und da ist eine ganze Serie Bilder drin. Nur wirst du feststellen, daß die Bildunterschrift nicht ganz korrekt ist!«

Allison zitterte inzwischen wie Espenlaub und sah die

Chrombeine der Eßzimmerstühle nur noch durch einen Schleier von Tränen.

»All das ändert überhaupt nichts an dem, was zwischen dir und mir passiert ist, Allison. Das ist Vergangenheit. Das ist erledigt. Und was ist mit dem, was wir gemeinsam erlebt haben?«

»Was soll damit sein«, konterte sie. Nur zu gerne hätte sie die Worte zurückgenommen, war aber unfähig, mußte ihn verletzen, sich verletzen.

Zuerst war da verletztes Schweigen, dann sagte er mit mühsam beherrschter Stimme: »Nichts – gar nichts. Ich habe die ganze Nacht mit dem falschen Mädchen geredet. Und Mädchen meine ich buchstäblich! Warum wirst du nicht endlich erwachsen, Allison, und hörst auf, dem Rest der Welt die Schuld für die Verfehlungen eines Mannes in die Schuhe zu schieben! Vielleicht findest du dann jemanden, der deiner hochgeschätzten Aufmerksamkeit *würdig* ist!«

Rick Lang legte ohne ein Wort des Abschieds auf.

Die folgenden Tage und Wochen waren von tiefster Verzweiflung erfüllt, wie Allison sie nie zuvor erlebt hatte, tiefer als die, nachdem Jason sie verlassen hatte, da hatte wenigstens gerechtfertigte Wut geholfen. Rick Lang konnte sie keine Schuld zuweisen und ihre eigenen Fehler dadurch beschönigen.

Rick hatte nichts getan, um sich ihre taktlose Abfuhr zu verdienen – nichts –, ihre eigene Unsicherheit hatte sie dazu getrieben, ihn so grausam zu behandeln. Wohl hundertmal am Tag überlegte sie, ob sie ihn anrufen, sich entschuldigen sollte, ihm sagen, es sei nicht seine Schuld, daß sie ihm nichts vorzuwerfen hätte. Aber sie schämte sich so für ihr Verhalten, und inzwischen fühlte sie sich auch noch seiner unwürdig.

Ricks Gesicht verfolgte sie unaufhörlich, während die Tage zu Wochen wurden. Sie suchte in ihrer Erinnerung nicht mehr nach Makeln, denn er besaß keine, keine, mittels derer er versucht hatte, sie zu verletzen, zu beherrschen, oder sein Ego zu fördern. Das waren die Krücken, die Jason benutzt hatte – Jason, nicht Rick. Er hatte diese Beziehung ehrlich begonnen, sie war diejenige, die die Wahrheit vor ihm versteckt und ihre Ängste hinter einer Fassade von Mißtrauen verborgen hatte.

Ach, was war sie doch für ein mieses menschliches Wesen. Sie verdiente den Schmerz und das Gefühl von Verlust, unter dem sie jetzt litt, während die trüben Februartage sich endlos hinzogen und sie nichts von Rick Lang hörte.

Die Fotos von ihrem Tag auf dem Winterfest brachten schmerzliche Erinnerungen an das, was sie so achtlos beiseite gestoßen hatte. Eines Tages blätterte sie die Bilder durch und dachte zurück an die Zeit, nach der sie sich jetzt sehnte, an den Mann, nach dem sie sich jetzt sehnte, der sie anständig, ehrenhaft behandelt hatte. In einem Anfall von Ekel vor sich selbst schleuderte sie die Bilder auf den Schreibtisch und ließ den Kopf auf die Arme fallen, um wieder zu weinen.

Sie war des Weinens so überdrüssig.

Nachdem sie sich die Nase geputzt und die Augen getrocknet hatte, fühlte sie sich besser. Sie legte ihr Kinn auf die die Faust, die auf dem Schreibtisch lag, studierte noch einmal die verstreuten Bilder mit ihren bunten Farben und den bittersüßen Erinnerungen.

Ruf ihn an, ruf ihn an, schluchzte eine einsame Stimme.

Er wird dir nichts zu sagen haben – du hast ihn so sehr verletzt.

Entschuldige dich, flüsterte die lockende Stimme.

Nach dem, wie du ihn behandelt hast? Du hast kein Recht, ihn anzurufen.

Sie hob den Kopf von ihrer Faust, sammelte die Fotos leise schniefend ein, rieb sich kurz die Augen und legte dann die Serie in eine Reihe. Und als sie sie so nebeneinander liegen sah, wurde ihr mit einemmal klar, wie gut sie waren, ein lebendiges Kaleidoskop der Menschen von Minnesota beim Spielen an einem eisigen Wintertag.

Von einem plötzlichen Impuls getrieben schrieb sie einen Brief dazu, steckte alles zusammen in einen Umschlag und adressierte ihn an das *Minneapolis/St. Paul* Magazine.

Zu Allisons Überraschung erhielt sie drei Tage später einen Anruf von einem Mann, der die Serie für die Aprilausgabe kaufen wollte.

Doch ihre Freude darüber war getrübt, weil sie diesen Erfolg nicht mit Rick teilen konnte, der einen so wesentlichen Anteil an diesem Tag gehabt hatte. Nachdem Allison den Hörer aufgelegt hatte, blieb sie lange stehen, die Hände auf ihren schmalen Hüften, und starrte den Apparat an.

Sie spürte wieder den plötzlichen Drang, ihn anzurufen und ihm die Neuigkeit zu erzählen. Aber da waren wieder diese Gefühle von Schuld. Sie tat es nicht.

Die Hasselblad war immer noch da. Sie arbeitete täglich damit, obwohl ihr klar war, daß sie sie zurückgeben mußte. Aber sie hatte Angst, ihn anzurufen und ihm zu sagen, er könne sie entweder abholen oder sie würde sie ihm vorbeibringen.

Am ersten März fand sie bei ihrer Heimkehr einen Umschlag mit einer fremden Handschrift in ihrem Briefkasten. Sie rannte die Treppe hoch, warf Hut und Schal weg, mit pochendem, glühendem Herzen – der ist von ihm! Der ist von ihm!

Sie setzte sich aufs Sofa, zog die Beine hoch und studierte die Schrift. Der Umschlag war rosa. Sie wollte ihn aufreißen, doch dann hielt sie inne, sie wollte ihn makellos erhalten, wenn er tatsächlich von ihm war. Also holte sie sich ein Messer aus der Küche und schlitzte ihn vorsichtig auf.

Sie ging wieder zum Sofa und zog langsam die Karte aus dem Umschlag. Sie war handgemalt, in Pastellfarben, und zeigte einen einzelnen Stiel Vergißmeinnicht, der sich einen Weg zwischen einer alten Ziegelmauer und einem verwitterten Stück Treibholz bahnte, umgeben von Gras und gesprenkelten Schatten.

Allisons Augen füllten sich mit Tränen, noch ehe sie die Karte aufschlug. Sie strich über das rauhe Papier, und plötzlich wurde ihr klar, daß sie das erste Mal eine seiner Arbeiten sah.

Naturmaler, hatte er gesagt, aber sie hatte ihn nicht einmal darum gebeten, ihr seine Arbeiten zu zeigen, nie irgendein Interesse daran gezeigt. Und ausgerechnet sie bezichtigte *ihn*, egoistisch zu sein. Sie war der Egoist, so mit ihrer eigenen Karriere beschäftigt, daß sie sich nicht einmal die Mühe machte, nach seiner zu fragen.

Angesichts der Sensibilität, die diese schlichte Zeichnung ausstrahlte, dämmerte ihr schlagartig die ungeheuerliche Wahrheit – Rick Lang war seine äußerliche Erscheinung vollkommen gleichgültig, er zehrte nicht davon, da etwas anderes in seinem Leben viel wichtiger war – seine Kunst.

Sie öffnete das gefaltete Blatt. Seine Schrift, mit schwarzer Tusche gezeichnet, zog sich quer über das Papier: *Ich habe nichts vergessen. Rick.*

Allison schlug sich die Hand vor den Mund, schluckte heftig, weil ihre aufwallenden Gefühle ihr die Kehle zuschnürten. Sein Gesicht tauchte plötzlich auf, verlockend, flehend.

Nein, Rick, ich habe auch nichts vergessen, aber ich schäme mich so sehr, wie kann ich dir da gegenübertreten?

Sie blieb sehr lange so sitzen, die Beine an ihre Brust gedrückt, dachte an ihn, schwelgte in Erinnerungen, durchlebte noch einmal die vergnüglichen Stunden mit ihm, die Scherze und das Lachen, das katastrophale Omelett, die übermütigen Ausflüge in die winterlichen Tage, die Nacht, in der sie dieses wunderbare Gefühl von Einssein bei der Arbeit im Studio gemeinsam erlebt hatten, und natürlich die Nacht, in der er sie geliebt hatte.

Seine Worte klangen deutlich in ihrem Ohr: »Ich bin einer dieser Typen, die gerne selbst die Verfolgung aufnehmen.« Der Drang, ihn anzurufen, war überwältigend, aber seine Worte geboten ihr Einhalt.

Sie warf einen Blick auf das Telefon und kam zu dem Schluß: Wenn er sie tatsächlich wiedersehen wollte, würde er sie anrufen.

Mitte März schickte sie ihm einen kurzen Brief, um ihm mitzuteilen, daß sie die Hasselblad in der North Star Modelling Agency hinterlegen würde, wo er sie abholen könne. Sie überlegte sehr lange, bevor sie hinzufügte: »Deine Karte war wunderbar. Du bist ein sehr talentierter Maler.« Und dann schrieb sie nach einigem Hin und Her darunter: »Deine A.«

Die letzten zwei Märzwochen schleppten sich endlos dahin. Die Knospen der Bäume entlang der Nicolett Mall platzten schier vor neuem Leben, bereit, die Innenstadt von Minneapolis, die jetzt, wo der Frühling vor der Tür stand, vor Leben prickelte, mit Grün zu übersäen. In allen Einkaufszentren der Innenstadt gab es mittags Modenschauen mit Frühlingskleidung in hellen Farben – kurzärmelig und leicht in Erwartung der milden Jahreszeit.

Allison kaufte sich ein schickes Kostüm aus hellgelbem Leinen für das Osterfest in Waterdown, das diesmal auf Mitte April fiel. Aber auch das neue Kostüm konnte ihre

Laune nicht heben. Tag für Tag hoffte sie auf einen neuen Brief von Rick in der Post. Aber es kam keiner.

Anfang April gab sie sich schließlich geschlagen und versuchte drei Tage lang, ihn telefonisch zu erreichen, vergeblich.

Einmal machte sie einen betont zufälligen Besuch in der North Star Agency, um Mattie zu fragen, ob Rick Lang da gewesen sei, um seine Kamera abzuholen.

»Klar,«, erwiderte Mattie. »Hat gesagt, er sei froh, sie wiederzuhaben, weil er nach Hause fahren wolle, wo immer das ist, um ein paar Frühlingsaufnahmen für seine Kartei zu schießen.«

Der Gedanke, daß er viele Meilen weit weg war, in einer Stadt, die sie nicht einmal kannte, deprimierte Allison so sehr, daß sie sich in Arbeit stürzte und versuchte, nicht an ihn zu denken.

Der Hathaway Verlag rief an, um zu sagen, daß sie vom Cover und den Fotos, die sie gemacht hatte, begeistert seien, und sie boten ihr einen Vertrag für zwei weitere an. Trotzdem konnte Allison sich nicht so recht darüber freuen.

Mitte April tauchte ein weiterer Umschlag mit Ricks Handschrift in der Post auf – eine hastig gekritzelte Bleistiftskizze eines Fauns unter einem kahlen Baum. Auf der Rückseite stand: »Ich war verreist, um alles neu zu überdenken. Bin grade zurückgekommen und hab die Bilder im *Minneapolis/St. Paul* gesehen. Gratuliere! Du bist auch sehr talentiert... mit meiner Hasselblad. Dein Rick.«

Und diese schlichte Botschaft schaffte, was weder ein neues Kostüm noch ein Vertrag über zwei Buchtitel bewerkstelligen konnte. Ihre Depression war im Nu verflogen.

Wieder überlegte sie, ob sie ihn anrufen sollte, aber bei dem Gedanken an das Wort »neu überdenken« beschloß sie, ihm die Verfolgung zu überlassen, falls er sich je dazu entschließen würde, sie wiederzusehen.

Ostern kam, und in allerletzter Minute, bevor sie die Stadt Karfreitag verließ, kaufte Allison im Drugstore eine Osterkarte, adressierte sie an ihn und schrieb unter die gedruckten Grüße: »Ich bin auch gerade am neu überdenken. Deine Allison.«

In den zwei Tagen, die sie zu Hause verbrachte, erinnerte sich Allison diesmal an das, was Rick über die Motive ihrer Eltern gesagt hatte, übte sich in Nachsicht und genoß das Wochenende ungeheuer.

Der Winterweizen sproß bereits auf den grenzenlosen Feldern um das Farmhaus, und sie nahm sich Zeit für einen langen Spaziergang durch die Felder, wobei sie gründlich über alles nachdachte, über sich selbst, Rick, ihre Beziehung und die viel zu große Wichtigkeit, die sie dem, was ihr Jason Ederlie angetan hatte, beigemessen hatte.

Wovor hatte sie Angst?

Die Antwort war, wie sie jetzt feststellte: vor gar nichts! Sie hatte keine Angst, sie konnte es kaum erwarten. Sie wollte die Chance habe, Rick Lang wiederzusehen, sich zu entschuldigen, mit ihm zu lachen, mit ihm zu schlafen, wenn er sie haben wollte, und sie wollte beweisen, daß sie bereit war, ihn nur um seiner selbst willen zu beurteilen und ihn nicht gegen einen Mann abzuwägen, der in den letzten paar Monaten zu einer vagen Erinnerung geworden war, die sie kaum noch schmerzte.

Sie hörte nichts bis zum ersten Mai. Eine lange, schmale, handgemalte Karte, die einen Korb voller Maiblumen zeigte, mit Bändern die fröhlich im Wind flatterten.

Auf der Innenseite stand: «Es gibt da einen uralten Maibrauch. Wenn ein Mädchen einen Jungen mag, stellt sie einen Maikorb auf seine Treppe, läutet und läuft dann weg, in der Hoffnung, daß er ihr nachlaufen und sie küssen wird. Ich bin mir nicht sicher, ob es Jungs erlaubt ist, das auch zu tun, aber ... in Liebe, Rick.«

Allisons Wangen wurden so rosa wie die Maiblumen auf seinem Gemälde, und ihr Gesicht strahlte vor Freude. Sie kam sich vor, als wäre der Blumenstrauß in ihrem Herzen zu voller Pracht erblüht. Mit einemmal schnürte es ihr die Kehle zu, und sie wandte sich zu dem Sofa in ihrem Wohnzimmer, durchflutet von der nachmittäglichen Sonne, die durch die offene Verandatür hereinströmte.

Sie erinnerte sich, wie Rick hier Modell gestanden hatte, und mit einemmal wußte sie, ohne jeden Zweifel, daß er wieder hier sein würde ... bald.

Ich werde ihn zum Abendessen einladen, dachte sie, verwarf aber die Idee sofort wieder als zu gewagt. Nicht hier, nicht an diesem Ort, wo die Erinnerungen an die Vergangenheit sie bedrohen könnten. Sie brauchten eine neutrale Umgebung, in der sie sich treffen und sehen konnten, inwieweit sich der andere verändert hatte.

Weil sie sich über den Inhalt der Botschaft nicht im klaren war, scheute sie sich immer noch davor, ihn zuerst anzurufen. Rick Lang, der Jäger, dachte sie mit einem Lächeln.

Sie wartete einen Tag, und da flatterte die Antwort auf ihren Zwiespalt ins Studio – die Ankündigung eines zweitägigen Symposiums und Workshops an der University of Wisconsin-Madison, bei dem Roberto Finelli, ein berühmter Dozent für Fotografie vom Brooks Institute in Santa Barbara, einer der Hauptredner sein würde.

Thema: Das Fotografieren von Menschen für Geld

Ausrüstung: 35-mm-Kamera, Farbfilm und ein Model ihrer Wahl

Datum: 19. bis 20. Mai

Anmeldungsgebühr: 160 $
Verpflegung: In der College Cafeteria zu Studentenpreisen
Unterkunft: Wird nicht gestellt. Hotels und Motels sind in der Nähe des Campus verfügbar.

Seltsam, wie unbedeutend plötzlich ihr lebenslanger Traum von einem Treffen mit Roberto Finelli schien, wenn gleichzeitig die Chance bestand, Rick Lang wiederzusehen, mit ihm zu arbeiten und dabei den Fehler wiedergutzumachen, der ihr bei ihm unterlaufen war.

Die Zeiger der Uhr krochen so unerträglich langsam weiter, daß Allison tatsächlich einmal die Zeitansage anrief, um sich zu versichern, daß es ihre eigene Ungeduld war und kein elektrischer Fehler, der die Zeit so langsam verstreichen ließ. Sie hätte Rick vom Studio aus anrufen können, aber aus irgendeinem Grund wollte sie das zu Hause tun.

Aber als es dann endlich fünf Uhr war und Allison zu Hause, trödelte sie unnötig lange mit einem Thunfischsandwich herum und griff dreimal nach dem Telefon, während ihr Herz bis zum Hals klopfte und drohte, sie zu ersticken. Jedesmal zog sie wieder die schweißnasse Hand zurück, wischte sie an ihrem Schenkel ab, lief wieder im Wohnzimmer auf und ab, um Mut zu fassen.

Er war sicher nicht zu Hause, dachte sie in Panik. Oder er war vielleicht zu Hause und hatte jemanden bei sich und konnte nicht reden. Oder vielleicht konnte er reden, würde sich aber weigern – was dann?

Feige, Allison?

Verdammt, ja, ich bin feige!

Dann ruf nicht an – verbring den Rest deines Lebens damit zu wünschen, du hättest es getan!

Ach, halt den Mund, ich werde anrufen, wenn ich dazu bereit bin.

Ha!

Er hätte angerufen, wenn er mich wirklich sehen wollte.

Du warst diejenige, die ihn rausgeworfen hat, weißt du noch?

Aber er hat gesagt, er sei in diesen Dingen altmodisch.

Er hat klar und deutlich gezeigt, daß er dich sehen will.

Sie packte den Hörer und wählte so schnell, daß sie keine Möglichkeite hatte, es sich anders zu überlegen. Während es läutete, wünschte sie sich, er wäre nicht zu Hause. Sie war in absoluter Panik, weil sie nicht wußte, wie sie anfangen sollte.

»Hallo?«

Sie klammerte sich an den Hörer, brachte aber keinen Ton heraus.

»Hallo... hallo...?«

»Rick?« War das wirklich ihre Stimme, so kühl, so leise, so beherrscht, wo doch ihr Herz bis zum Hals pochte?

Eine lange Pause, dann eine überraschte Stimme: «Allison?«

»Ja... hallo.«

»Selber hallo.« Es folgte eine Schweigepause, die Lichtjahre zu dauern schien, dann sagte er: »Ich hatte so ziemlich die Hoffnung aufgegeben, von dir zu hören.«

Dröhnendes Schweigen hämmerte durch den Äther, begleitet von ihrem Herzklopfen. Er wollte etwas sagen, mußte sich aber zuerst räuspern: »Und, wie geht es dir?«

»Besser.«

»Kein Wunder, mit diesem Verkauf an *Minneapolis/St. Paul* und so weiter. Die Fotos waren wirklich toll, das ist mein Ernst. Ich hab's nicht fassen können, als ich das Heft aufgeschlagen habe.«

«Ich... ich war sehr überracht, als sie angerufen und gesagt haben, sie würden sie kaufen. Ich... ich hatte einfach plötzlich den Drang, sie abzuschicken.«

»Glücklicher Drang.«

»Ja... da hab ich wirklich Glück gehabt.«

Sie zog die Schultern hoch, als könnte er sie sehen, und starrte auf einen Punkt zwischen ihren Füßen. Anscheinend wußte jetzt, nachdem dieses Thema erschöpft war, keiner, was er noch sagen sollte.

»Oh, stell dir vor«, sagte sie, als es ihr plötzlich einfiel. »Hathaway hat mir einen Vertrag für zwei weitere Buchtitel angeboten!«

«He, gratuliere! Jetzt weißt du wenigstens, womit du die Lebensmittel für nächsten Monat und für den Monat danach bezahlst.«

Schlichte, alte Worte aus ihrer Vergangenheit – vergaß der Mann denn nichts? –, aber die Erinnerungen, die sie heraufbeschworen, strotzten vor anderen Dingen, die sie gerne mit ihm besprochen hätte.

Endlich fiel Allison wieder ein, warum sie ihn angerufen hatte.

»Hör mal, arbeitest du noch als Model?«

»Klar. Damit bezahl ich nach wie vor meine Rechnungen.«

»Möchtest du einen Job?«

»Klar.«

»Von mir?«

Rick fand, sie klang ziemlich verunsichert, so als dächte sie, er könne nein sagen, sobald er wußte, für wen. »Warum nicht?« fragte er.

»Das ist kein normaler Job, weißt du – ich meine, nicht wieder ein Cover, aber ich denke mir, wir können beide etwas dabei lernen, wenn wir es zusammen machen. Ich will damit sagen, es ist ein Workshop und ein Symposium an der Universität von Wisconsin, heißt Menschen für Geld fotografieren. Der Gastdozent ist Roberto Finelli. Ich... ich wollte ihn immer schon kennenlernen.« Sie klang wie ein nervöses Schulmädchen.

»Wann ist das?«

»Am neunzehnten und am zwanzigsten Mai.«

»Zwei volle Tage?«

Plötzlich wurde ihr klar, daß da auch eine Übernachtung dazugehörte. Sie schluckte und fragte sich, was er wohl dachte.

»Ja«, erwiderte sie schließlich und versuchte, ganz unbeteiligt zu klingen. Er wird nein sagen! Er wird nein sagen! dachte sie. Ihre Hände waren schweißnaß, ihr Gesicht schamrot.

»Klingt gut.«

Mit einemmal war die Welt von Sonne erfüllt.

»Wirklich?« Sie hatte ganz große Augen vor Überraschung.

»Natürlich. Hast du gedacht, ich sage nein?« Sie glaubte einen leichten, spöttischen Unterton zu hören.

»Ich... ich war mir nicht sicher.« Sie hielt sich den Kopf. Du willst doch selber der Jäger sein, dachte sie, das hast du mir gesagt!

»Du wirst mir sagen müssen, was ich zum Anziehen mitnehmen soll«, sagte er, während sie versuchte, ihre Euphorie zu zügeln, um die letzten Einzelheiten zu klären.

Sie verabredeten sich für vier Uhr früh zum festgesetzten Termin, sie würde ihn abholen. Nachdem das geregelt war, geriet das Gespräch ins Stocken.

Allison lief mit dem Hörer in der Hand im Zimmer auf und ab. Sie blieb stehen und starrte auf die Liege draußen auf der Veranda, fragte sich, ob sie wohl im Sommer gemeinsam darauf liegen würden.

»Ja, also...«, stotterte sie.

Ja also, dachte sie... *ja also?* Mehr fällt dir nicht ein!

Mensch, Scott, laß dir ein geistvolles, witziges Schlußwort einfallen!

Er räusperte sich und sagte: »Ja ... also.«

Schweigen.

Allisons Hände waren schweißnaß. Sie wischte sie an ihren Schenkeln ab. »Dann sehen wir uns am neunzehnten.«

»Am neunzehnten«, wiederholte er. »Wiedersehen.«

»Wiedersehen.«

Aber Allison wollte nicht als erste auflegen. Sie stand im spätabendlichen Sonnenlicht, das ihr Wohnzimmer durchflutete, starrte die Stelle an, auf der sie sich geliebt hatten, drückte den Hörer ans Ohr und lauschte seinem Atem. Einen langen, langen Moment später nahm sie den Hörer vom Ohr und drückte ihn zwischen ihre Brüste, mit hämmerndem Herzen, ein Gefühl unmittelbar bevorstehender Erfüllung überwältigte ihre Sinne.

»Rick Lang, ich liebe dich«, flüsterte sie seinem Bild vor ihrem inneren Auge zu, ohne genau zu wissen, ob er die gemurmelten Worte oder den Tumult ihres Herzens hören konnte. Mit einemmal war ihr völlig egal, daß er das volle Ausmaß ihrer Gefühle erfuhr.

Sie hob den Hörer wieder ans Ohr und horchte, war sich aber nicht sicher, ob er noch da war. Und schließlich legte sie auf.

10. KAPITEL

Der Morgen des neunzehten Mai graute noch nicht, als Allison Scott ihren Chevy Van durch die gewundenen Straßen des eleganten Stadtteils von Minneapolis mit dem Namen Kenwood steuerte. Kenwood lag in den Hügeln hinter dem Walker Art Center und dem Guthrie Theater, und einst wohnten hier die ältesten reichen Familien der Stadt. Aber in jüngster Zeit waren die Gründerfamilien ans Seeufer gezogen, und Kenwood wurde von jungen Architekten, Anwälten und Ärzten erobert, die den ehrwürdigen alten Stadtteil mit neuem Leben und Kindern erfüllten.

Dichtbewaldete Hügel und die kurvigen Straßen, die sich durch sie wanden, erschwerten das Finden von Adressen. Aber Allison folgte Ricks genauen Instruktionen, vorbei an den schlafenden alten Herrenhäusern, die tagsüber Schaulustige anlockten, die die Kuppeln, Veranden, Geländer, Türmchen, Kutscherhäuschen, Gesindehäuser, Giebel und mehr bewunderten. Es gab nicht ein Haus, das dem anderen glich.

Gleich um die Ecke von Kenwood Parkway fand Allison die gesuchte Straße und Nummer, ein elegantes zweistöckiges Gebäude im Tudor Stil, das unter riesigen Ulmen begraben war. Die Eingangstür war flankiert von kerzengeraden Büschen, die mit militärischer Präzision geschnitten waren. Ein Gehweg wand sich um das Haus herum, und Allison folgte ihm entlang einer hohen Geißblatthecke, die von Tau tropfte, sie stand in voller Blüte und roch atemberaubend.

Ein Licht brannte über einer Tür im ersten Stock, die der

ihren sehr glich, und sie erklomm die Treppe mit einem seltsamen Gefühl der Vertrautheit, einem Gefühl wie nach Hause kommen. Er hatte ihr nie erzählt, daß seine Wohnung der ihren so ähnelte.

Sie blieb stehen und suchte vergeblich nach der Klingel. In der Hand hielt sie ein winziges Osterkörbchen und fragte sich, ob es wirklich klug war, ihm das zu geben. Es war so klein, daß nur ein Osterei hineinpaßte. Die kleine Tochter ihres Bruders Wendell hatte es ihr geschenkt, mit einem Ei, das sie, wie sie stolz berichtete, selbst gefärbt hatte.

Jetzt lagen zwei Schokoküsse und ein winziger Maiglöckchenstiel mit einer rosa Schleife darin, den Allison aus dem Garten der Vermieterin gestohlen hatte.

Allison holte tief Luft, hielt den Atem an, atmete aus, dann klopfte sie energisch an die Tür.

Sie hörte, wie sich drinnen Schritte näherten, und ihr Herz pochte bis zum Hals.

Die Tür ging auf, und sie vergaß den Korb, vergaß die Worte, die sie eingeübt hatte, vergaß, daß sie sich ganz professionell verhalten wollte, vergaß alles außer Rick Lang. Er stand vor ihr, in frisch gebügelten Jeans, einem offenen weiten Hemd unter einer makellosen Jacke.

Bei allem Tumult von Gefühlen merkte Allison doch, daß er sich offensichtlich für sie gestylt hatte. Seine Haare, dachte sie – er hatte sich die Haare gekämmt! Wie hatte sie jemals glauben können, es sei ein Verbrechen, sie zu kämmen? Nie zuvor im Leben hatte sie so verlockendes Haar gesehen. Es war perfekt frisiert, nach hinten gefönt und fiel in makellosem Schwung in seine Stirn.

Rick Lang lächelte nicht, sagte nichts, sondern musterte sie mit einem Gesichtsausdruck, der schwer zu deuten war.

Schließlich kam sie wieder zur Besinnung. »Guten Morgen.« Ihre Stimme klang piepsig und gequetscht.

»Guten Morgen«. Seine tönte tief und gelassen.

Wieder suchte Allison verzweifelt nach etwas, das sie sagen könnte. Mit einemmal machte sie einen Satz, als wäre sie gerade gegen einen Elektrozaun gelaufen, und hielt ihm den albernen kleinen Korb unter die Nase.

»Hier ... für dich.« Ein zittriges Lächeln folgte. »Aber ich laufe nicht weg.«

Er sah hinunter, lächelte und griff langsam nach dem Korb, steckte einen Finger unter den winzigen Griff.

Sie verschränkte sofort beide Hände auf dem Rücken.

Er hob grinsend den Kopf. »Natürlich nicht. Heute ist ja auch nicht der erste Mai.«

Sie spürte, wie sie errötete, und suchte nach einer lockeren Entgegnung, leider vergeblich. Allison beugte sich vor, die Hände immer noch auf dem Rücken verschränkt, und spähte neugierig an ihm vorbei. »Mmm ... schöne Wohnung. Erinnert mich an meine.«

Er trat hastig einen Schritt zurück. »Meine hat keine Veranda, und irgend jemand hat das Parkett mit diesem häßlichen braunen Teppichboden abgedeckt; aber sie ist geräumig, nahe an der Stadt und hat alle Annehmlichkeiten.«

»Ja, wirklich Spitze.« *Spitze*, dachte sie ... *du dumme Kuh*! »Es ist wirklich ...« Allison merkte, daß es hinter ihr still geworden war. Sie unterbrach ihre Wohnungsbesichtigung, drehte sich um und sah, daß er sie amüsiert musterte.

»Du wolltest gerade sagen?« versuchte er ihr zu helfen.

»Ich ... nichts.« Sie befahl ihrem Puls, sofort langsamer zu werden.

»Wir sollten uns besser auf den Weg machen, wenn wir um zehn in Madison sein wollen.« Er wandte sich ab und ging auf eine Tür auf der anderen Seite des Wohnzimmers zu. »Bin gleich wieder da«, rief er über die Schulter.

Sie ließ noch einmal den Blick durch das Zimmer schweifen und wünschte, sie hätte viele Stunden, um es eingehend zu studieren, mehr über ihn zu lernen, seine Vorlieben, seine Art. Neben einem Nordfenster stand eine Staffelei, aber sie war dem Fenster zugewandt, so daß sie nicht sehen konnte, woran er gerade arbeitete. Da waren tiefe Ledersessel und ein passendes Davenport und Bücherregale, in denen außer Büchern noch Hunderte von Dingen standen. Seine alte, abgetragene Lederjacke lag über einer Stuhllehne. Sie ging hin und strich mit der Hand darüber.

»Fertig?« fragte er.

Ihre Hand schnellte zurück, als wäre sie beim Stehlen ertappt worden.

»Ja.«

Er hatte einen Koffer in der einen Hand, ein Kleidersack hing über der anderen Schulter, und an seiner Jacke hatte er den Maiglöckchenstiel befestigt.

Mit Mühe riß sie sich vom Anblick der Blumen los und ging auf ihn zu. »Komm, ich kann doch auch etwas nehmen.«

Sie griff nach dem Kleidersack, aber er sagte: »Nein, das mach ich schon, aber du kannst das hier nehmen.« Nach einiger Verwirrung gelang es ihm, einen breiten Gurt aus den Kleiderhaken an seiner Schulter zu befreien.

»Die Hasselblad?« sie sah ihn überrascht an.

»Was sonst?« Er lächelte.

»Aber –«

»Wenn sie das erste Mal unter Finelli arbeitet, sollte eine Frau doch die richtige Anregung haben, oder?«

Sie strahlte übers ganze Gesicht, zog das Trageband über ihre Schulter und nahm die Kamera schützend in den Arm. »Danke, Rick. Ich werde sie wie ein rohes Ei behandeln.«

Er ging raus aus der Tür, setzte seinen Koffer ab und hielt sie ihr dann auf. »Wenn ich mich recht erinnere«, sagte Rick ironisch, »hat das alles damit angefangen.«

Ein Hauch des berauschenden Duftes von Maiglöckchen streifte sie, als sie an ihm vorbeiging, was ihren Puls, der ohnehin schon raste, noch mehr beschleunigte, weil sie wieder mit ihm zusammen war.

Sie verstauten sein Gepäck im Van, Rick schlug die Türen zu und fragte: »Soll ich fahren?«

»Das wäre wunderbar.«

Sie ließ die Schlüssel in seine Hand fallen, und eine Minute später fuhren sie rückwärts aus der Einfahrt und dann durch die schlafende Stadt in Richtung Interstate.

»Ich hab Kaffee dabei.« Sie dreht sich in ihrem Sitz, kramte die Thermoskanne und zwei dicke Keramiktassen heraus, während er sich auf die Straße konzentrierte, bis der Duft von Kaffee durch das Wageninnere zog.

»Einer schwarz... einer mit Zucker«, sagte er und erinnerte Allison daran, wie sie das erste Mal so zusammen Kaffee getrunken hatten. Aber sein Blick blieb auf die Straße gerichtet, er griff, ohne hinzusehen, nach der gereichten Tasse.

Die schreckliche Unsicherheit der ersten Augenblicke mit ihm war vergessen, verflüchtigte sich immer weiter mit jeder Meile, die sie fuhren. Sie lehnte sich in ihrem Schalensitz zurück und stemmte einen hochhackigen Stiefel gegen das Armaturenbrett, den Kaffee balancierte sie auf ihrem Bauch. Gelegentlich nippte sie daran, aber die meiste Zeit genoß sie einfach das ungeheure Wohlgefühl, mit ihm allein unterwegs zu sein, seine Nähe zu spüren und heimlich die vertraute Hand am Steuer zu beobachten und zu hören, wie er ab und zu einen Schluck Kaffee trank.

Währenddessen warf Rick immer wieder einen Blick auf den straff gespannten blauen Jeansstoff über ihrem Knie und ab und zu auf die Kaffeetasse, die auf ihrem Bauch ruhte. Anfangs beleuchteten nur die Lichter der Armaturen die Silhouette ihrer Beine, doch schon eine halbe Stunde später erhellten die ersten Streifen des Morgengrauens den östlichen Himmel, während sie direkt in den Sonnenaufgang hineinsteuerten. Es war einer dieser Morgen, an denen der Sonnenaufgang sich mit einem Kaleidoskop von Blau, Rosa und Orange ankündigte. Gerade als die Sonne über den Horizont stieg, überquerten sie die Grenze nach Wisconsin.

Rick dreht sich zu Allison und sah, wie ihre Tasse langsam zur Seite rutschte. Er gönnte sich lächelnd einen langen, intimen Blick auf ihr Gesicht, während sie vertrauensvoll neben ihm schlief. Ihr Kinn lag auf der Schulter, die Schulter klemmte in ziemlich unbequemem Winkel in der Ecke ihres Sitzes, während ihr angewinkeltes Knie langsam mit der Bewegung des Wagens schaukelte. Ihre Bluse hatte sich leicht geöffnet, darunter lugte einladend ein Hauch weißer Spitze aus einer schattigen Kuhle. Er warf einen Blick auf die Straße, dann wanderte er wieder zurück.

Die Tasse war noch weiter verrutscht, und er griff danach, um sie ihr aus der Hand zu nehmen, aber die Berührung weckte sie mit einem Schlag, sie setzte sich auf und sah sich verstört um.

»Ist schon okay, schlaf weiter.«

»Nein. Ich bin nicht müde. Ich habe heute nacht wie ein Murmeltier geschlafen.«

Er wandte sich grinsend wieder der Straße zu, ohne Kommentar, während sie sich fragte, wie in aller Welt er eine so haarsträubende Lüge glauben konnte.

Sie setzte sich auf und streckte sich wie eine Katze.

»Ich glaube, wir werden einen sensationellen Sonnenaufgang kriegen«, bemerkte Rick.

»Mmm... und ich hätte ihn beinahe verpaßt.« Ihr Blick schweifte über den östlichen Horizont, der Anblick ließ die Künstlerin in ihr jubilieren, um so mehr, weil es ihr vergönnt war, dieses Meisterwerk der Natur mit ihm zu teilen.

Wisconsin im Maikostüm war hinreißend schön. Frisch gepflügte Felder rollten an ihnen vorbei, unterbrochen von knospenden Wäldern, aus denen die duftigen weißen Wedel von Pflaumenblüten herausragten. Riesige Felsformationen aus kantigem grauen Gestein dräuten über der Straße, ragten kerzengerade nach oben, mit abgeflachten Spitzen. Sie waren ehrfurchtgebietend.

»Sie sehen aus, als müßte jeder ein Indianer sein«, bemerkte Allison, »der auf einem bemalten Pony sitzt, mit einer gefiederten Lanze in der Hand.«

«Genau dasselbe habe ich auch schon oft gedacht.«

Sie vermieden es immer noch, über persönliche Dinge zu sprechen. Den Rest der Reise verbrachten sie in freundschaftlichem Schweigen, Allison war sich aber darüber im klaren, daß sie nur aufschoben, was unvermeidlich war.

Sie verließen die Interstate an der Ausfahrt Madison und folgten der Washington Avenue direkt ins Herz der Stadt, geführt von der Kuppel des Staatskapitols, das mitten im Zentrum stand. Sie umkreisten das Kapitolareal auf verwinkelten Straßen, die sich wie ein Spinnennetz darum schlängelten.

In der Collegestadt herrschte reger Betrieb, die Gehsteige waren voller Studenten auf Fahrrädern oder zu Fuß, die sich eilends durch die warme Frühlingsluft bewegten.

Allison und Rick fanden das richtige Gebäude, parkten den Van und packten die Hasselblad, die dazugehörige Ausrüstung und Allisons Klemmbrett aus.

Finelli in Person inspirierte jeden dort anwesenden Fotografen mit seiner Einführungsrede und den Kommentaren zu einer Diashow mit einigen seiner atemberaubendsten Arbeiten: viele berühmte Gesichter, von Filmstars bis Politikern, Covergirls und Kardinälen.

Die Mittagspause kam viel zu früh. Rick und Allison verbrachten sie gemeinsam in der Cafeteria des Campus. Allison schwebte in den Wolken, so begeistert war sie von dem Mann, der der Inbegriff von Erfolg auf ihrem erwählten Fachgebiet war.

Ricks Stimme wiederholte ein zweites Mal ihren Namen. »Allison?«

»Hmm?« Sie tauchte aus ihrer Fantasiewelt auf, in der Erfolg ein leichtes war, trennte sich mit einiger Mühe vom Anblick eines Chili- und Käsesandwiches und sah in Ricks lachendes Gesicht.

»He, Träumerle, du hast Finellis Job noch nicht. He, hast du vergessen, daß wir an diesem Workshop teilnehmen und ein paar Fotos machen müssen? Willst du den ganzen Tag hier sitzen und dein Chili anträumen?«

Sie stützte ihr Kinn auf eine Hand und lächelte verträumt. »Eines Tages werde ich ihn haben – seinen Job, meine ich. Wart's nur ab.«

Während des eigentlichen Workshops wurden Kameras in verschiedenen Belichtungssituationen aufgestellt, die Fotografen bekamen persönliche Anleitung, und sie durften mit neu auf dem Markt erschienen Produkten und verschiedenen Techniken experimentieren. Es herrschte reger Ideenaustausch, Models wanderten herum, und die besten Fotografiedozenten des Landes standen mit Rat und Tat zur Seite.

Allison hob den Kopf und sah Rick, der gerade vom Umziehen kam. Er schritt auf sie zu, angezogen, wie sie es noch nie bei ihm gesehen hatte. Es verschlug ihr den Atem. Er trug einen grobgestrickten, edlen grauen Pullover, eine dunkelblaue Gabardinehose, ein rauchblaues Button-Down-Hemd, ein goldenes Armband und eine Kette mit seinem Sternzeichenanhänger – Widder –, der in der Kuhle an seinem Halsansatz lag.

»Ich bin bereit«, sagte er leise.

Wow, ich auch, dachte sie, merkte, daß sie mit offenem Mund dastand, und klappte ihn rasch zu. Er ging zum Kamerakoffer, um die extra Kartuschen für die Hasselblad zu holen, und ihre Augen verfolgten ihn wie die eines hungrigen Hündchens. Als er sich neben sie stellte, um ihr zu zeigen, wie man die Kartuschen im voraus laden konnte, ließ sie der Duft seines After-shaves am ganzen Körper erzittern. »Jeder Film hat nur zwölf Aufnahmen, weißt du, deshalb habe ich die Kartuschen mitgebracht. Du kannst sie im voraus laden«, sagte er. Sie hatte große Schwierigkeiten, sich auf das, was er sagte, zu konzentrieren und beobachtete fasziniert seine langen Finger, die demonstrierten, wie man die beiden Punkte auf der Rückseite der Kamera einstellen mußte, um doppelt zu belichten.

Mit einiger Mühe gelang es Allison, ihre Gedanken von Rick Lang loszureißen und sich auf die anstehende Aufgabe zu konzentrieren. Der berühmte Finelli verteilte Ratschläge, wie man mittels eines Farbfilters das Haar von hinten beleuchten konnte, um einen Sonnenuntergangseffekt zu erzielen. Sie holte einen Farbabzug des Covers heraus und zeigte, wie sie dieselbe Technik angewandt hatte und mittels eines blauen Filters den Effekt von Mondlicht kreiert hatte. Er machte ihr ein Kompliment, beobachtete sie kurz bei der Arbeit und sagte dann mit freundlicher Stimme: »Junge Lady, wenn sie mich fragen, vergeuden Sie hier Ihre Zeit. Ich werde lieber zu jemandem gehen, der meinen Rat braucht.«

Sie schaute hoch und sah Rick auf sich zukommen. »Darf ich das auch sehen?«

Sie reichte ihm schweigend das Bild, und sie schauten sich zusammen an, wie Rick Lang sich über Vivien Zuchinski beugte, mit der Hand dicht neben ihrer Brust.

»Es ist verdammt gut«, sagte er hastig.

Sie sah ihn von der Seite an, während er das Bild studierte.

»Du bist verdammt gut.« Sie wandte sich schnell zur Kamera zurück, um ihm nicht in die Augen sehen zu müssen.

Der Workshop für diesen Tag endete um vier, und sowohl Allison als auch Rick waren erschöpft, aber seltsamerweise trotzdem sehr aufgekratzt. Auf dem Weg zum Van fragte er: »Ist das eine von den Nächten, in denen du zu high bist, um zu schlafen?«

Sie kniff die Augen zu, riß sie wieder auf, breitete die Arme aus und rief fröhlich: »Ja, ja, ja!«

Er beobachtete, wie ihr Haar im Wind wehte, als sie ihm vorausging. Sie sprühte so vor Energie, daß sie wohl am liebsten auf dem Gehsteig radgeschlagen hätte.

»Wenn dem so ist, dann halte ich dich ja nicht vom Schlafen ab, wenn ich dich zum Essen ausführe.«

»Oh, das brauchst du nicht.« Sie drehte sich zu ihm, um es ihm auszureden, und wäre fast mit ihm zusammengestoßen, so dicht stand er hinter ihr, den Pullover über die Schultern geschlungen.

»Ich weiß, aber ich möchte es.«

Sie musterte ihn schweigend. »Ja?« fragte sie mit treuherzigem Augenaufschlag.

»Ja«, wiederholte er grinsend und täuschte einen Schlag gegen ihr streng vorgeschobenes Kinn an.

»Nichts dagegen einzuwenden«, sagte sie. »Ich hab mein Mittagessen praktisch nicht angerührt, weil ich in anderen Sphären schwebte. Tut mir leid, wenn das passiert, aber dagegen bin ich machtlos. Mein Gott, ich sterbe fast vor Hunger, das ist mir gerade klar geworden, als du vom Essen gesprochen hast.«

»Du stirbst fast vor Hunger? Wie wär's dann mit einem Kuß zur Überbrückung?«

Sie hob überrascht den Kopf, ein angenehmes Kribbeln

der Vorfreude ließ sie erröten. Aber er zog nur einen der Schokoküsse aus seiner Tasche und bot ihn ihr an.

Ihre Blicke begegneten sich, während sie weiter den Gehsteig entlanggingen. Ihr Herz fühlte sich plötzlich an, als wären auch darin die Bäume erblüht wie auf den Straßen von Madison.

»Oh, ist das alles«, sagte sie mit spitzbübischer Miene. Sie nahm das Bonbon aus seiner Hand, öffnete es und steckte es in den Mund.

Er übernahm wieder das Fahren, ohne daß ein Wort darüber verloren wurde. »Wohin?« fragte er und steuerte den Van in den feierabendlichen Verkehr hinaus.

»Denselben Weg zurück, den wir gekommen sind. Da draußen gibt's jede Menge billige Motels.« Ohne ein weiteres Wort fuhr er in Richtung Washington Avenue.

Sie betraten die Lobby des Excel Motels gemeinsam, jeder schrieb sich getrennt in das Gästebuch ein, beide ignorierten die abschätzenden Blicke des Portiers, der sie fragte: »Raucher oder Nichtraucher?«

Rick und Allison sahen sich mit offenem Mund an, dann wandten sie sich dem Portier zu.

»Was?« fragten sie im Chor.

»Wir haben Raucher- und Nichtraucherzimmer. Was ist Ihnen lieber?«

»Nichtraucher«, erwiderten sie wieder im Chor, und der Blick des Portiers wanderte von Allison zu Rick, als wolle er sagen, getrennte Zimmer, soso? Er nahm zwei Schlüssel vom Brett, ließ sie auf die Theke fallen und sagte: »Angenehmen Aufenthalt.«

Auf dem Weg zum Van – der ganz offensichtlich das einzige vor dem Motel geparkte Auto war, und ebenso offensichtlich das Fahrzeug war, mit dem sie zusammen gekommen waren, und offensichtlich auch das Fahrzeug, das sie zur

Tür C und Zimmer 239 und 240 bringen würde – spürte Allison, wie die Blicke des Portiers ihnen folgten.

»Meinst du, er hat uns geglaubt?« frage Rick.

»Nicht, nachdem wir beide im Chor ›Nichtraucher‹ gesungen haben. Hast du so was schon mal gehört?«

»Noch nie.«

»Ich auch nicht.«

Sie stiegen in den Van, und Allison konnte nicht widerstehen und winkte dem Portier mit zwei Fingern zu, als sie losfuhren – wie beim Nachtwächter in jenen Tagen.

Im Korridor zwischen den beiden Zimmern, die sich genau gegenüberlagen, fragte Rick: »Welches möchtes du?«

»Wo ist Osten?«

»Da entlang.« Er zeigte auf 240.

»Dann nehm ich das. Ich mag morgens Sonne.«

»Zwei-vierzig, Milady«, sagte er mit kurzer Verbeugung, nachdem er die Tür geöffnet und ihr den Schlüssel gereicht hatte. Sie trat verunsichert in das Zimmer. Irgendwie war es unheimlich, allein ein Motelzimmer zu betreten. Sie steckte den Kopf um die Ecke, schaute sich das Doppelbett, den Boden, die geschlossenen Vorhänge an, dann warf sie einen Blick über die Schulter und sah, daß Rick in der offenen Tür seines Zimmers stand und sie beobachtete.

»Wie ist deins?« fragte er.

Sie schüttelte sich. »Kalt.«

»Da gibt's wahrscheinlich eine Heizung, die sie ausschalten, wenn keine Gäste da sind. Moment.« Er hängte seinen Kleidersack in seinen Schrank, überquerte den Gang und betrat dann ganz selbstverständlich ihr Zimmer, während sie das Gefühl hatte, daß ganz Wisconsin sie per Video beobachtete. Er beugte sich über den Heizkörper an der Wand, sah sich die Manometer an und richtete sich wieder auf. »Nein, das ist für Luft.« Er ging auf sie zu, und sie blieb wie angewurzelt stehen. »Verzeihung«, sagte er, nahm sie an den Ellbogen und schob sie beiseite, um den Thermostat hinter ihr einzustellen.

»So, gleich wird's warm werden. Ansonsten alles okay?«

»Klar, danke.« Aber mit einemmal wollte sie nicht, daß er zurück über den Gang ging. Das Zimmer war einfach zu unpersönlich und zu still, ein seltsamer, einsamer Ort, an dem sie nicht allein sein wollte.

Rick blieb in der Tür stehen. »Wär's dir recht, wenn wir nicht gleich zum Essen gehen? Ich hätte mich gern ein wenig hingelegt. Es war eine lange Fahrt. Vielleicht solltest du das auch machen.«

»Ist mir recht.«

»Wann also?«

Sie hob ratlos die Schultern, sie fühlte sich verlorener und einsamer als je zuvor, als sie einsehen mußte, daß er sie tatsächlich allein lassen und sich in seinem eigenen Zimmer einschließen würde, und fragte sich verzweifelt, ob diese zwei Tage wirklich nichts Persönlicheres als zwei Schokoküsse bringen würden.

Schließlich und endlich hatte sie ihm den Maikorb geschenkt, er mußte den nächsten Schritt tun.

»So gegen sechs«, sagte sie niedergeschlagen.

»Um sechs.« Er warf seinen Zimmerschlüssel in die Luft, fing ihn auf, zwinkerte ihr zu und sagte: »Ich hol dich ab.« Dann war er fort, die Tür fiel hinter ihm ins Schloß.

11. KAPITEL

Allison konnte nicht schlafen. Wenn sie nicht die Begeisterung über den heutigen Workshop wachgehalten hätte, dann hätten es sicher die Schmetterlinge in ihrem Bauch getan. Sie machte den Fernseher an und suchte einen Kabelsender, fand aber nur einen, auf dem ein Horrorfilm lief – nicht gerade entspannend, warf sich aufs Bett, verschränkte die Arme hinter dem Kopf und lag stocksteif da.

Konnte er drüben tatsächlich schlafen, während sie so aufgekratzt war, daß sie das Gefühl hatte, sie hätte aus Versehen eine Münze in den Automaten für das Massagebett gesteckt? Wie konnte er nur! Die Unklarheiten zwischen ihnen beiden hatten dieselbe Wirkung wie ein Stimulans aus der Apotheke, und sie wurde immer heftiger, je näher der Zeitpunkt ihrer »Verabredung« kam.

Wie sollte sie sich verhalten? Als hätte sie nie eine Nacht mit Rick Lang verbracht, die mit einer Beinahekatastrophe endete? Als hätte sie ihn nur nach Madison, Wisconsin, eingeladen, damit er für sie posierte? Als würde sie nicht tausend Tode sterben, während jede Stunde, die verstrich, sie noch mehr zweifeln ließ, daß sie das Zeug hatte, ihn anzumachen wie schon einmal?

Um fünf Uhr war sie bereits ein totales Nervenbündel, also ließ sie sich ein heißes Bad ein – etwas, das sie zu Hause nie tat, weil es eine solche Verschwendung war.

Sie glitt in den Schaum, der ihr bis zum Hals reichte, lehnte sich zurück, schloß die Augen und zwang ihren Körper, sich zu entspannen. Sei natürlich, sagte sie, sei wie immer, spröde und voller Zicken. Das war das Mädchen, das ihm einmal gefallen hat. Mach einen Witz. Lächle. Scherze. Nimm ihn auf den Arm.

Aber danach war ihr gar nicht zumute. Am liebsten wollte sie Rick Lang sagen, daß sie ihn mehr liebte als jeden Mann auf dieser Welt, und wenn er nicht bald etwas unternahm, wäre sie reif fürs Irrenhaus.

Sie entstieg dem Bad, verschrumpelt wie eine Pflaume, nachdem sie festgstellt hatte, daß sie tatsächlich in der Wanne eingschlafen war, als sie es gar nicht wollte. Es war zwanzig vor sechs!

Sich die Haare waschen war nicht mehr drin, sie rettete, was zu retten war mit dem Lockenstab, trug ein leichtes Make-up auf, etwas mehr Wimperntusche für den Abend und einen dunklen Lippenstift, der wie eine Masse Kirschen schimmerte, als sie einen letzten prüfenden Blick in den Spiegel warf.

Parfum! Sie schaute kurz auf die Uhr – noch vier Minuten Zeit. Sie kramte in ihrer Handtasche, fand ihr Lieblingsparfum und trug es schamlos auf jeden intimen Teil ihres Körpers auf.

Ein Klopfen an der Tür!

Gott, er kam zwei Minuten zu früh, und sie hatte noch nicht mal ein Kleid an.

Sie rannte zum Schrank, riß das gelbe Kostüm vom Bügel, kletterte in den Rock, streifte eine weiße Bluse über und versuchte beides gleichzeitig zuzuknöpfen.

Er klopfte erneut und rief durch die Tür: »Allison, bist du wach?«

Mit Fingern wie Butter versuchte sie, die winzigen Perlmuttknöpfe ihrer Bluse zuzumachen, die immer wieder aus den Knopflöchern rutschten.

»Allison?«

Sie riß die Tür auf und stieß fast mit der Nase an seine Hand, die er gerade wieder zum Klopfen gehoben hatte. Zum zweiten Mal an diesem Tag verschlug es ihr den Atem bei seinem Anblick. Er trug einen sehr konservativen kakaobraunen Anzug mit Weste, ein elfenbeinfarbenes Hemd und eine Krawatte mit passenden Streifen.

Ihre Wangen waren kirschrot, das Haar umrahmte in weichen fedrigen Locken ihr Gesicht. Sein Blick wanderte nach unten. Sie hatte die Hände auf dem Rücken und knöpfte ihren Rock zu, durch die Bewegung sprang der oberste Knopf ihrer Bluse auf. Sein Blick glitt tiefer, zu ihren Füßen, bestrumpft, aber ohne Schuhe. Er zog eine Augenbraue hoch.

»Alles ist schiefgegangen ... tut mir leid«, jammerte sie.

Dunkel lächelnde Augen schauten in die ihren. »Soweit ich sehen kann, ist gar nichts schiefgelaufen.«

»Ich hab versucht zu schlafen, aber es ging nicht. Also hab ich mir ein Bad eingelassen, ausgerechnet! Und als ich aufgewacht bin, war es schon fast zwanzig vor sechs!«

Sie wandte sich ab, kramte in ihrem Koffer und holte ein paar schwarze Slingpumps heraus. Er beobachtete fasziniert, wie sie den Lederriemen über eine wohlgeformte Ferse zog, dann den anderen. Es war das erste Mal, daß er sie in einem Rock sah. Ihre Beine waren dünn, aber gerundet, und von hinten, mit schmeichelhaften Schuhen, fand Rick sie hinreißend, und sein Blick glitt genüßlich an ihnen hoch zu der aufreizenden Rundung ihres Pos, als sie sich vorbeugte, um den Riemen noch einmal festzuziehen.

Er sah, wie sie die Bluse zurechtrückte, den obersten Knopf wieder zumachte, immer noch mit dem Rücken zu ihm. Sie beugte sich über ihren Koffer, holte etwas aus einer winzigen weißen Schachtel und befestigte es an ihrem Hals.

Der Duft, den sie so großzügig benutzt hatte, erfüllte den ganzen Raum, und als sie ihre grazilen Arme hob, stieg er in seine Nase, hypnotisierte ihn, genau wie ihr Anblick bei diesen femininen Ritualen.

Sie drehte sich um. Ein winziges goldenes Herz an einer hauchdünnen Kette hing in der Kuhle an ihrem Halsansatz. Der Spiegel war genau neben der Tür, an der Rick stand. Sie ging darauf zu, sein Blick folgte ihr. Ihr verwirrender pudriger Duft wurde noch berauschender, als sie sich näherte, sich über den Toilettentisch zum Spiegel beugte und sich winzige goldene Ohrringe in ihre durchstochenen Ohren hing. Sein Blick glitt zu ihrer Hüfte. Als er den Kopf wieder hob, entdeckte er, daß Allison ihn beobachtete, während sie den zweiten Ohrring befestigte. Wieder hatte sich der oberste Knopf ihrer Bluse geöffnet. Er verfolgte im Spiegel, wie sie den Knopf erneut zumachte.

Sie nahm eine langärmelige Jacke, die genau zu ihrem Rock paßte, aus dem Schrank. Er ging zu ihr, und als Allison sich umdrehte, fand sie sich direkt vor ihm.

»Laß uns tauschen«, sagte er und holte hinter seinem Rücken eine langstielige Rose hervor, die sich in ihren Wangen zu spiegeln schien, als ihr überraschter Blick darauf fiel.

Allison stellte beschämt fest, daß er nicht geschlafen hatte, sondern losgegangen war, um ihr eine Blume zu kaufen. Sie nahm sie ohne ein Wort, überließ ihm die Jacke, schloß die Augen und atmete den Duft der Rose ein, während er ihr in die Jacke half.

Sie wandte sich ihm wieder zu und sah ihn an: »Rick, das hab ich nicht verdient.« Plötzlich brannten Tränen in ihren Augen. »Gott, Rick, es tut mir so leid.«

Sein Gesicht war ernst. Er berührte sie nicht. »Mir tut es auch leid.«

»Es gibt nichts, wofür du dich entschuldigen müßtest.

Ich … ich hab dich so verletzt. Es war unfair … das weiß ich jetzt.«

»Allison, du warst noch nicht bereit. Du hast versucht, mir das zu sagen, aber ich wollte nicht hören.«

»Nein, Rick, ich war so dämlich. Aber ich mußte noch ein bißchen erwachsener werden, mir über einiges klarwerden. Ich war durcheinander und wütend und unsicher.«

»Und wie bist du jetzt?«

Sie wußte nicht, was sie sagen sollte, hatte Angst davor, zuzugeben, wie sehr sie sich darauf versteift hatte, alles wieder gutzumachen, die Beziehung zwischen ihnen wachsen zu lassen. Wenn er sie doch nur berühren, ihr irgendeinen Hinweis auf seine Gefühle geben würde.

»Ich bin mir klarer geworden, und wütend bin ich auch nicht mehr, und sicher bin ich auch.« Berühr mich, halt mich fest, sag mir, daß du mir verziehen hast, schrie ihr Herz.

Aber er strich nur kurz über ihren Ellbogen. »Reden wir nach dem Essen darüber.« Er nahm ihren Arm und führte sie aus der Tür, den Korridor hinunter und hinaus in den frischen Maienabend.

Er fuhr zu einem Restaurant namens Speakeasy. Die Kellner trugen gestreifte Hemden und Armmanschetten und hatten einen Mittelscheitel frisiert. Aber weder Allison noch Rick registrierten es wirklich.

Die Speisekarten waren groß wie Anzeigentafeln. Und trotzdem brachte Rick es fertig, sie über den Rand zu beobachten. Sie hob den Kopf. Die Kerze schimmerte in seinen Augen, brachte Farbe in seine Wangen und warf Schatten über seine Lippen, die immer noch nicht lächelten. Angesichts seiner ernsten Miene fragte sich Allison erneut, was er wohl sagen würde, wenn sie ihm schlicht und einfach die Wahrheit sagte, die sie nur noch mühsam zurückhalten konnte.

Rick Lang, ich liebe dich. Ich will dich in meinem Bett. Ich will dich in meinem Leben.

Der Kellner näherte sich, brachte sie wieder zurück auf die Erde.

Während sie auf den Schwertfisch und das gut durchgebratene Filet Mignon warteten, brachte der Sommelier den Wein, entkorkte ihn mit Bravour, prüfte das Bouquet, goß ein und bot Rick eine Kostprobe an.

Rick nippte und nickte. Der Sommelier füllte zwei Gläser und zog sich diskret zurück.

»Wie war ich? War ich überzeugend?«

»Sehr.« Sie quälte sich ein Lächeln ab. »Ich hätte geschworen, du wärst ein echter Experte für…« Sie schaute auf das Etikett, konnte aber den Namen nicht aussprechen.

»82er Mondschein«, warf Rick ein, und sie lachten über ihr mangelndes Wissen. Aber die fröhliche Stimmung war aufgesetzt.

»Und ich hab noch nie jemanden gekannt, der Filet Mignon gut durchgebraten ißt. Hast du gesehen, wie grimmig der Kellner dich angeschaut hat?«

Sie hob gleichgültig die Schultern. »Ist doch egal, ich schmecke heute sowieso nichts.«

Er beugte sich vor, die Arme auf den Tisch gestemmt, blaue Augen bohrten sich in ihre. »Wirklich? Ist das dein Ernst?«

»Ja, ich… wirklich.«

Er hob sein Glas. »Dann trinken wir auf diese Nacht.«

Sie tranken, aber jeder mehr den Anblick des anderen als den Wein. Rick stellte sein Weinglas auf das Leinentischtuch, zeichnete kleine Kreise mit dem Finger in den Stoff, dann erstarrte seine Hand, und er sah in ihr Gesicht, das im Kerzenlicht schimmerte. Er streckte die Hand aus und legte sie mit der Handfläche nach oben auf den Tisch.

Ihre Augen streiften sie kurz, dann sah sie vorsichtig zu ihm hoch.

»Allison, wenn ich dich nicht bald anfasse, werde ich verrückt«, sagte er ruhig. Nur seine Hand lag bereit, er lehnte lässig im Stuhl, die Beine verschränkt, als hätte er nur gesagt: »Allison, die Temperatur draußen beträgt 15 Grad«, während jedes Atom ihres Körpers in Bewegung geriet, bis sie glaubte, explodieren zu müssen.

»Gott, ich auch.« Sie legte die Hand auf die seine, und er packte sie und drückte sie so fest, daß sie dachte, ihre Knöchel würden brechen. Dann begann er, mit dem Daumen ihren Knöchel zu streicheln, während sie sprachlos dasaß, überwältigt von den Gefühlen, die diese Bewegung in ihrem Körper auslöste. Sie starrte ihre vereinten Hände an und fragte sich, ob er das Dröhnen ihres Herzens genau wie sie in den Fingerspitzen fühlen konnte.

»Tanzt du?« fragte er leise.

»Nicht besonders gut.«

»Ich auch nicht. Aber ich mache es, wenn du's machst.«

Als sie aufstanden, brachte der Kellner gerade ihren Caesar Salad. Sie wandten sich trotzdem der winzigen Tanzfläche zu, wo ein Mann mit einem freundlichen Lächeln *Misty* spielte.

Rick nahm Allison in die Arme, die beiden waren die einzigen auf der Tanzfläche, doch keiner von ihnen merkte es. Ihr Tanz war mehr ein sanftes, unbewußtes Wiegen, sie waren hier, um sich zu berühren, nicht um zu tanzen.

Sein After-shave war unaufdringlich, würzig, die Schulter seines Jacketts straff und kühl. Der Klavierspieler begann, mit leiser melancholischer Stimme zu singen: »Look at me, I'm as helpless as a kitten up a tree...« Er beobachtete lächelnd, wie der gutaussehende blonde Mann beide Arme um die hochgewachsene Frau legte, die ihre um seinen Hals schlang.

Rick legte seine verschränkten Hände in die Kuhle von Allisons Rückgrat, sein Kopf senkte sich, und sie hob den ihren. Die melancholischen Klänge des alten Errol-Garner-Liedes umfingen Allison, sie fühlte sich hilflos, wie das Kätzchen auf dem Baum, von dem der Klavierspieler sang. Ihre Hüfte berührte Ricks, und die Berührung seiner Hände jagte ihr Wonneschauer über die Haut. Sie wiegten sich schwankend hin und her, und er lehnte seine Stirn an die ihre.

»Ich liebe dich, Allison Scott, das weißt du doch, nicht wahr?« flüsterte er.

Sie beugte sich ein Stück zurück, um sein Gesicht sehen zu können, während die ersten Worte des Liedes durch ihren Körper hallten, triumphierend – *Look at me! Schau mich an! Rick Lang hat gerade gesagt, er liebt mich!*

Ihre Stimme zitterte, als sie mit strahlenden Augen zugab:

»Ja ... ich weiß.« Sie legte ihre Fingerspitzen auf seinen Nacken, über dem Kragen – sie mußte jetzt einfach seine nackte Haut berühren. »Ich liebe dich auch, Rick Lang, das weißt du doch, nicht wahr?«

»Ich hab ja so was vermutet, aber du hast mich durch die Hölle geschickt, bis ich es glaubte.«

»Aber du glaubst es ?«

»Ich möchte es glauben.«

»Dann tu's, weil es nämlich wahr ist.«

Er griff hinter sich, packte ihre Hand und brachte sie in korrekte Walzerstellung. Ihre Schläfe lag wieder neben seinem Ohr. »Würdest du etwas für mich tun?«

»Was immer du willst.«

»Vielleicht solltest du mit dem ›was immer du willst‹ vorsichtig sein. Das könnte hart werden.«

»Was immer du willst.«

Er lehnte sich zurück und sah ihr in die Augen. »Erzähl mir von Jason.«

Sie stolperte, Unsicherheit flackerte für einen Moment in ihren Augen, aber genau in diesem Augenblick war die Musik zu Ende. Er nahm ihren Arm und führte sie von der Tanzfläche. Sie betrachtet angestrengt ihre Fußspitzen auf dem Weg zurück zum Tisch. Als Rick ihr den Stuhl zurechtrückte, erfaßte sie plötzlich Panik, aber dann saß er ihr gegenüber und hielt ihre Hand.

»Allision, du hast mir gerade gesagt, daß du mich liebst. Vertraust du mir soweit, daß du mir alles über Jason erzählst – alles, damit sein Gespenst endgültig vertrieben wird? Und diesmal ohne Zorn. Wenn du ohne Zorn über ihn reden kannst, werde ich wissen, daß du dich endlich von ihm befreit hast und bereit bist für das, was du und ich... ja, also einfach bereit.«

Große braune Augen sahen in Ricks blaue, dann in die Kerzenflamme.

»Erzähl es mir... erzähl mir alles.«

Sie begann leise. »Er war mein liebstes, mein wunderbarstes, mein sensationellstes Model. Aber vor allem war er ein Hedonist, nur habe ich das erst gemerkt, als er mich verlassen hat.« Tränen funkelten in ihren Augen. Sie schluckte, entzog Rick ihre Hand, um ihr Gesicht dahinter zu verbergen. »O Gott«, sagte sie zur Tischplatte. »Ich weiß nicht, wie ich das erzählen soll. Ich war so unglaublich dumm.«

»Gib mir deine Hand«, befahl er leise, »und schau mir in die Augen.«

Sie holte tief Luft, dann begann sie erneut mit ihrer Hand in Ricks. Sie erzählte ihm alles, angefangen von den Fotos, die sie mit Jason gemacht hatte, dann seinen Vorschlag akzeptierte, bei ihr einzuziehen, wie sie alle Rechnungen bezahlt hatte, wie er seinen Körper dazu benutzt hatte, sie von seinen Charakterfehlern abzulenken, wie sie die Bildermappe gesammelt hatte, wie er sie gestohlen hatte, sogar von seiner Unterschrift auf dem Staffeleifoto. Sie lachte, traurig, leise und schaute Rick in die Augen. »Und weißt du, was?« Seltsamerweise war es gar nicht so schmerzlich zuzugeben: »Es war das einzige Mal, daß er das Wort Liebe benutzt hat.«

Allison warf einen Blick auf die Weinflasche. »Kann ich noch etwas davon haben?«

Rick ließ ihre Hand los. »Nein. Du brauchst es nicht. Iß deinen Salat, während du zu Ende erzählst. Der nimmt das flaue Gefühl, bis ich das kann.«

Wieder stellte sie sich seinen Augen. Kein Lächeln war zu sehen, keine Leichtfertigkeit, kein Vorwurf für ihre Vergangenheit, die sie gerade schonungslos enthüllt hatte. Sie seufzte und aß ihren Salat.

Die Nacht war feucht und kühl, aber parfümiert von Flieder, der in voller Blüte stand. Sie gingen gemessenen Schrittes über den Parkplatz zur Tür des Motels, Allison paßte ihre denen Ricks an. Er drückte sie gegen seine Hüfte, ein ungeheures Gefühl von Geborgenheit, nur wünschte sie, er würde schneller gehen. Aber er schlenderte quälend langsam dahin, schob die schwere Glastür auf, ohne sie loszulassen, lachte mit Allison, als sie sich nebeneinander ins Haus drängten, sich die Hüften anschlugen.

Sie stiegen gemeinsam die Treppen hoch, und mit jedem Schritt wuchs ihre Ungeduld. Auf halbem Weg blieb er stehen.

»Ich kann nicht mehr länger warten.« Er zog sie an sich, drängte sie gegen den Handlauf und gab ihr eine Kostprobe dessen, was sie erwartete. Seine Lippen waren so süß, so berauschend, daß ihr Kopf sich drehte.

»Wenn du so weitermachst, Mr. Lang, werde ich mit gebrochenen Gliedern unten am Treppenabsatz liegen. Was fällt dir ein, einer Dame auf der Treppe den Kopf zu verdrehen!«

»Ich bitte um Verzeihung, Miss Scott. Die Vernunft scheint sich verflüchtigt zu haben.«

Sie zog seinen Kopf zu ihrem herunter und murmelte an seinem Mund: »Oh, lecker.«

Im Korridor zwischen ihren Zimmern fragte er schlicht: »Mein Zimmer oder deins?«

»Sagen Sie, Mr. Lang«, fragte sie mit kokettem Augenaufschlag, den Kopf zur Seite gelegt, mit den Armen um seinen Hals, »mögen Sie Morgensonne?«

»Ich liebe Morgensonne.«

»Dann meins.«

Sie holte den Schlüssel heraus, reichte ihn ihm, und als die Tür aufschwang, blieben sie einen Moment stehen und sahen sich in die Augen, mit einemmal ernst.

»Ich halte es für fair, dich zu warnen«, sagte er, »aber ich habe noch nie einer Frau gesagt, daß ich sie liebe, bevor ich mit ihr geschlafen habe.«

»Und wie steht's mit hinterher?«

»Nein, Allison, nicht einmal hinterher.«

»Angenommen, du tust es nicht nach… nach diesem Mal.« Ihr Blick wanderte zu ihren nervös arbeitenden Händen, dann wieder hoch zu ihm. »Vergiß einfach, was ich einmal gesagt habe, von wegen alle anderen aufgeben, okay? Ich bin… Mensch, ich hinke fünfzig Jahre hinterher.«

»Allison, ich –«

»Schsch.« Sie legte einen Finger auf seinen Mund. »Küß mich einfach, Rick, halt mich fest, laß uns am Anfang wieder anfangen.«

Seine Hände umfaßten ihr Gesicht, hoben es, um seinen Kuß zu empfangen, brennend vertrieb er alle Erinnerungen an die Vergangenheit. Mund an Mund taumelten sie ins

Zimmer. Er schob die Tür mit der Ferse zu, und als sie zuschlug, fielen sie umarmt dagegen.

»Allison, ich werde dir nie weh tun, nicht bewußt«, versprach er mit heiserer Stimme. »Damals, als ich dachte, ich hätte ...« Er schluckte, drückte sie an seinen langen Körper, preßte ihren Kopf gegen seine Brust. »Bitte Schatz, sei einfach ehrlich mir gegenüber, immer.«

»Versprochen«, schwor sie, küßte seinen Hals und lehnte dann ihre Stirn dagegen, fühlte für einen Augenblick das Hämmern seines Herzens. Dann löste sie sich aus seiner Umarmung, sah ihm tief in die Augen, während sie langsam, methodisch damit begann, sich auszuziehen.

Ihre Hand wurde ruhig, nachdem sie die Jacke abgelegt hatte. Als sie nach den Knöpfen ihres Rockes griff, zog er sich die Krawatte aus. Sie beobacheteten sich gegenseitig, während ihre Kleidung Stück für Stück abfiel, bis sie in Unterrock, Höschen und Büstenhalter vor ihm stand. Dann befahl er: »Halt ... laß mich.«

Sie ließ ihre Hände sinken, er griff nach dem Verschluß ihres BHs. Er war barfuß, hatte nur noch Hose und Hemd an, das aber schon offen hing und seine nackte Brust enthüllte.

Ihr Koffer lag auf dem Bett. Er klappte ihn mit einer raschen Bewegung zu, schob ihn auf den Boden und schlug die Bettdecke ganz zurück.

Er zog sie zum Bett, drückte sie so sanft hinunter, bis sie einander gegenüberlagen; seine Hand ruhte auf der nackten Haut über ihrem Halbunterrock. Sein Gesicht beugte sich über ihres, verdeckte das Licht der Nachttischlampe, ihre Augen schlossen sich. Warme, sanfte Hände ermunterten ihren Rücken, sich zu entspannen. Harte, goldbraune Arme lockten ihre Hüften näher. Und dann begann das Entzücken. Er bewältigte ihr Zögern erneut mit langsamer Hand; zuerst glitt sein Handballen neben ihre Brust, streifte den seidigen Stoff, der sie bedeckte, drückte, liebkoste in Zeitlupentempo und weckte so Sehnsucht nach mehr. Er erforschte ihren Rücken mit gespreizter Hand, glitt über die sanften Untiefen ihres Rückgrats, überließ dem seidigen Stoff des Unterrocks die Verführung ihrer Haut, bevor sich seine Finger unter das Taillenband stahlen und er selbst die Aufgabe übernahm. Und so drückte er den Kern ihrer Weiblichkeit gegen seine geschwollene Männlichkeit, rieb sich rhythmisch an ihr, bis ihre Hände über sein Hemd strichen, sich dann unter das Hemd tasteten zur warmen Haut seines Rückens.

»Oh, du hast mir so gefehlt, so furchtbar gefehlt«, flüsterte Allison begierig.

»Du hast mir auch gefehlt, jeden Tag, jede Minute.«

Seine Zunge tanzte sehnsüchtig über die ihre, ihre Hände glitten seine Arme entlang, streiften das Hemd ab, das vergessen unter ihm liegenblieb. Seine Hand streifte ihre Brust, drückte sie nach oben, zwang sie in eine andere Form, dann senkte er den Kopf, und seine Zunge zeichnete eine Linie entlang der Lilienspitzen, die ihren BH säumten und die dunklen Nippel darunter kaum verdeckten. Sie ließ sich leise stöhnend zurückfallen, schloß die Augen, er beugte sich über sie und küßte Zentimeter für Zentimeter ihren Brustansatz. Ihre Knopsen pochten vor süßem, sehnsüchtigem Schmerz, den nur sein Mund stillen konnte.

Sie bäumte sich einladend auf, und seine Hände glitten zum Verschluß ihres BHs und öffneten ihn. Sie öffnete die Augen, um zu beobachten, wie sein blonder Kopf erneut auf ihre nackte Haut hinuntertauchte, und erschauderte, als eine nasse Zunge sie berührte, lockte.

Ihre Hände suchten blind seinen Körper, tasteten von Brust zu hartem Bauch, dann tiefer, liebkosend, umfassend, ließen ihn heftiger auf ihre Haut atmen.

Sie schob ihn weg, um besseren Zugriff zu haben, und er ließ sich zurückfallen, gespannt, wartend mit geschlossenen Augen und geblähten Nasenflügeln, während sie sich neben ihn setzte, sich auf eine Hand stützte und ihre Hand auf seiner Haut beobachtete. Sein Brustkorb hob und senkte sich, getrieben von pochendem Rhythmus, und er lag da, mit erhobenen Händen, ließ sich auf Wogen der Lust dahintreiben. Sie löste den versteckten Haken am Taillenband seiner Hose, öffnete den Reißverschluß und fühlte, wie seine Hand zärtlich über ihren Rücken strich. Er lag immer noch reglos da, mit geschlossenen Augen, nur seine Hand war in Bewegung.

Nichts war vergleichbar mit dem Gefühl von Feierlichkeit, als sie ihn vollends entkleidete, seine Kleidung abstreifte, bis er nackt vor ihr lag, golden gebräunt, mit flachem Bauch, voll erregt, stumm abwartend. Sie berührte ihn, und er zuckte zusammen wie unter einem Stromschlag, bäumte sich kurz vom Bett auf. Dann lag er wieder still da, und seine Fingerspitzen strichen über ihren Rücken, während sie sein nacktes Bein streichelte, angefangen von der Innenseite des Schenkels bis zu einem kantigen Knie, das über die Kante der Matratze gebeugt war.

»Ich liebe dich so sehr«, murmelte sie. Und dann umfing sie ganz zwanglos seine Männlichkeit mit ihrer Hand, beugte sich vor und drückte einen Kuß darauf. »Du bist so schön.«

»Allison, Schatz, komm her.« Er zog an ihrem Ellbogen, und sie ließ sich neben ihn fallen. »Ich möchte, daß mein Innerstes für dich schön ist. Es ist reiner Zufall, daß das, was du siehst, schön ist. Aber für dich möchte ich eine schöne Seele haben... so schön wie deine für mich ist.« Sein Blick sprach Bände.

»Rick... ich liebe dich... ich liebe dich... mit Leib und Seele, innen und außen. Wie konnte ich nur je denken, du wärst wie er?« Sie umklammerte seinen Hals, küßte sein Kinn, seine Wangen, seinen Mundwinkel, dann öffneten sich ihre Lippen unter seinen, damit er in die weiche Seide ihres Mundes eintauchen konnte.

Er zitterte von Kopf bis Fuß, als er sich von ihr löste. »He, wo hast du das gelernt, was du gerade gemacht hast?«

»Ich hab dir doch gesagt, Jason war ein Hedonist. Er hatte keinerlei Skrupel, seine Wünsche zu äußern. Er hat es genossen.«

»Und deswegen bist du in der Nacht, als wir miteinander geschlafen haben, bei diesem Lied in Panik geraten?«

»Ja.«

Er drückte einen Kuß direkt in die Kuhle unter ihrer Unterlippe und murmelte dann mit heiserer, leidenschaftlicher Stimme: »Ich nehme nur, was ich auch geben kann, Allison, und mein Motto ist, Ladies first, okay?«

Ihr Körper antwortete für sie, ohne Worte, mit geschmeidigen Gliedern und gespannten Muskeln, mit nasser Zunge und williger Haut. Er streifte den Rest ihrer Kleidung ab. Jetzt trug sie nur noch das winzige Goldherz in der Kuhle am Halsansatz. Von dort aus begannen seine Lippen ihre Reise nach unten. Sie eroberten Stück für Stück, kosteten die Begierde in jedem Schauern und Erbeben. Er küßte ihren Bauch, die weichen Täler ihrer Hüften, unter den Knien, ihre Knöchel, Schenkel, labte sich an dem Duft, den sie, beobachtet von ihm, an geheimen, versteckten Stellen aufgelegt hatte.

»Ich liebe dich, Allison… schöne Allison«, murmelte er, richtete sich über ihr auf, verweilte an einem Abgrund von Schönheit, die weit über das visuelle hinausging. Und einen Augenblick später wurden ihre Körper eins.

In den folgenden Minuten, während er sie Stoß für Stoß dem Höhepunkt näherbrachte, gab er ihr ein Gefühl für sich selbst, das jedes Wesen haben muß, bevor es sich ganz, ohne Fesseln, einem anderen Wesen hingeben kann. Ein anderer hatte es ihr genommen, viele Lichtjahre vom heutigen Tag entfernt, und jetzt wurde es ihr in aller Herrlichkeit von diesem Mann zurückgegeben, dem Allison endlich gelernt hatte zu vertrauen.

Sie lagen erschöpft da, feucht und zerzaust in einem makellosen Gewirr kraftloser, lebloser Gliedmaßen, getrennt voneinander, doch wissend, daß sie nie wieder wirklich getrennt sein würden. Er strich mit der Fußsohle über ihre Wade. »Also, wer bringt dich mehr in Fahrt, ich oder meine Hasselblad?«

Ihre Stimme tönte faul aus einem halben Meter Entfernung: »Im Augenblick, Richard, mein Schatz, könntest nicht mal du mich in Fahrt bringen. Ich war so in Fahrt, daß mich nichts mehr in Fahrt bringen kann.«

Ein zufriedenes Lachen kam von seiner Seite des Bettes, dann landete eine lethargische Hand auf ihren Rippen, tastete prüfend, entdeckte, wo sie war, und korrigierte den Fehler.

»Ach ja? Soll ich dir das Gegenteil beweisen?«

Sie schubste seine Hand weg, aber sie kehrte prompt zurück, mit einer anderen, die sie an seinen langen, nackten Körper zog und dann die Decke über sie beide warf.

»Mir war kalt, deswegen waren sie steif.«

»Oh, und ich hab gedacht, die Erwähnung meiner Hasselblad hätte das bewerkstelligt.«

»Ach ja, das auch.«

»Sonst noch was?«

Sie waren so eng aneinandergekuschelt, daß nicht einmal mehr ein Floh zwischen ihnen Platz gehabt hätte.

»Mir fällt nichts ein.«

Sie griff unter die Decke und sagte spöttisch: »Nicht die geringste Kleinigkeit.«

Er riß ihre Hand nach oben, hielt beide Hände über ihrem Kopf fest und legte sich auf ihre Brust. »Das, mein kleines Miststück, war ein Schlag unter die Gürtellinie. Dafür werde ich dir vielleicht nicht sagen, was ich gerade vorschlagen wollte. Deine scharfe Zunge hat dich möglicherweise etwas gekostet, wofür du deine Seele verkaufen würdest.«

Sie kämpfte sich hoch und entschuldigte sich kichernd mit zahllosen Küssen auf sein Kinn, seine Nase, seinen Mund, aber er wich ihr aus.

»He, Lady, willst du nun meine Hasselblad auf Ewigkeit, oder willst du nicht.«

»Gibt's dich auch dazu?«

Der Druck auf ihren Handgelenken ließ nach. Sein Mund senkte sich über ihren, und mit blitzenden Augen sagte er: »Da kannst du Gift drauf nehmen.«

»Auf Lebenszeit?« fragte sie. »Ganz ehrlich und ohne Quatsch?«

»Auf Lebenszeit.«

»Und alle anderen werden aufgegeben?«

»Alle anderen werden aufgegeben?«

Und zehn Minuten später verkaufte sie ihre Seele ein zweites Mal in dieser Nacht.

GOLDMANN

THE NOBLE LADIES OF CRIME

Sie wissen bestens Bescheid über die dunklen Labyrinthe der menschlichen Seele. Über die gut getarnten Obsessionen. Über Gier, Lust und Angst, die immer wieder tödlich an die Oberfläche dringen. Die feinen Damen lassen morden …

Elizabeth George,
Gott schütze dieses Haus 9918

Ruth Rendell,
Der Liebe böser Engel 42454

Anne Perry,
Gefährliche Trauer 41393

Batya Gur, Denn
am Sabbat sollst du ruhen 42597

Goldmann · Der Taschenbuch-Verlag